テンペスト

第一巻 春雷

池上永一

角川文庫 16398

第一巻
春雷《しゅんらい》

第一章　花髪別《はなからじ》れ

珊瑚礁《さんごしょう》の王国に龍《りゅう》の眠る巣がある。

龍が地上で寝ているときは繁栄をもたらすが、目覚めて天を駆ければ地上は荒れ狂うという。龍という生き物は寝ているとき以外は常に交尾ばかりしているそうだ。龍が地上で交われば木々をなぎ倒し、海は高波で荒れ、空は咆哮《ほうこう》が轟《とどろ》き、大地は昼夜揺れ続けるという。荒れ果てた国土にはついに草木ひとつ生えない荒野が広がるのだそうだ。

民は龍を敬い、崇《あが》め、そして恐れるあまり、龍を統《す》べる者を王とした。以来、龍の巣は王の住居となり、首里城《しゅりじょう》と呼ばれた。王と王族とその臣下たちは龍を起こさないように細心の注意を払い、用心深く眠りを監視していた。だが、ある日ふとした弾みで臣下が玉座に施された龍の目を指で突いてしまったために、堅牢《けんろう》な龍の眠りが破られてしまった。これが王国の滅亡の真の発端であると誰が信じるであろう？　ほどなく龍が目覚め、嵐を呼び寄せた。

王宮に黒い嵐が迫る。墨汁を零《こぼ》したように空が濁り、音をたてて天が転がり落ちてくる。稲光りが激しく点滅するたびに、赤い宮殿が闇夜に浮かび上がり、王宮は瞬く間に天の底に飲み込まれてしまった。

荒《すさ》ぶる風と雨と雷《いかずち》を従えて王宮の御庭《ウナー》に降り立った嵐は、王への挨拶《あいさつ》もないままに、いきなり正殿の扉を蹴破《けやぶ》った。嵐が首里城正殿に施された三十四匹の龍に目覚めを促す。

――龍たちよ、雷となって王宮を出《い》でよ。繁殖のときがやってきた。

刹那《せつな》、目覚めた龍が雷となって空を駆け抜ける。千年ぶりの目覚めと交尾の季節が訪れた。発情した龍たちが各々番《つがい》となって激しく尻尾《しっぽ》を揺さぶると、火の粉が雨に混じって降ってくる。土砂降りの雨と猛烈な風を撒《ま》き散《ち》らして吼《ほ》え狂う龍のせいで、空も海も大地も全て泥濘《ぬかるみ》にかき混ぜられていった。龍たちが交尾の宴《うたげ》をするには、王都はあまりにも小さすぎた。

龍が、王の根城に巣くっていた龍たちが、
堅い眠りで縛り上げられていた龍たちが、
千年に一度の発情期を迎えた。
目を潰《つぶ》されて目覚めてしまった龍たちが、
嵐になって交尾する。
大地を揺さぶり、尾で空を叩《たた》き落《お》として、
月を半分に食い千切った龍たちが、
王の都で交尾する。

億千万の鱗《うろこ》を撒き散らした龍たちが、
田畑を燃やして、橋を押し流して、
轟きながら交尾する。
目を潰されて王宮から逃げ出した龍たちが、
竜巻になって、絡まって、転がって、
千切れながら交尾する。

首里の赤田村《あかたむら》の一画に番となった龍が落ちてきたのは、交尾の嵐が収まらぬ未明のことである。外の暴風雨など気にしている余裕もないほど、家の中は緊張に包まれていた。中では難産に息む女の声が嵐をかき消していた。士族の家らしい風格のある造りではあるが、手入れが行き届いていない庭は、一族が栄華を極めていたのは遠い昔であることを偲《しの》ばせた。

「こんな嵐の日に生まれるなんて、どんな運命の子なんだい」

陣痛は夕刻に始まったから、本来なら嵐の前に生まれていたはずである。しかし陣痛が続いてもなかなか頭が出てこない。産婆は一晩中、逆子の赤ん坊と格闘していたのだ。産婆は母親の体力を鑑《かんが》みてもはや一刻の猶予もないと決意した。

「産湯が冷めてしまっているよ。そこの女中さん、もう一度温め直しておくれ」

台所では主人が雇った霊媒師のユタが安産祈願をしている。閃光《せんこう》が走るたびに、ユタは龍たちの昂《たか》ぶる姿を嵐の中に見つけた。

「龍が、王宮を逃げ出した龍たちが、交尾している！」

「何、世迷《よま》い言《ごと》を言ってるんだい。ユタムニー（ユタみたいだよ）」

「私はユタだよ！　この子を産ませたら国が大変なことになる！」

火の神《ヒヌカン》に捧《ささ》げていた線香が灰にならずに赤々と炎を立ち昇らせながら燃えている。こんな現象は初めての経験だ。火の神よりも大きな霊がこの家を取り巻いているとしか思えなかった。咄嗟《とっさ》に安産祈願を取り消そうとした瞬間、激しい落雷が火の神の香炉をひっくり返す。外では無数の龍がとぐろを巻いてユタに睨《にら》みを利かせていた。

「龍が、目を潰されて王宮から逃げ出した龍が……」

ユタの老婆は恐怖のあまり失神してしまった。そんな中、産婆の声がてきぱきと家人に命じる。

「産ませるのが私の仕事さ。邪魔するなら出ていっておくれ。ほら産湯を温め直すんだよ！」

土間を素足で行き来する女中の姿に奥で痺《しび》れを切らしていた父親が、

「男の子か？　やっぱり男だったんだな？」

と畳みかける。

「逆子だよ。男か女かはその後さ」

「逆子だと？　やっぱり。男の子は逆子が多いっていうじゃないか」

「迷信だよ。あんたもユタと一緒に土間で倒れておいで」

男の子は難産と聞いていた彼は、書斎で一晩中名を練っていた。難産は推敲《すいこう》に推敲を重ねるだけの時間を与えてくれたようで、何十枚もの書き損じの末についに名前が決まったようだ。真新しい硯《すずり》の隣には、流麗な筆捌《さば》きで『孫寧温《そんねいおん》』と会心の文字が跳ねていた。

「この名なら、三世相《さんじんそう》に見立ててもらった以上の出来だ。立身出世を果たし、王宮の三司官《さんしかん》になるのも夢ではない。ついに我が一族の救い子となる男子の誕生だ」

父親は妻のお腹に子ができたときから、占い師の三世相の元に通っていた。高名と聞けば清《しん》国人の占い師のいる久米村《くめむら》へも通ったし、那覇《なは》にいるユタという ユタには全て聞いた。

彼がここまで確信を持っているのには理由がある。三世相も導師もユタも全て「男の子」と断言したからだ。もし間違っていたら廃業すると豪語する者もいたほどだ。この子は孔子も顔負けの才気を持ち、琉球《りゅうきゅう》中にその名を轟《とどろ》かすと導師は告げた。清国にすら百年にひとり現れるかどうかの不世出の才能を持つ子だという。だから父親は首里の孔子廟《びょう》には毎日お参りを欠かさなかった。そしてその子の教育のために、私財をはたいて清国から書物という書物を取り寄せた。生まれてくる子がいかに天才であっても、全てを読破するには二十年はかかるほどの蔵書を用意し、家の半分を書斎に造り替えた。生まれてくる子には孔子よりも賢くなってもらい、成し遂げなければならない運命が待っている。

「息子は孫氏《そんし》再興の祖とならん!」

ユタはこの子は嵐の日に難産の末に生まれてくると告げた。そして嵐の夜に陣痛がやってきた。ここまで全てが現実になった今、何を迷うことがあるだろうか。孫家の嫡男の家でありながら、長い間子宝に恵まれずに苦しんでいたが、齢《よわい》五十にしてついに男子誕生の幸運に与《あずか》ったのだ。父親は半紙に書かれた息子の名を愛《いと》おしそうに抱きしめた。

「寧温——！」

一際大きな息みと共に赤子の泣き声が響いた。その瞬間、雷が庭のガジュマルの樹を真っ二つに引き裂く。赤子の泣き声は暴風を吹き飛ばしてしまうほどの元気の良さだった。産婆が歓喜の声をあげる。

「なんてきれいな髪の赤ん坊なんだろう。美《ちゅ》らカーギーの女の子だよぉ」

産着にくるまった赤子は黒髪の豊かな女の子だ。

「女、イナグ……。そんな馬鹿な……」

「さあ、お父さん名前を決めたんだろう？　こんな可愛い子を授かるなんて徳の高い父親だね」

「やはり姉上の三男坊の嗣勇《しゆう》を養子に貰《もら》おう……」

想像を絶する難産に、母体は耐えられなかったようだ。父親は失意のあまり娘が三歳になるまで名前さえつけようとしなかった。

＊

龍《りゅう》の交尾があった嵐の夜から十年が過ぎた。王国はたびたびの異国船来航の対応に追われてはいたが、大きな混乱もなく穏やかにときは過ぎていた。

真っ二つに割れたガジュマルの樹の幹に伸びる小さな手があった。手は慣れたように裂け目を探し出し、中から隠していた本を取り出した。幹に隠れるように本を読み出したのはうなじが香るような少女だった。簪《かんざし》を引き抜けば黒髪が涼しげに流れ落ちることを思わせる。後ろ姿はもう娘といってよいが、顔はまだあどけなかった。そんな少女の指が『孟子』の原文を軽やかにつたっていた。唇が歌うように白文を読み下していく。

「孟子曰《いわ》く、仕うるは貧の為にするにあらざるなり。而《しか》れども時ありてか貧の為にす。妻を娶《めと》るは養いの為にするにあらざるなり。而れども時ありてか養いの為にす」

指は楽器を奏でるようにリズミカルに漢文を琉球語へと訳していく。読み下しているのは単に読書を楽しむためで、時間がないときには一気に中国語の発音で読み上げることもできる。このときは何だか歌っているような気分に浸れるから好きだった。

「孟子曰、仕非為貧也。而有時乎為貧。娶妻非為養也。而有時乎為養」

その流暢《りゅうちょう》な発音に目を丸くしたのは彼女を呼びにきた兄だった。

「真鶴《まづる》、おまえは唐通事《とうつうじ》になれるぞ。今のはまるで久米村の通事みたいな発音だった……」

「だって久米の呉《ご》大人が読み方を教えてくれたんだもん。四声さえ注意すれば簡単なのよ」

少女真鶴は、こうやってガジュマルの樹に隠れて密《ひそ》かに勉強することが楽しみであり、息抜きであり、唯一の希望だった。

「私も兄上と一緒に寺子屋に行きたかったなあ」

「寺子屋は唐の言葉までは教えない。おまえが男だったら科試《こうし》を突破できるかもしれないな」

「それは兄上の役目でしょう。二十歳までに科試に受からなければ、我が孫一族は永遠に日の目を見ないんだから頑張ってください」

そう言って真鶴は赤字で読み下しのルビを振った『孟子』の本を兄に渡した。彼女はこうやって兄の家庭教師を口実に本を読ませてもらっている。

「駄目だ。ぼくの頭では科試は無理だ。この前、初科《しょこう》を突破するだけでも三十年はかかるって先生に匙《さじ》を投げられたよ」

「一般教養くらいで嘆かないでください。再科《さいこう》が一番難しいんだから。ほら、孟子くらい諳《そら》んじて」

真鶴の兄、嗣勇が目指しているのは琉球の科挙《かきょ》と呼ばれる「科試」である。この琉球でまともな職を探すとなると首里城の王宮勤務しかない。しかしそのためには最難関の試験である科試を突破することが唯一の道だった。科試は本場科挙をも上回るとてつもない競争倍率だ。受験者の学力が水準に達していない年は合格者なしが続き、もし突破したとしても実に五百倍以上の競争率を勝ち抜かなければならない。この時代、琉球には基本的に文官しかいなかった。しかも王宮は財政難のためにあまり人を採りたがらず、意図的に科試のレベルをあげて不合格にし、この二年は不採用を貫いていた。そのために首里や那覇の町には科試浪人が溢《あふ》れ、無意味に教養の高い浪人たちが働きもせず親族や家族の援助を受けて、のうのうと暮らしていた。

「来年からは私塾行きだって父上に言われたよ。寺子屋の落ちこぼれのぼくが科試の予備校に行ったら、きっと頭がおかしくなって死んじゃうだろうな」

「通うなら絶対に真和志塾《まわしじゅく》がいいわ。科試の過去問題の対策じゃ王国一よ。先生だって評定所《ひょうじょうしょ》の元お役人様ばかりだし、合格者もこの十年はみんな真和志塾の生徒だもの」

「その塾に入るために何で試験があるんだろう？　ぼくは孟子も荘子も読めないよ」

これから嗣勇は私塾に入るための猛特訓を父の手ほどきで夜明けまで受けることになっている。難関私塾はいわば半官半民の科試対策の予備校である。一般教養で中国の古典を暗誦《あんしょう》している水準でなければ門前払いのエリート校だ。

科試が極端に難しいのは、即戦力の人材を求めるからである。合格者は翌日には評定所と呼ばれる行政の中枢機関で政策の遂行に携わらなければならない。合格者は優秀な者から配置が決まるが、通常は評定所筆者《ひっしゃ》と呼ばれる事務方のトップに据えられる。国家公務員の上級職の中でもいきなり事務次官に登用される超エリートなのだ。

彼らが表記する文言は即、三司官と呼ばれる大臣たちの言葉として発布されるため、奇抜なアイデアを出せばいいというものではない。あくまでも行政の実効性を踏まえた現実感覚が要求される。王府が求めている役人は千人の秀才ではなく、行政能力に長けた一人の天才である。そのためには凡庸な秀才を惜しみなく捨てる。それが琉球が大国の狭間《はざま》で独立国として生き延びる唯一の手段だったからだ。

「評定所のお役人様が言うには今年も合格者なしって噂なんだけどなあ。ほら三年前にひとり合格者が出て国中が大騒ぎになったのを覚えてるだろう？」

「ああ、あの先祖の墓前で泣いていたおじさん？　史上最年長合格者って言ってたっけ？」

「あのおじさん十八歳から受け続けて苦節三十五年なんだって。ぼくは聞いてぞっとしたよ……。だって孫までいるんだよ！　いくら科試に受かったとしてもあんな人生だけはイヤだ」

「だからと言って兄上が勉強しないでいい理由にはならないでしょう」

「父上が厳しすぎるんだよ。何が栄光の孫一族だよ。孫氏で科試に受かった奴はこの二十七年誰もいないんだよ。ただの首里の落ちぶれ士族なのに気位だけが高くてさ。それにぼく、養子だし。頭良くないもん。真鶴、おまえが女官になってぼくたちの食扶持《くいぶち》を稼いでおくれよ。おまえの器量なら女官どころか女官長の女官大勢頭部《おおせどべ》にだってなれるよ」

「私は女官にも女官大勢頭部にもなりません。後宮暮らしはきついって噂ですから」

この官僚第一主義は孫家だけの傾向ではない。首里の城下町に住む士族たちの就職難は慢性的なものだった。王府の役人になれなければ、畑を耕すしかない。百姓士族たちがほとんどなのだ。この現状に王府は今でいうワークシェアリングを講じて何とか士族たちの雇用を確保しようともしている。だが、下級役人から出世しようとするなら、宮古・八重山《やえやま》の地方勤務をせっせとこなし勤星《きんせい》と呼ばれる評価点を稼ぐしかない。それでも科試合格者の初年度の配置よりずっと下の官職しかもらえなかった。

女子の就職先もやはり王宮だ。表の行政府の対になる奥の御内原《ウーチバラ》と呼ばれる女の世界が、そこである。女官として雇用され、切磋琢磨《せっさたくま》して勢頭部と呼ばれる位になれたら家の誉《ほまれ》である。孫家の女たちは不甲斐《ふがい》ない男どもの挫折《ざせつ》をよそに、毎年きっちり女官を送り込む名家だ。しかし家長の孫嗣志《しし》はあくまでも男子の科試による一点突破を目論《もくろ》む野心家だった。

「そうだ兄上、科試を受けないですむよい考えがあります。北京《ペキン》の国子監《こくしかん》に留学して箔《はく》をつければよいのです。ほら、儀間《ぎま》親方の息子さんが科試浪人が嫌で官生《かんしょう》になって王府に戻ってきたではありませんか」

「官生は王府の口添えがある名門士族にしか許されない。その賄賂《わいろ》と留学費用で儀間親方は首里のお屋敷のひとつを手放したんだぞ」

噂をすれば影だ。親の苦労を知らない儀間親雲上《ペーチン》は派手な紅型《びんがた》の色衣装をキザに羽織り、番傘を差して吟遊中である。その彼に着飾った娘たちが群れている。娘たちの衣装も素晴らしいが、儀間親雲上のセンスには敵《かな》わない。娘たちが蝶《ちょう》なら彼は大輪の牡丹《ぼたん》の花だ。男が派手な格好をするのは琉球では珍しいことではないが、儀間親雲上は別格だ。番傘に江戸の流行を取り入れながらも、帰国子女特有の北京風を吹かせている。道すがら語らう美男美女の集団は、動く絵画のようだ。儀間親雲上は真鶴を見つけて立ち止まった。首はまだ少女だが、見事な黒髪は今朝咲いたばかりの椿の花びらのように艶《あで》やかだ。

「なんという美しい女童《みやらび》だ。王宮の女官や側室たちもそなたには敵うまい」

と呟《つぶや》き小筆と短冊を袂《たもと》から取り出した。彼の必殺技の琉歌《りゅうか》が軽やかに詠まれる。


花の下蔭に遊びそめなれていきやす忘れゆが春の名残り

短歌によく似た琉歌は定型詩であるが、句体の幅は広い。八・八・八・六を中心に七・五・八・六や五・五・八・六など自由度が高いのが特徴だ。これは推敲《すいこう》して表現するのと同時に即興で発声することも求められるからである。

儀間親雲上は真鶴に「この歌をきみにあげよう」と言って長い睫毛《まつげ》を伏せた。所作や表情がいちいち芝居がかっているが、端整な顔立ちの儀間親雲上がすれば男でも女でも息を呑《の》んでしまう。儀間親雲上は相手の視線を誘い込む術《すべ》を心得ている。彼が目元に注目してほしいと思えば、長い睫毛が活躍し、唇に注目してほしいと思えば、雅《みやび》な琉歌が流れてくる。ちょっと伸ばした指先にも繊細な緊張感があるのは、琉舞《りゅうぶ》の所作が染みついているからだ。

これは彼が王宮の中で生きていくために身につけた戦術である。科試出身者の頭脳は努力で対抗できるものではない。行政能力のない彼にとって、北京の国子監帰りはひと味違うと思われてこその地位なのだ。だから何より風流と流行の最先端でいなければならない。

「琉球の在原業平《ありわらのなりひら》」の異名を取る儀間親雲上は、美意識だけを追い求め独自の地位を確立していた。

短冊を欲しがっていた取り巻きの女たちが一斉に不満を零《こぼ》す。その反応を楽しむかのようにうに儀間親雲上は羽織った紅型を翻した。

「真鶴、何て書いてあるんだ？　ぼくは琉歌が苦手だ」

魅惑の麗人・儀間親雲上に密かに憧《あこが》れている嗣勇は、彼の所作を真似ている節がある。真鶴は顔を真っ赤にしてすぐには歌意を伝えられなかった。

「花……ううん、歌の意味はこう。『女（花）の木陰に遊びなれている私が、どうして情事（春）の名残を忘れることができるだろうか』もう、何という色事師なの！」

「さすが北京帰りの官生。洒落《しゃれ》ているなあ」

「どこが洒落ているのよ。私にくれた歌なのよ。気持ち悪いわ」

帯刀を許されない国情は、男性の価値観に大きな影響を与えた。薩摩《さつま》の間接的な支配を受けているせいで、武器の使用は認められない。この時代はたとえ士族といえども武術を極めることはない。代わりに男子は教養と美意識を研ぎ澄ますことが求められた。琉歌、琉球舞踊は基礎的教養、さらには日本の短歌や中国の漢詩など外国文学の教養を修得することが求められた。大国を圧倒する美と教養の王国。これらを武器にして、今日の王国の繁栄があるのだ。愚かな者は罪であり、美しくないものは悪である。

「朝から晩まで勉強ばかりさせられるなんて。ぼくは士族に生まれたのを恨んでる」

王宮は自宅のすぐ側にあるのに、いざ働くとなるとその城壁は要塞《ようさい》よりも高い。子どもの背伸びした目線から微《かす》かに見える王宮は、赤瓦《あかがわら》の爪をきちんと揃えて、いつでもおいでとにこやかに微笑んでいる。王宮に入れば一生安泰の官僚天国が待っているが、入れなければ一生を棒に振る受験地獄だ。

「はあ、なんでこんなに人生って上手《うま》くいかないんだろ……」

真鶴は兄が本当は何がしたいのか知っている。儀間親雲上に憧れるのは、兄もまた美意識で勝負する男だからだ。嗣勇は無類の踊り好きである。手の返し方の優雅さは師範以上と目されているし、何よりも舞台の上で華があった。宮廷に仕える踊り手たちは全員女形《おやま》と決まっている。王宮の表舞台は女人禁制である。しかし男ばかりでは細やかなサービスは行き渡らない。そこで美少年に女装させて表を彩ることにした。男性が女性に扮《ふん》して踊ることこそ究極の美とされ、国中の美少年はこぞって王宮の踊り手になりたがった。

この時代、王宮に勤務するには大まかに三つの方法がある。ひとつは究極の頭脳を持つと言われる官僚試験の科試を突破すること。ひとつは官位は低いが女装をし美貌《びぼう》を駆使して立身出世を果たす花当《はなあたい》と呼ばれる稚児《ちご》衆になることである。最後は儀間親雲上のような北京帰りの文化エリートだが、これはリスクが高い。実際、官生出身者で重用されているのは儀間親雲上くらいだ。分をわきまえ、たがを外すという歌舞伎役者のような曲芸人生にだんだん頭がおかしくなってしまうからである。

容姿端麗な嗣勇は養子に迎え入れられるまでは、美貌が売り物の花当になるように教育されてきた。それが親同士の駆け引きで科試要員として真鶴の父に迎え入れられたせいで、人生設計が狂ってしまった。

「父上は兄上に期待をしているのです。私なんか三歳になるまでいないも同然だったもの……」

「そういえばおまえは子どもの頃、名前なかったもんな……」

三歳まで彼女には自分の名前がなかった。真鶴は父親からかけ声で呼ばれることはあっても、名前がないことにずっと違和感を覚えていた。そのことが文字に飢える理由になったのは間違いない。どうやらこの世の全ての人間には名前があり、文字があると知ったとき、彼女は初めて食事にありついた気分になった。まず名前をつけよう。それが彼女が生まれて最初に成したことだ。真鶴という名は自分でつけた。

あの日のことを嗣勇は今でも覚えている。養子に行く先は子どもがいないと聞かされていたのに、実際に行ったら可愛い女の子がいた。しかし完全に無視されていて、名前すらない。仕方なく嗣勇は父が呼ぶように「おい」と呼んだら、女の子は「私は真鶴です」と答えた。嗣勇は妹ができたことが嬉《うれ》しくて真鶴を可愛がった。

「私は兄上と出会ったお蔭で、やっと日の当たる世界に出られた気分だったのです。自分の名前を決めたとき、私はやっと自分が人間であると思えました。だから兄上には感謝しています」

自分の存在が無視されていた理由は恐らく女人だからだ。科試以外の価値を認めない父は男子を望んでいた。だから父に存在を認めてもらいたくて、兄の後をついて寺子屋の障子の隙間から覗《のぞ》くように勉強していたのだが、父に見つかってしまい大目玉を喰《く》らってしまった。以降、隠れて独学で勉強することを余儀なくされた。怒られる恐怖よりも、知る喜びが体を突き上げて本能のように知識を食い漁《あさ》る。真鶴は三歳で全ての文字を覚えるや否や、まるで海綿が水を吸収するようにありとあらゆる書物を読破し、大人でも難しい『詩経』を諳《そら》んじるまでになっていた。しかし父は真鶴の才能を一向に認めなかった。父の嗣勇への苛立《いらだ》ちは妹との才能の差があまりにも大きすぎるからである。

真鶴が兄の気持ちを汲《く》み取れるとしたら、それは「絶望的」という状況が重なっているからだ。

「なぜ女人は勉強してはならないのですか？　書物の文字は女にも語りかけてくれるのに。私には文字が模様にはとても見えません。文字はいつでも私に大切なことを教えてくれます」

「真鶴、自分を標準に語ってはいけないよ。全ての女が男のように勉強ができるとは限らない。確かにおまえの才能は驚異的だけど、ぼくの知り合いの女はみんな文字が読めない」

「それは初めから教えないからです。そうやって女を見下すのはやめてください。女でも勉強すれば男と同じように能力を発揮できるはずです。私はそれを証明したい。女も男も人であることには変わりない。恩師もそう仰《おつしや》っていました」

つい口を滑らせて真鶴は慌てた。

「恩師って？　おまえに先生がいたっけ？」

「いえ……。それは……。あの……。心の師、という意味です」

真鶴は小さな胸に手を当てて必死で呼吸を整えていた。今までバレていないのは恩師が訳ありの人間だからだ。もし表沙汰《おもてざた》になれば自分が罰せられるどころか王府によるお家取り潰《つぶ》しにもなりかねない。いくら心を許した兄といえども秘密にしなければならなかった。

「私そろそろ仕出しの用があるから、もう行かなくちゃ。白文の側に小さく読み下し文を書いておいたから、それを読めば父上もお怒りにならないわ」

「いつもありがとう。真鶴の虎の巻のお蔭で孟子は及第点になりそうだよ」

そう言って兄妹《きようだい》は別れた。

真鶴が仕出しの用に行くときには、いつも遠回りすることにしている。心の中では散歩と言い訳するときもあるし、この道だと安全と納得させることもあるし、早く着きすぎても仕事が増えると合理的に解釈をすることもある。だが、本当の理由ははっきりしていた。

『真和志塾』

と掲げられた門の前で真鶴はずっと佇《たたず》んでいた。こういうことをしても無意味だということは人から指摘されなくてもわかっている。ここを離れるときにはそう自分を叱っているからだ。なのにまたここに来てしまう。この門を潜《くぐ》った先に侃々諤々《かんかんがくがく》の論争と、王国最高の教育があると思うと、理屈よりも本能で足が向いてしまうのだ。もしかしたら門に誰かが落とした教科書があって、それを届ける口実で中に入れる幸運があるかもしれない。そのときは長居をする段取りはできている。兄がもうすぐここに通うことになるから、入塾のときに入り用なものは何かとか、筆や帳面はどんなものがいいか聞いてくるように言付かっているとか、いくらでも話を引き延ばしてみせる自信はある。ただしそれは門に教科書が落ちている、という万に一つの確率に巡り合ってからの話だ。

講義が終わったとみえて塾生たちがどやどやと出てきた。予備校生といってもほとんどが妻子持ちの大人たちで、真鶴ほどの娘を持っている者が普通だ。科試の受験年齢はだいたい二十代後半から三十代で、受験年齢に制限はないが、科試のレベルを鑑《かんが》みると十代の合格者など聞いたこともない。もしそんな人がいたら王国中が三年は大騒ぎになるだろう。

塾生たちは口々に今日の講義の要点を確認しあう。

「俺は候文で書くときにいつも難儀をする。なぜ琉球では日本語で表記するのかがわからん」

「それは大和《やまと》のお役人様と文書を共有するためだろう。候文は国際語だからな」

「漢文も大和の候文も俺たちにとっては異国語だ。こうやって琉球語で喋《しゃべ》っている帰り道が一番の息抜きだよ」

真鶴は壁に顔を向け聞き耳を立てている。なんだいつもの子じゃないかと髭《ひげ》を蓄えた青年が気がつく。きっと兄弟か親戚《しんせき》の塾生が出てくるのを待っているのだろう。暇潰《ひまつぶ》しにからかってやろうと真鶴に問題集を見せつけた。

「なあ、こんなの読めというのがおかしいだろう?」

そこにはこう記されていた。

出題
渡唐勤学人之内何そ之稽古方も無之、長々致滞在候者も罷在由候付、右体之者は屹と帰帆させ、左候て向後諸稽古方精々相励年限内帰帆為致候様可取計旨、在唐之存留へ仰渡之趣申述候事。

真鶴は恭しく頭《こうべ》を垂れて候文を読み下した。

「この問題は、清国に長期滞在をしている学生たちに対して早急に帰国するよう王府からの督促状を作成しろと申しているのでございます」

がやがやと騒いでいた塾生たちが、水をうったように急に静かになった。まさかこの小さな子が、しかも少女が候文を一瞬で解釈するなんて、奇術か何かを見せつけられた気分だった。

「官生《かんしょう》の留学生たちに贅沢《ぜいたく》をするなと叱りつける文言か。これは傑作だ。あの北京風を吹かせた儀間親雲上の仲間たちに一泡吹かせろという問題だったのか」

黙れと青年の口が塞《ふさ》がれた。今まさにあの花と蝶《ちょう》の行進が真和志塾まで巡ってきたのだ。

「おい、儀間親雲上。いったい王府に幾ら賄賂《わいろ》を積んだら北京の国子監に行けるんだ？」

「やめろ。彼はもう塾生じゃないんだぞ。首里国学の訓詁師《くんこし》だ」

「真和志塾の元塾生が漢文の読み下しだけをする訓詁師か。こりゃあ傑作だ」

儀間親雲上が就職できたとはいえ、官生では大学の講師が限界だ。真和志塾の塾生なら暇潰しにできる仕事だった。

儀間親雲上と青年たちは五年前までは真和志塾で切磋《せっさ》琢磨《たくま》し合った仲間だった。しかし科試の初科を突破するも再科で落ちてばかりだった儀間親雲上は、受験を思い詰めて心を患ってしまった。このままだと息子がおかしくなると心を痛めた父親は、王府の口添えで国費留学の官生の道を歩ませることになった。

「名門士族はいいよな。いつでも抜け道が用意されているもんな」

儀間親雲上は悲しそうに俯《うつむ》いた。官生は決して彼の本意ではなかったし、真和志塾での成績は常に十位以内にはつけていた。科試を一発で合格するなんて神業に等しい。儀間親雲上の才覚なら三十歳までには科試を突破するだろうと先生もお墨付きを与えるほどの優秀な学生だった。しかし彼の親は可愛い息子に抜け道を用意した。塾から帰ったある日、父は息子に北京の国子監留学が決まったことを告げた。その日から儀間親雲上は仲間たちに引け目を感じて生きることになった。

「ほら、おまえも真和志塾の端くれなら、自分を罰する候文を書いてみろよ。官生の贅沢《ぜいたく》三昧《ざんまい》に王府も頭を痛めているんだってさ」

仲間たちの高笑いに儀間親雲上は番傘で顔を覆った。悲しみに耐える姿ですらいちいち美しいから余計に腹が立つ。取り巻きの女たちが代わりにさめざめと泣くのも癪《しゃく》に障る。塾生の青年は妻に内職をさせ、親戚から借金をして爪に火を灯《とも》すように暮らしていた。

「俺たちはおまえみたいに裏口で王宮に入ったりしない。正々堂々科試を突破してみせるさ。今はおまえの立場が上かもしれないが、評定所筆者になったら八重山の地方勤務にしてくれる」

そんな彼を見かねて真鶴が割って入る。

「どうかおやめください。真和志塾の塾生なら仲間を労《いたわ》る思いやりを示してくださいませ」

「黙れこの女童《みやらび》。候文が読めたくらいで俺に命令するな」

ムキになった青年が筆と帳面を突きつける。

「じゃあ、おまえが解答してみろ！　見事解ければ儀間親雲上を見逃してやる」

「よせ、大人げないぞ。この子は偶然読めただけじゃないか」

周りが制しても青年はきかない。真鶴は怒鳴られて身を強《こわ》ばらせたが、手は筆を求めて勝手に動き出す。失礼いたします、と深々と頭を下げた真鶴は帳面に長々と候文を走らせた。

渡唐勤学之面々諸稽古方可致出精身ニも不拘、致懈怠候は言語道断候故、滞唐年限内随分学問官話詩文章其外国用ニ可相立芸術等、心力可及出精相嗜、帰帆之上御用ニ相立候様、可加下知者也、依御差図此段申越候、以上。

「勉学目的で清国に渡航した者たちが怠惰であってはならず、期限内に学問や清国語などを懸命に習得すべきである。そして帰国の後は、わが国の有用な人材として活躍できるよう、改めて注意を喚起する。上意により通達する」

今度は「おおおっ！」という感嘆の声があがった。様式も論旨の展開も論述の正確さも全てが完璧《かんぺき》な候文だ。もしかしたら再科の教鞭《きょうべん》を執る先生以上、いやこれをそのまま王府の公式文書として発布してもおかしくない出来栄えだ。

「神童だ」「孔子の生まれ変わりだ」「いや諸葛孔明《しょかつこうめい》だ」と口々に驚き、真鶴と候文を見比べる。

「……でも、女子ではないか」

真鶴の大きな瞳《ひとみ》に涙が生まれた。それが大人たちに囲まれて恐かったのか、自分の素性が悲しかったのか、暗くて気持ちがよく見えなかった。

儀間親雲上は助けてくれた走り去る少女に仄《ほの》かな未来を託した。

首里天加那志ぬみやだいり勤み里やりば勝て世々《ゆゆ》に立ちゅさ

（科試を受ける人は大勢で誰が合格するかわからないけれど、きっとあなたならやり遂げることができると信じています）

儀間親雲上の琉歌《りゅうか》に取り巻きの女たちが「まさか」と笑った。
後日、真鶴の候文は首席の評価を貰《もら》い、模範解答として真和志塾の教科書に記載されることになった。その日の塾生たちは一様に沈鬱《ちんうつ》で、誰がこの解答を記したのか結局名前が載ることはなかった。

風光明媚《ふうこうめいび》な城下町の首里の坂を下りていくと雄大な景色の代わりに、賑々《にぎにぎ》しい活気が満ちてくる。港町の那覇は荷揚げされる物資や食料の山でいつも威勢の良い商人たちが立ち止まることなく動いている。彼らのせいで実際の十倍の数の人間たちが通り過ぎた気がする。大人の腰の高さから体験する那覇の町は、いつも空が狭く感じられた。
今日は特に人が多い気がするのは、進貢船《しんこうせん》が入港したせいだろうか。そう思うと真鶴は舳先《へさき》いてもたってもいられなくなった。清国から帰ってきた船は大陸の風を持ってくる。舳先《へさき》や帆についた大陸の匂いを嗅《か》げば、小さな世界で苦しんでいる現実を忘れることができた。
進貢船は外洋を航海するために、最新の技術で建造された船だ。貴重な物資を確実に国に持ち帰るため、当時の諸外国の船よりもずっと座礁率が低く、安全な乗り物だった。事実、西洋の帆船で隔壁を備えた船が一艘《そう》も存在しないことから、造船技術がいかに高度だったか窺《うかが》い知ることができる。しかも琉球特有の美意識が反映され、貨物船なのに華麗な装飾まで施されている。

真鶴の予想通り、進貢船は暗礁を巧みに避けながら那覇港に入港しようとしていた。どこまでも透明な海の下には宝物にも似た珊瑚礁《さんごしょう》が透けて見える。その上を黒塗りの進貢船が大陸からの物資を満載にして波を切ってくる。この海と船の幸福な和合を見るたびに、真鶴の胸は高鳴るのだ。

「ああ、私が男だったら、絶対に清国に行きたかったのに……。清国で勉強して琉球をもっと豊かにするお役人になりたかったのに……」

喫水線を下げた進貢船を側にしても、まだまだ甲板は高い。もしかしてメインマストは雲を突き刺すくらいの高さかもしれないと感じた。大陸から帰ってきたばかりの進貢船は真鶴を影の中にすっぽり収めて、威風堂々たる姿を誇示していた。港を囲んだ群衆が進貢船の帰港を迎え各々の思いを巡らせている。幸福を運んでくる進貢船は、凱旋《がいせん》したように誇らしげに胸を張っているように見える。真鶴はせめて自分の思いだけでも乗せてほしくて港に飛ぶ白鷺《しらさぎ》に願いを託した。

「お願い白鷺よ。どうか舳先の上に止まって」

念じるように手を合わせ、視線が高くなるように背伸びした。空に群れていた白鷺は悠然と帆をかすめ、船の周りに生じた風の中で遊んでいる。

「お嬢さん、こんなところにいたら危ないよ」

と下船してくる人足が真鶴を腰で撥《は》ねる。それでも真鶴は白鷺を目で追いかけて舳先へと滑空してくる一羽に「止まって」と叫んだ。その瞬間、荷車が真鶴を押し倒す。膝小僧《ひざこぞう》を擦りむいて目を離した隙に、舳先にいた白鷺はもうどこかへと消えていた。


潮と風打合てやすやすとお旅行き戻りしゆすも首里のお果報

（潮も風もちょうど航海にあつらえ向きで、安心して旅に行けるのも、首里城におられる国王様のご高徳のお蔭《かげ》です）

那覇港からほど近い波之上《なみのうえ》の寺は厳戒態勢だった。護国寺は今や封鎖されて人ひとり近づくことができない物々しさだ。門番が六尺棒を構え、お参りすることすら許されない。ここに王府が手を焼く人物がいるからだ。この寺が宣教師であり医師であり、十三カ国語を操る言語学の天才と呼ばれたベッテルハイム博士の住居だ。

使用人が門番に伺いを立てている。

「エリザベス夫人が外出を求めております」

「駄目だ。またいつものベッテルハイムが布教をする口実だろう。油断せずに見張りを続けろ」

しばらくして巨体に似合わない丸眼鏡の白人が、怒鳴り声で門番に嚙《か》みついた。

「いつまで私を軟禁するつもりだ。この無体は英国国教会に報告するぞ！」

ベッテルハイムが怒りに任せて書いた抗議文の山を投げつける。激昂《げきこう》しやすい彼の性格にだんだん役人たちも慣れてきた。

「あなたの奇行もまた王府に逐次報告されています」

「宣教師を仏教の寺に軟禁するなんて無神経だぞ。私は負けない。こんなことでは負けない。そうか、これが受難なのか。おお主よ。私は主の導きにまた近づきましたぞ」

琉球にキリスト教布教のためにやってきたベッテルハイムは、王府の厳しい監視の下で布教活動を続けていた。といっても実際に布教をすると役人たちに追い払われるので信者らしい信者をまだひとりも獲得していない。ただあまりにもアクの強い性格と好奇心旺盛《おうせい》であらゆるところに首を突っ込むために、彼のことを琉球の民は「ナンミンヌガンチョー（波之上の眼鏡）」と愛称をつけて慕ってもいた。

「この王国の腐れ役人どもに神の無慈悲を。アーメン」

ベッテルハイムが十字を切って祈る。朝から晩まで毎日がこんな調子なのだ。王府の主張は常に一貫していた。琉球では切支丹《キリシタン》は御法度なのである。その理由もはっきりしている。いつも難癖を付けてくる薩摩の機嫌を損ねたくないからだ。彼がムスリムなら多分、琉球にモスクが建造されただろう。だが、切支丹だけは体面上、絶対に駄目だ。

しかしベッテルハイムが医者として活動するときは大目に見ることにしている。異国通事として西洋の言葉を翻訳することも認めている。役人たちはベッテルハイムの生真面目すぎる性格に嫌気がさしていた。外出したいなら「布教活動しに行く」と言わなければいつでも外出できるのに。ベッテルハイム一家の衣食住を王府の予算で賄ってあげているのに、無慈悲と言われる始末だ。

いつも通り六尺棒を交差させ、ベッテルハイムを中に押し込めた門番たちは、やれやれと溜息《ためいき》をついた。しばらくして仕出し係の少女がやってきた。

「あの、申しつかった野菜とお肉をお届けにあがりました。お通し願います」

門番はいつもの少女だと確認して入れと顎《あご》で命じた。

境内では癇癪《かんしゃく》の治まらないベッテルハイムが、王府への抗議文をしこしこしたためていた。

„Guten Tag, Dr. Bettelheim. Völlig habe ich Deutsch gelernt. Nächstesmal lehren Sie bitte Französisch!"

流暢なドイツ語の発音にベッテルハイムのペン先が止まる。一瞬ここが琉球だということを忘れてしまうほど完璧《かんぺき》な発音だった。

「マヅル。もうドイツ語を習得したのか。次はフランス語を教えてくれだと！」

「はい博士。博士の仰《おっしゃ》る通り英語の後にドイツ語を学ぶのはとても効率がよかったです。あの、お借りしていた本をお返しいたします」

　懐に隠していた本はゲーテの詩集だった。仕出しの少女は真鶴だ。ベッテルハイム一家に食料や日用品を届ける係を王府が募集しているのを知った真鶴は、この機会を見逃さなかった。民間人との余計な接触を避けたかった王府は、女でしかも子どもなら仕出しの係にうってつけだと真鶴に任命した。まさか真鶴がベッテルハイムから語学の手ほどきを受けているなんて、門番たちは夢にも思わない。

「いきなりフランス語は難しい。まずはラテン語から教えよう。その後にイタリア語、スペイン語、ポルトガル語、最後にフランス語がいいだろう」

「わかりました。全部教えてください」

　真鶴が来るとベッテルハイムが急に上機嫌になる。まだ完全に習得していない琉球語は彼の思考に雑音が生じる。真鶴だと英語で楽に話せるから都合がいい。琉球で彼に外国語の手ほどきを受けたのは異国通事の牧志朝忠《まきしちょうちゅう》だが、牧志よりも真鶴の方が遥《はる》かに速く、確実に、さらにネイティブの発音で習得していった。

　十三カ国語を操る言語学の天才ベッテルハイムですら、真鶴の習得の速さには舌を巻く。たった二年のうちに真鶴はヨーロッパの五カ国語を習得してしまったのだから、これを驚異と言わずにいられようか。彼の弟子の清国人オーゲスタ・カウとは中国語で冗談を交わす仲だ。オーゲスタに言わせると久米村の通事たちよりもずっと耳に心地よい中国語なのだそうだ。真鶴は耳の感覚が頗《すこぶ》るいい。聞いた音を舌で再現するときに母国語の母音に引きずられないから、完璧な発音となる。言語にもし絶対音感に相当する概念があるとしたら、真鶴にはそれが備わっている。まるで彼女の脳の中に予《あらかじ》め複数の言語が眠っていて、それらを覚醒《かくせい》させるように覚えていくのだ。

「マヅル。おまえほどの才能の持ち主はヨーロッパにもいないだろう。もし、おまえが望むなら英国に連れていってもいいんだぞ」

涙もろいベッテルハイムは、眼鏡を拭《ふ》きおいおいと泣く。彼が天才と呼ばれる本当の理由は喜怒哀楽を全身全霊で駆使して生きているからだ。その人ひとりの体に収まらないマグマのようなエネルギーは真鶴も同じだった。

「博士。私は琉球人です。道が暗いのは誰しも同じこと。切り開けずに朽ちれば私の志はその程度のものということです。今の私には学問の光が必要です」

ベッテルハイムは快く好きなだけ本を持たせてやった。このことがやがて彼女を奈落《ならく》の底に落とす出来事になるとは、今の真鶴には知る由もなかった。

孫家では連夜、入塾試験に向けた猛特訓が繰り広げられていた。嗣勇のか細い声と父の怒声が交差し、やがて折檻《せっかん》の音と兄の悲鳴が響きわたる。

「夫子《ふうし》曰《いわ》く、夫《そ》れ道は、万物を覆載する者なり。洋洋乎《こ》として大なるかな。嗣勇、この意味を言ってみろ」

「ええっと……ええっと……」

定規の鞭《むち》が容赦なく嗣勇の手を打ち据える。嗣勇の優美な白い手がミミズ腫《ば》れに浮腫《むく》んでいた。

「荘子もろくに読めないのか。今まで何の勉強をしてきたんだ！」

「父上、申し訳ございません。申し訳ございません……」

「ぐずっても許さないぞ。科試の初科は四書五経の知識を踏まえた上で出題されるのだ。これでは科試どころか真和志塾にも入れないぞ」

「父上、申し訳ございません……。申し訳……」

「もう一度だ。『潜龍《せんりゆう》用うるなかれとは、陽気潜蔵すればなり』これは何からの引用だ？」

「ええっと、たぶん……孟子です」

「愚か者！　易経の乾《けん》ではないか。寺子屋の子どもでもわかる話だ」

「父上、申し訳……。申し訳……」

嗣勇は指を丸めて震えながら手を差し出した。打ち据えられたら皮膚が破れてどろっとした血がこぼれ落ちた。

「ええい。どうしてこんなに出来が悪いのだ。外で水瓶《みずがめ》を持って立っていろ。明日《あした》の朝までに易経を覚えていなければ、その着物を燃やすぞ！　おまえなど男ではない。家畜以下の動物だ！　いや害虫だ。畳に巣くうダニだ！」

「父上、申し訳……」

　嗣勇は水瓶を抱えながらやっと地獄が終わったと思った。罵倒《ばとう》されているよりも罰を受けている方が気が楽だった。洟《はな》を啜《すす》っていると真鶴がそっと包帯を巻きに来てくれた。化《か》膿《のう》止めの薬草を傷口に塗りながら、兄の美しい手が台無しになったことに心を痛めた。

「いいよ真鶴。そんなことしたらおまえまで罰を受けてしまう。ぼくはここで月を見ているのが慰めなんだ。だからもうおやすみ」

「兄上、なぜこんな仕打ちをされてまで父上に従うのです。これじゃあまるで拷問ではありませんか」

「よくわからない。でも士族の男子に生まれたからには科試を受けなければならない。その資格があるだけでも光栄なんだと思う」

　嗣勇は自尊心を打ち砕かれて死にたい気分だった。定規で叩《たた》かれているうちにすっかり感覚がなくなり、手から死んでいくのがわかった。この麻痺《まひ》が早く全身を覆ってくれたらいっそ楽なのに、肉体は最後の最後で痛みで蘇《よみがえ》ろうとする。

「真鶴。ぼくは無能な兄だけど、頭のいいおまえを誇りに思っているぞ。さあ、早く家に戻って。今のぼくの手じゃおまえを庇《かば》ってやれない」

　嗣勇はにっこりと笑っておやすみと告げた。

　翌朝、激しい雷雨の中、血糊《ちのり》がついた置き手紙を残して兄は失踪《しっそう》していた。真鶴はどこか安堵《あんど》していた。分厚い雨が降り続いているうちに遠くまで逃げてほしい。父は嗣勇の家出を罵倒し、腹いせに嗣勇の大切にしていた色衣装を全て燃やした。

「孫家の嫡子にあるまじき愚行だ。犬でも鶴でも恩を忘れぬというのに、家の名を汚して出ていくとは、何という疫病神《やくびょうがみ》だ！」

雷雨を遮るように黄色の紅型《びんがた》から炎が立ち上がる。燃えていく紅型に兄の悲鳴を聞いた気がして、真鶴はとても正視できなかった。昨夜の兄が穏やかだったのは、もう逃げることを決意していたのだろう。包帯を巻いているとき、真鶴は心の中で逃げてと呟《つぶや》いていた。もしかしたらその声が聞こえたのかもしれない。

「平等所《ひらじょ》に届け出て牢《ろう》にぶち込んでもらう！　いや孫家の恥曝《はじさら》しは手打ちにしてくれるわい！　おい、大与座《おおくみざ》に申し出て、縄をかけて連れ戻せ」

おい、と呼ばれた真鶴は父の眼光に身を竦《すく》めた。治安維持をする大与座の役人に捕まったら兄は本当に殺されてしまう。もう我慢ができないと思った真鶴は父の前に跪《ひざまず》いた。

「父上、兄上の命だけはどうかお助けください。その代わり私が、私が父上の期待を背負います」

「女のおまえが何に応えてくれるというのだ。孫家から女官はもういらぬ。私が望むのはただひとつ。科試を突破する男子だ！」

定規が振り下ろされる瞬間、あのガジュマルの樹に再び雷が落ちた。

「私は男になります。男子として父上の期待に応えてみせます！」

落雷のせいで何か聞き間違いでもしたのかと、父は定規を身構えたままだ。もう一度、真鶴が「男になります」と言う。その頓狂《とんきょう》な言葉にさすがの父も失笑してしまった。

「おまえは馬鹿か。どうして女が男になれるというのだ。女が男の恰好《かっこう》をしても人はすぐに気がつく。それをどうやって誤魔化すというのだ？」

真鶴は一歩前に出て更に父を仰天させた。

「私を宦官《かんがん》ということにしてください！」

「宦官――？」

ポカンと鳩が豆鉄砲を食ったような父に、真鶴が畳みかける。語気を強めるたびに真鶴の瞳《ひとみ》の奥に眠っていた神獣の力が覚醒する。

「はい。清国では王宮に入るために宦官になる者がいると聞きます。宦官の容貌《ようぼう》は女性的で明らかに男性とは異なります。私を清国から迎え入れた養子ということにしてくだされば、きっと父上の夢を叶《かな》えてみせます」

父は真鶴の瞳に吸い寄せられるように見入った。娘がいることは漠然と知っていたが、こんな風貌《ふうぼう》だっただろうか。娘の顔は意志の強い凛《りん》とした面持ちだった。もしかして娘の顔を正面から見たのは、これが初めてかもしれない。父はあの嵐の夜を思い出していた。

「宦官？　女が宦官になるのか？　聞いたことがない」

「そうです。父上が望むなら私は宦官として生まれ変わります。そして科試を突破し、評定所筆者になります」

語気に圧倒されて父は頭がぐらぐらしていた。父は真鶴がこっそり隠れて本を読んでいることを知っていた。嗣勇の教科書に虎の巻の読み下し文を書いたのも恐らく彼女だ。ただ存在しない者を咎《とが》めるのは意味がないから黙っていた。

父は極めて冷静に問うた。

「天下同人を述べてみよ」

「人に同じうするに野においてす。亨《とお》る。大川を渉《わた》るに利《よ》ろし。君子の貞《てい》に利ろし」

「地澤臨《ちたくりん》を述べてみよ」

「臨は、肬《おお》いに亨りて貞《ただ》しきに利ろし。八月に至れば凶あらん」

「斉の桓公《かんこう》が書物を読んでいた。車大工が何を読んでいるのかと問うて桓公が答えた。聖人の書であると。車大工はその書を古人の残りかすだと言い、桓公が怒った。車大工は何故そう言ったのか？」

「それは個人の記憶では伝えられるものと伝えられないものがあるからです。職人芸のコツは微妙な感覚で言葉にできません。ですから、いくら聖人が記した書であっても聖人の獲得した微妙な論理の綾《あや》は伝えられないと言ったのです」

「『人生天地之間、若白駒之過郤』この意味を言ってみろ」

「人間がこの天地の間で生を受けるのは、ちょうど白い馬が戸の隙間を過ぎるように、ほんのつかの間にすぎない」

「孟子がいわれた。有徳《うとく》の君子が一般の人と異なっている理由は、その心を絶えず反省しているからである。これを漢文に戻してみろ」

「孟子曰、君子所以異於者、以其存心也」

父はしばらく黙っていたが、踵《きびす》を返すとこう告げた。

「明日からおまえは孫寧温《そんねいおん》と名乗れ。私塾の入学試験は明日受けろ。教科書と男物の衣装を用意しておく。その髪をどうにかしてこい」

真鶴はまだ自分が生まれ変わったことを実感できていない。父が初めて名を与えた。この響きが他人のもののような気がして、なかなか胸に収まらなかった。

「寧温……。私は明日から孫寧温――！」

庭のガジュマルの樹に三度雷が落ち、真鶴の耳を押《お》し潰《つぶ》す。正気を取り戻したとき、雨はすっかりやんで青空が広がっていた。

真鶴は女である最後の一日を三重城《ミーグスク》の頂で海を眺めて過ごすことにした。雨上がりの景色はどこまでも澄み渡っている。那覇港の入り江のほとりにある三重城は航海安全を祈願する王国の拝所《ウガンジョ》である。この三重城は世界中の神と繋《つな》がる祈りの一大中継基地とされている。

真鶴は風を受けて東シナ海の水平線を見つめた。今日、男として二度目の生を受けた。もちろんこの決意に悔いはない。胸に突き上げてくる熱い思いは、昨日までの塞《ふさ》がった苦しさとは全く違う。開いたばかりの胸は果てしない夢、明るい未来を思う存分に拡《ひろ》げてくれる。

「進貢船が清国に旅だっていく」

北風を受けて再び航海する進貢船が夕日を正面に旅立つところだった。男となった今、あの船に乗って清国に行く日がいつかきっと来るはずだ。そのとき、泣いていた女童《みやらび》だった自分の過去を忘れているのだろうか。真鶴の頬にいつともなく熱い涙が溢《あふ》れて止まらない。

「あれ、なぜ私は泣いてるの？　おかしいな。やっと学問ができるというのに……。科試を受ける機会を得られたのよ。今まで悔しくて泣いていたのに……」

これは塞がっていた胸を小刀でこじ開けた痛みなのだとやっと気づいた。外科的に切り開かなければきっと膿《う》んでいた胸だ。だからこれでよかったと何度も言い聞かせる。だけど少女最後の日の景色は涙で曇っていた。もう髪を結い上げることもない。嫁ぐこともなければ、ましてや恋をすることもない。子どもを授かることも諦《あきら》めなければならない。やがて孫家の直系は子孫を残すことなく滅びる。それでも叶えたい夢が真鶴にはある。真鶴は簪《かんざし》を抜き、黒髪を潮風に泳がせた。

「真鶴、真鶴、真鶴、ごめんね。もう呼ばれることはないのね。こんな私でごめんね真鶴。私は男になるけど許して真鶴。きっとあなたに誇れる人生にするわ。だから涙を止めて真鶴……」

真鶴は自慢だった黒髪を切り落とした。途端、軽くなったうなじが寒さに震える。真鶴は船を追いかける北風の中に髪を投げ捨てた。一篇の琉歌《りゅうか》を手向けて。

真北風《まにし》吹けば花髪《はなからじ》別れ白鳥の羽の旅やすゆら

（私は北風に髪を捨てて男になるけれど、この髪は船の守り神となって広い世界へ旅してほしい）

私塾に通う朝が来た。衣装も教科書も文房具も全て真新しい上等のものばかりを父は用意してくれた。いつも割れた筆しか使ったことのない真鶴は首里男子士族の特権のひとつに触れたことが嬉《うれ》しかった。短くなった髪を男髪に結い直し、紬《つむぎ》の衣装に袖《そで》を通した。

「寧温、寧温、寧温……おいっ！」

と呼ばれてやっと自分の名前に気がついた。この名前に早く慣れなければ。

「寧温、真和志塾の伊是名《いぜな》先生は気難しくて有名だから、機嫌を損ねるなよ」

そう言って父は絹の風呂敷《ふろしき》に包まれた弁当箱を差し出した。性別が変わっただけでこの待遇の違いだ。農民から士族へ身分が変わったのに等しい扱いだった。

真和志塾の門の前に立った寧温は、まだ真鶴だったときの気持ちを引きずっていた。無意識のうちに教科書が落ちていないか探してしまう自分がいる。そんな寧温をよそに塾生たちが次々と門を潜《くぐ》っていく。

「君は何をしているんだい？」

と声がかかった。振り返ると少し年上くらいの少年が涼やかに笑っていた。

「ぼくは喜舎場朝薫《きしゃばちょうくん》だ。もしかして君も入塾試験を受けるのかい？」

寧温はその名に聞き覚えがあった。いや首里において彼の名を知らない者はいない。喜舎場朝薫といえば六歳にして四書五経を読んだ神童として名を馳《は》せていた。科試に受かるために生まれてきたと巷《ちまた》で評判の天才少年である。数え十三歳で元服した朝薫は、満を持して真和志塾の門を叩《たた》いた。

噂に聞いていた神童・喜舎場朝薫を目の当たりにして、寧温は萎縮《いしゅく》する思いだ。

「私は孫、孫寧温と申します……。初めまして」

果たして本当に自分の姿は男子に見えるかどうか自信のない寧温は、少年と目を合わせられなかった。神童に似つかわしくなく朝薫は親しみやすい笑みを絶やさない。

「寧温、君は本当に華奢《きゃしゃ》だね」

と朝薫に言われてちょっと安堵《あんど》した。そうだ、そう思われればいい。

年長の塾生が門の前に出てきた。

「入塾試験を受ける者は講堂へ集まるように」

首里中からやってきた受験生は大人たちばかりだ。一般教養の水準は高く、清国の国子監の学生と同じくらいの能力を持っている。それが真和志塾では入塾の最低水準とされていた。知的な顔つきの大人たちに囲まれて寧温は初日から、もう圧倒されっぱなしだ。

――きっと試験も難しいんだろうな。

配られた答案用紙の前で緊張した寧温は、壇上で問題が掲げられるのを大人たちの背中の隙間から見つめた。

出題

当時世上唐和之産物手広相用不相応候間、諸産物作出相用候様、三司官衆より仰渡之案文。

入塾希望者たちが「嘘だろ……」と呟《つぶや》く。候文を初めて見る者がほとんどだった。王国の公式文書は日本語の候文で作成するのが標準である。これは当時の琉球人にとっては外国語で表記するのと同じだった。日本語は西欧のラテン語と同じように、格式のある文言として王府に採用された言語である。

試験監督の先生が講堂に現れて「静粛に！」と一喝した。試験官の塾生たちも問題を読んで青ざめる。これは入塾試験の問題ではなく、実際に講義で使っている問題集からの出題だ。これを答えられる者は塾生の中でも一握りしかいない。

「伊是名先生も意地悪だよな。生徒に挫折《ざせつ》感を与えるのが趣味だから」

「みんな硬直しているよ。『庶民が身分不相応な輸入品を所持して、生産性が落ちているから倹約に励ませる布令を作成しろ』って意味なんだけどわかるかな？」

「きっと神童・喜舎場朝薫の実力を試したいんだろう」

ほとんどが答案用紙に何も書けずにいるのに、二人だけもう問題を解き始めていた。
朝薫は眉《まゆ》ひとつ動かさずに筆を走らせる。

御当国之儀小国ニて何篇不自由有之候故、農民共働を以作出候者ハ勿論、細工職人諸制作之品々至り随分作出国用相弁候様ニと之儀ハ

「わが国は小国であり、産業・経済も弱小である。この現実を生き抜くために、農民たちは懸命に生産し、職人たちはさまざまな品を意欲的に製作することが重要だ。この働きによって、国の需要を賄うようにしなければならない、との趣旨は——」

科試は文字を美しく書くことも重要だ。王府の公式文書として布令を出すからには、悪筆は恥とされる。朝薫の字は生真面目できびきびと整列している。
寧温もまた朝薫と同じ勢いで候文を作成していく。寧温の字は同じ字を無限に繰り返しても揺らがない活字のようだ。

依之向後品ニ依り国産を以用弁難成是非唐和之産物相用候儀は格別候得共、出産之品ニて随分可相済向も夫賃雑用彼是致差引候得ば、唐和買下候。

「むろん、琉球産の品では需要が賄えず、やむなく清国や日本から輸入せざるをえないという事態もたしかに存在はする。だが、輸入に頼らず自前で生産できる力をわが国は持ちながら、農民たちは労務や雑用に徴発され、生産活動に没頭できずにおり、そこから輸入という事態が生まれていることがじつは問題なのである」

二人が同時に二枚目の答案用紙に手を伸ばした。寧温の案文の趣旨は「輸入品に頼らずにできるだけ国産品を使うことが、国内の生産性を高め琉球の技術向上と国内経済の発展を推し進めることができる」というものである。それは朝薫の論旨とも同じだった。寧温が筆を擱《お》いたとき、朝薫も最後の一文に入った。

此旨首里那覇泊幷田舎諸島其外可承向々へ不洩可被申渡者也。

「やめ。全員筆を擱いてそのまま退出せよ」
苦悶《くもん》から解放された受験生たちは、一様に青ざめていた。口々に己の無力さを嘆き合い、暗澹《あんたん》たる将来を悲観した。

「俺はもう船乗りになるよ」

「問題の意味さえわからなかった」

「科試はあれ以上に難しいんだろう」

「一応、孟子の言葉を埋めてみたんだけど、バレるよなあ」

合格発表までの間は己の通夜を執り行っているかのようだ。刻一刻と時間が過ぎていく。

その間、朝薫と寧温は廊下で意見を闘わせていた。

「僕は国内経済を発展させるには技術者を養成するべきだと思う。寧温、君は今の王府の関税政策をどう思っている？」

「私は今の王府のやり方には疑問があります。輸入品に関税をかけても競争力を失わないと思います。かえって高級品となって珍重されるだけです」

「しかし寧温、関税を撤廃すると国産品は見劣りしてさらに不利になる」

「朝薫兄さん、そもそも国民が国産品を低く見ているのが問題なのです」

寧温はこれが議論を闘わせるということか、と興奮していた。想像していた通り真和志塾は名門の誉《ほまれ》に恥じない科試予備校だ。門の内側ではずっと寧温がやってみたかった侃々《かんかん》諤々《がくがく》の論争があった。

合格者発表のときがやってきた。試験監督の伊是名が次々と名前を読み上げていく。そのたびに喜びの声と落胆の声が交差する。

「喜舎場朝薫、合格！」

の声にやっと少年らしい笑顔が見えた。立ち上がった朝薫に試験監督が壇に上がれと指示した。

「彼が首席合格者である。まことに素晴らしい案文であった」

受験生たちが感嘆の声をあげる。神童と呼ばれる朝薫の名を知らぬ者はいない。この数年、首里の名門塾はこぞって朝薫の獲得に鎬《しのぎ》を削っていた。科試最年少合格を目指す朝薫がどの塾を受けるのかが塾生たちの関心事だったほどだ。朝薫は予想通り名門真和志塾を選んだ。真和志塾は確実に科試を突破する天才を受け入れて面目を保った。やがて最後の合格者が発表され、今年の入塾者が決まった。

最後まで名前を呼ばれるのを待っていた寧温は、ひとり講堂の前に佇《たたず》んでいた。

「私、落ちたんだ……」

解答に自信があっただけに動揺も大きい。どのような案文なら合格だったのだろう。論旨の展開を間違えたのだろうか。様式を誤ったのだろうか。合否よりも正しい答えを知りたかった。自惚《うぬぼ》れがすぎたかもしれないと寧温は思う。どこかで合格を当然と思っていたことが恥ずかしい。もう一度、候文の勉強をして改めて来年入塾試験を受けようと思った。がっくりと肩を落として講堂を去ろうとしたとき、試験監督の伊是名から呼び出しを受けた。

「孫寧温。孫寧温はいるか！」

「はい。孫寧温は私でございます！」

待っていた呼び出しに胸が詰まる。壇に上げられた寧温の姿に塾生たちも驚く。あの朝薫よりも年少で、ずっと華奢なのだ。いや華奢というよりもまるで女の子みたいな可憐《かれん》な顔立ちだ。こんな受験生がいたのかと仲間たちは顔を見合わせた。

背筋を伸ばして壇上に立った寧温に伊是名は、容赦ない平手打ちを喰《く》らわせた。

「貴様、不正をするとは何事か！」

大人の力で思いっきり引っぱたかれて、寧温の体は壁まで飛ばされた。目に火花が飛び、鉄錆《てつさび》のような匂いが頭蓋骨《ずがいこつ》に広がる。鼻血を出した寧温は、まだ自分が何をされたのか理解できていない。伊是名は立ち上がろうとした寧温に蹴《け》りを喰らわせた。

「貴様、朝薫の答案を盗み書きしただろう！　この恥知らずめ！」

寧温は一瞬、何を言われたのかわからなかった。

「先生、私は不正などしておりません。何かの間違いでございます」

「ふざけるな。貴様と朝薫の席は隣同士であったではないか」

「私は朝薫殿の答案を盗み書きなどしておりません。誓って本当でございます」

伊是名の怒りは激しさを増すだけだ。

「科試を受ける者にあるまじき態度だ。貴様のような腐った学生は今のうちに潰《つぶ》しておかねば塾の恥になる。二度と真和志塾の門を潜《くぐ》ることを許さん！」

そう言って伊是名は講堂を後にした。

寧温はやっと不合格の理由を知った。試験に落ちたことよりも、不正をしたと思われたことが悲しい。そんな卑劣な行為をする人間を誰よりも忌み嫌っているのは自分自身なのに。憧《あこが》れていた真和志塾から門前払いされて、寧温は途方に暮れていた。鼻血を拭《ぬぐ》った瞬間、悔し涙が溢《あふ》れた。そんな彼に朝薫が手ぬぐいを差し出した。

「ぼくは君が不正をしたとは思っていない。書き始めも、筆を擱くのも、君の方がずっと早かったのを知っている」

そして朝薫は自分の筆を渡した。

「科試に受かって首里城で会おう。きみはぼくの好敵手だ」

寧温は朝薫の筆を握りしめた。真和志塾に門前払いされたからといって、科試が受けられないわけではない。科試を突破することこそ自分の目標なのだ、と言い聞かせた。

首里には王府の補助金を受けた名門私塾が複数ある。真和志塾と並び称されるのは赤田《あかた》塾《じゅく》である。寧温は赤田塾の試験を受けようと気を取り直した。木陰で本を読んでいる寧温の下に顔を赤らめた酔っぱらいがやってきた。

「坊やも科試の勉強をしているのかい？　儂《わし》と同じだな。じゃあ記念に一杯」

そう言って抱瓶《ダチビン》に入っていた泡盛を口に含んだ。てっきり本を開くのかと思っていたら酒を呷《あお》るのだから、寧温は目を丸くした。

「おじさんも科試の予備校に通っているんですか？」

大柄で人懐っこい顔をした男は豪快に笑って、また酒を呷る。

「おうよ。儂は破天塾《はてんじゆく》の塾生だ。科試には落ちてばかりだがな。がははは」

「破天塾？　そんな塾は初めて聞きました。どこにあるのですか？」

「おうよ。鳥堀《とりほり》の坂にある名門塾だぞ。知らないとはさては潜りだな。ところで何をしている？」

「いえ、さっき不合格になった真和志塾の試験問題を検証しているのです。国産品を重用するために私は自由競争を説いたのですが、今読み返すと論旨に無理があります」

あのときは伊是名に殴られて悔しい思いをしたが、冷静になって読み返すと関税撤廃論に持ち込むには、飛躍がありすぎる気がする。

「じゃあ、儂の師匠の麻真譲《ましんじよう》先生に聞けばいい。坊やきれいな字を書くんだな。儂にも教えてほしいものだ。がははは」

連れて行かれた先は子どもの間で「お化け屋敷」と呼ばれて恐れられている屋敷だった。庭は荒れ放題、屋根からは草が生えていて、大人たちが昼間っから酒盛りばかりしている。ここが私塾だったなんて、今知った。門に辛うじて読める文字で『破天塾』とあるが、誰もが早足で通り過ぎるために看板があるなんて気づきもしない。寧温は既に帰りたい気持ちだった。

中に入ると聞きしにまさる醜態だ。塾生と思《おぼ》しき大人たちが酒宴を開いていた。

「多嘉良《たから》、なんだその子は？」

「いやあ、麻真譲先生に聞きたいことがあるんだと」

「また随分きれいな顔をした少年だな。王宮の花当《はなあたい》になれるくらいの器量だ」

「聞いて驚け。なんと坊やは科試を目指しているのだぞ」

「それはすごい。じゃあ乾杯だな。多嘉良、酒を持ってこい」

そういうと寧温を囲んで酒宴が勢いづいた。ここが本当に私塾かどうかすら怪しいものだと寧温は思ったが、気の優しい男たちばかりだ。酒が飲めない寧温にお菓子を差し出したり、この家の畳は汚れているからと自分の座布団を譲ったりと何故かとても親切だ。大人は恐いと思っていた寧温もやがて一緒に笑い出した。

「おお、麻真譲先生がお見えになったぞ。さあ乾杯しよう」

現れたのは上品な雰囲気の老人だ。どんな妖怪《ようかい》が現れるのかと身構えていた寧温は麻真譲の優雅な物腰に一目で惹《ひ》かれた。

「麻先生、この子が教えてほしいことがあるそうです。ほら坊や、さっきの帳面」

寧温がこれが真和志塾の問題と自分の解答だと告げて麻の教えを仰いだ。

「ほう、真和志塾の入塾試験はこんなに高度なのか。これが解ければ科試に通ったも同然ではないか」

そして寧温の答案に目を通す。麻真譲は寧温と答案を何度も見比べて信じられないといった様子で案文を読《よ》み耽《ふけ》った。

「麻先生。私は真和志塾から門前払いされました。関税撤廃論に飛躍がありすぎたのでしょうか？」

麻真譲は赤字で一ヵ所だけ訂正して、答案を差し戻した。

「なぜ関税撤廃論を持ち出したのだ。その理由を聞こうか」

「はい、琉球の職人たちは優れた技能を持っています。清国や日本の工芸品にも負けない産品を生み出す力があります。ただ国産品は保護されすぎて競争力を失っております。職人たちを奮起させるためにも輸入品と競争させるべきです」

麻真譲は硯《すずり》を取り出して何かを書き出した。これを持っていけと寧温に渡す。

「赤田塾への推薦状だ。塾長に宛てたからこれを持って赤田塾へ行くがよい」

寧温は狐につままれた気分だ。この老人は一体何者なのだろう。さっきまで威厳に満ちていたのに、酒盛りを始めた途端、急に駄目な老人になって多嘉良たちと楽しそうに語り始めた。お化け屋敷というよりも絡繰《からくり》屋敷みたいである。

寧温は家に帰ると麻真譲の書いた手紙を父に見せた。父はぺたりと床に腰を落としてしばらく声も出ないほど肝を潰していた。どうしたのかと尋ねる寧温の声で、やっと正気に戻ってくれた。

「麻真譲が赤田塾への特待生としておまえを推薦するなんて！」

「父上は麻先生をご存じなのですか？」

「麻親方を知らないのか？　三代の王に仕えた三司官《さんしかん》、麻親方だぞ！」

それで寧温も父と一緒に腰を抜かした。王国史上最高の三司官として清国からも敬愛された麻親方が、あの老人だなんて信じられない。父が言うには麻親方ほど公明正大で民から慕われた三司官はいないという。彼の書く外交文書は清国の体面を保ちつつも、琉球の尊厳に満ち溢れていたという。一目彼に会いたくて紫禁城から琉球にやってきた官僚たちもいたほどだ。王府からは終生三司官を務めてほしいと慰留されたが、尚育王《しょういくおう》に世変わりしたのを機に職を退いた。麻真譲の実績なら私塾の塾長に任命されるどころか紫禁城に招かれてもおかしくないほどだ。王国の奉行所や私塾の塾長たちはみんな麻真譲の部下たちばかりなのだから。

父もまた麻真譲を心から敬愛している熱烈な信者である。

「麻親方は琉球と清国の間の関税撤廃を説いておられるお方だった。私も麻親方の仰《おっしゃ》る通りだと思う。過剰な保護政策は結局琉球の文化を滞らせる」

「ところで父上、申し上げにくいのですが私、真和志塾を落ちました」

父はにっこりと笑って寧温に菓子を勧めた。

「あんなところ行かなくてもよろしい。明日《あした》から破天塾へ通いなさい」

朝から酒盛りで賑《にぎ》わう破天塾は、塾生よりも屋敷に巣くう野良猫の数の方が多い。昨夜父から麻真譲の華々しい業績を聞かされたが、本当にこの私塾があの名三司官・麻親方が教鞭《きょうべん》を執る予備校とは思えなかった。

寧温は昼過ぎまで寝ている麻真譲が出てくるまでには、科試の試験問題を五つ解いていた。その間も多嘉良たちは楽しそうに酒を呑《の》んでいる。

「坊や、勉強しすぎると燃え尽きてしまうぞ。さあ一緒にお菓子を食べよう」

「多嘉良のおじさん、いくらなんでも遊びすぎです」

「何を言う。破天塾はまず酒盛りから始めると決めたのは麻真譲先生だぞ」

多嘉良が言うには、麻真譲は官僚はまず人柄がよいことが最大の資質だと考えているのだそうだ。科試があまりにも難しくなりすぎて、人間教育を怠りすぎたことを問題視していた。王宮に入れば官僚は自らの既得権に甘え、庶民の明日をも知れぬ暮らしを忘れてしまいがちだ。そもそも官僚の俸禄《ほうろく》は国民の税から支払われるのだ。

人頭税《にんとうぜい》と呼ばれる過酷な収税システムが王府を成り立たせている。農民は食うや食わずの生活でこの人頭税のために生きた心地のしない日々を過ごしている。その苦労をまず知ることが官僚の素養だと麻真譲は訴える。王宮はあまりにも贅沢《ぜいたく》をしすぎている。

しかし麻親方が三司官を務めている間は、王府の財政改革は手をつけてはならぬ禁域であった。麻真譲は三司官を辞任すると、長年の夢だった情を育《はぐく》む人間教育を行うことにした。これが破天塾である。しかし情を優先するあまり、肝心の理が疎《おろそ》かになっているのが問題でもあった。

「麻先生、この案文を添削してください」

麻真譲はただにこにこと笑って寧温の答案を読み耽るだけである。赤字で訂正されることもあるが、ほとんど原文の趣旨は生かされていた。それが正しい案文だからなのか、ただの教師の怠慢なのか寧温にはわからない。それが焦りになってさらに論旨を推敲《すいこう》するようになっていた。

「寧温、なぜ赤田塾に行かないのだ？」

酒を呷った麻真譲が膝《ひざ》を崩した。自分の過去を知った上で破天塾に通ってくるなら、何も教えるつもりはなかった。評定所筆者になれば答えを教えてくれる教師はいない。官僚は答えを自らの力で生み出す人間でなければならないからだ。

寧温は自分の案文を推敲して、また新しい候文を持ってきた。同じ問題に何枚もの案文を出す姿勢が麻真譲の目には奇異に映った。

「私は自分で答えを考えられるからこの塾が好きなんです。さっきの案文は視点が高すぎて、高圧的に受け取られます。現実の庶民の暮らしを鑑《かんが》みるとこれくらいに抑えておいた方がより実践的な布令かと思われます」

麻真譲はまた適当に赤字を入れて寧温に戻した。麻真譲が教えているのは候文の様式だけである。それをまた寧温が推敲して別の案文を書いてくる。酒盛りをしていようが昼寝をしていようが麻真譲は決して怒ることはない。学問は好きでするものであって決して強制されるものではないからだ。

破天塾の面白さは実は酒宴にあると知ったのも通い始めてからだ。

麻真譲は煙管《キセル》をくわえながら多嘉良から酒を注がれた。

「多嘉良、候文の本質とは何だ？」

「麻先生、それは庶民の心を汲《く》み取ることでございます」

「寧温、おまえはどう思う？」

「麻先生、それは論旨が一貫していることでございます」

「寧温は落第。多嘉良はもう一杯酒を呑んでよい」

「ありがとうございます。では遠慮なく。がはははは。すまんな寧温、儂《わし》が破天塾の秀才なのを恨め」

　多嘉良が酒を呑んでいないときはなく、素面《しらふ》の姿を見たことがない。いつでも顔が赤くてそれが地肌の色に思える。塾生で正気なのは自分だけではないかと寧温は思う。麻真譲はそんな寧温の気持ちを察してか、酒宴のときは必ず自分の隣に座らせた。

「寧温、おまえは今何をすべきだと思う？」

「麻先生、私は科試を突破するために学問を究めることだと信じております」

「では寧温、何のために学問を究めるのだ？」

「それは自分を磨くためでございます」

「寧温は落第。茶菓子を食べてはならぬ」

　そう言って寧温の膝元《ひざもと》にあった菓子皿のちんすこうを取って食べた。そのときの麻真譲の顔といったら、ない。子どもが目の前の相手を羨《うらや》ましがらせるように勿体《もったい》つけながら食べるのだ。これにには寧温も純粋に腹が立った。

「麻先生、おとなげないです。なぜ私が落第なのですか」

多嘉良が寧温のちんすこうに手を伸ばす。

「学問は人に尽くすためにある。評定所筆者は国民を導く前に代弁者たれ」

「多嘉良は合格。もう一杯酒を呑んでよい」

「いやあ悪いな寧温、やはり持つべきものは出来の悪い友人だな」

酒の呑めない寧温がこの酒宴が嫌いじゃないのは、誰も自分を子ども扱いしないところだ。よく考えてみると多嘉良も他の塾生たちも、自分よりも他人のことを慮《おもんぱか》る者ばかりだ。傘を忘れた雨の日には、遠回りしてでも寧温を送ってくれるし、多嘉良に至っては自分の着物を脱いで寧温に被《かぶ》せてくれたりもした。ただこれほど情に厚い者ばかりなのに、候文の作成になると呆《あき》れるほど無能なのである。やがて痺《しび》れを切らした寧温が麻真譲の代わりに塾生たちの案文を添削するようになった。

「多嘉良殿、落第！」

赤字だらけにして答案を突き返すとき、寧温は酒宴の怨《うら》みを晴らした。

「勘弁してください、孫先生。儂は今日はまだ一滴も酒を呑んでないのです。酔いが回らないから名文が書けないのです」

「既に酔ったような迷文ではありませんか。おじさんの書きたい趣旨は大体わかります。でも候文は様式も大切なのです」

「心が籠《こ》もっていればいいじゃないか。くそ。酒宴では覚えていろよ寧温」

そう言ってお互いに笑い合う。学問は人を温かくするものだと思うようになったのも破天塾に通い始めてからだ。恐らくこのことを知りたくてここを選んだのだ。

しかし破天塾は端から見れば、科試を諦《あきら》めた酔いどれどもの巣窟《そうくつ》である。

ある日、孔子廟《びょう》にお参りしていた破天塾の塾生たちが、真和志塾の塾生たちに絡まれているのを寧温は目撃した。

「おい、破天塾の落ちこぼれどもが願掛けしているぞ。無駄なことを」

「来世の科試合格でも願っていたのか？　それとも来々世か？　わははは」

多嘉良たちは何も言い返さずにただしょんぼりと俯《うつむ》いていた。それをいいことに真和志塾の塾生たちは罵詈《ばり》雑言《ぞうごん》を浴びせる。

「おまえたちは百姓士族になって畑を耕せ。その方が生産性があがって王国のためになるのだ」

寧温は聞いていて耳を塞《ふさ》ぎたくなった。あんな思いやりの欠片《かけら》もない男たちが科試を受けるなんて許せない。多嘉良たちの方がずっと人として優れているのに。なぜ耐えてばかりで殴らないのだろう。寧温は咄嗟《とっさ》に石を拾った。

「やめろ寧温。孔子様の前で徳を下げるぞ！」

気がついた多嘉良が怒鳴り声をあげる。寧温は悔しくて顔を真っ赤にしていた。

「なぜ、なぜ怒らないのですか？　あんな下衆《げす》たちを許す法はないのに。誰にでも孔子廟にお参りする権利はあるのに」

すると多嘉良は懐から紙包みを取り出した。

「おまえの合格祈願をしていたんだ。寧温ならきっと科試に受かる。この紙包みの中身は霊験あらたかな孔子廟の土壁の欠片だ。これをお守りにしろ」

寧温はぼろぼろ泣きながら多嘉良にしがみついた。

「どうして、どうしていつも他人のことばかり気を遣うのです。今は自分のことを考えてください。一緒に科試に受かりましょう」

多嘉良は真っ直ぐに寧温の瞳《ひとみ》を見据えた。震えるほど純粋な眼差《まなざ》しに寧温は心を見透かされた思いがする。こんなとき多嘉良は私塾の同級生というよりも、父という気がする。もっとも寧温の実父がこんな慈愛に満ちた眼差しを送ってくれたことはないのだけれど。

多嘉良は言う。

「他人の気持ちを汲み取れない人間に科試を受ける資格はない。おまえはいつになったら、それがわかるんだ？」

一瞬、多嘉良の姿が本物の孔子のように見えた。

＊

破天塾に通い出してから二年が過ぎた頃、麻真譲から呼び出しを受けた。

「寧温、国学で科試の模擬試験が来月行われる。他流試合と思って受けてみろ」

「私が模擬試験を、ですか？」

模擬試験といっても王府が主催する本格的なものだ。科試と同じで、試験官も出題も評定所の役人たちが行う。模試での合否は科試の合否と直結する。学生や塾にとっては、何より出題の傾向を探ることができる絶好の機会だった。また模試は評定所にとっても学生の学力を測るのに役立った。ただし、模試への参加は塾長からの推薦を受けた成績優秀者に限られる。

「私が破天塾を代表してもよろしいのですか？　他にも相応《ふさわ》しい方がいるのに」

「真和志塾からは喜舎場朝薫が参加する。それでも役不足か？」

これが麻真譲の恐ろしさだ。喜舎場朝薫のことなど一言も喋《しゃべ》ったことがないのに、好敵手であることを見抜かれている。寧温は塾を代表するよりも、あの少年にもう一度会いたかった。もし真和志塾に受かっていたらきっと朝薫と毎日議論をしていただろう。朝薫ともう一度筆を闘わせたい。彼にもまたそう思っていてほしかった。朝薫の真和志塾での活躍は他塾の塾生たちにも轟《とどろ》いている。彼がこの二年の間にどれくらい自分を引き離したのか、その背中を見てみたい。

「麻先生、推薦を受けさせてください。破天塾の名に恥じないよう頑張ります」

その日から、寧温の勉強は苛烈《かれつ》を極めた。麻真譲は少しも手伝いもしないし、模試対策を教えることもなかった。塾生たちの案文に赤字を入れ、叱咤《しった》激励するのも寧温の仕事だ。多嘉良たちは模試対策に集中しろと遠慮するが、これも含めて全てが勉強なのだと言い聞かせた。破天塾で習った「情」を自分の「理」と融合させなければ、喜舎場朝薫に勝てない。初めて真和志塾で会ったとき、彼は既に情も徳も備えていた。あれこそが学問を修めた者のあるべき姿なのだ。科試を受ける者は、そうでなければならない。

そして模擬試験の日がやってきた。

王宮の側にある国学に集まった者は、塾を代表する秀才ばかりだ。ここが琉球の最高学府である。科試受験者のほとんどは国学出身者で、私塾に通うのは卒業してからというのが定番だ。大人たちの人熅《ひといきれ》に寧温は酔いそうだった。それは朝薫も同じだ。寧温が朝薫を見つけるよりも早く、朝薫は昨日語ったばかりの友人のように、気さくに声をかけてくれた。

「寧温、きっとここで会えると思っていたよ。ぼくは君を目標にしてきた」

朝薫は真和志塾の入塾試験の寧温の答案を見て以来、劣等感を覚えていた。あの案文を落とした伊是名は相当な愚か者だ。不正の嫌疑をかけるなら自分にかけられても不思議ではないほどの出来栄えだった。関税撤廃論は行きすぎていると思ったが、寧温の案文は読めば読むほど琉球の誇りを鼓舞してくれる。あんな案文を書きたくて朝薫は寝る間も惜しんで必死で勉強してきた。もし、今日の模擬試験に孫寧温の名前がなければ、きっと参加しなかっただろう。朝薫は破天塾の代表として参加してきた寧温を誇りに思う。

「朝薫兄さん、あのときいただいた筆は私の励みです」

「破天塾の代表になるなんて君は本当にすごい。麻親方の推薦文をいただくなんてよっぽどの才覚がなければありえないことだよ」

麻親方という名に試験官として出席した評定所の役人たちが驚く。誰を推薦したのだと辺りを見渡すが、大人たちの雑踏に紛れて寧温の姿が見えない。破天塾はこの五年、模試に代表を送らない沈黙の塾として有名だった。

国学の講堂の席についたとき、真和志塾の伊是名が異議を唱えた。

「朝薫の隣にいる小柄な少年を試験監督の前に移動させせろ」

寧温は試験監督の前に席を替えられた。却《かえ》ってその方がいらぬ嫌疑をかけられないから有り難かった。

出題
宮古島帰帆之砌唐漂着船損所有之修補之願申出候処、船は致売払、乗組人数護送船より可至送届候由、又右船積荷之鉄御大禁之品ニて被取揚、代銀被相渡由候付、無左船幷人数鉄共琉球入用之者候故、唐向穏便乍計不叶訳願立之趣意申述候摂政三司官衆より御届被仰上候案文。

受験生たちが難問中の難問を前に絶句した。候文は読めるが意味を知れば知るほど、難しい問題だった。これを解ける現役の評定所筆者がいるかどうかすら怪しい難題である。

受験生たちが口々に呟《つぶや》く。

「宮古島の船が清国に漂着した。船は修理が必要なほど壊れていたため願い出たが、清国が売却処分するため、帰れなくなってしまった」

「清国は船と積み荷の対価を銀で支払い、清国の船で乗員を琉球に帰す模様」

「公用船が積んでいたのは鉄！　清国の輸出禁止品じゃないか！」

「しかし琉球としては乗員も船も積み荷も帰してほしい」

「清国の体面を保ちつつ、王府の公式文書として琉球の主張を貫け……」

「清国がそんなのを許すわけがないよ。絶対に清国の船で帰すに決まっている」

これは外交文書作成の問題だ。朝貢関係にある琉球は中華文明の衛星国家である。政治、経済、文化、軍事、全てにおいて琉球が清国に勝てるものはない。むしろ清国の文明を享受することによって生き延びているのだ。それを清国の施しを無視し、独自の回収船を出すなんて清国を怒らせるだけだった。それを怒らせない文書を作成しろというのだから、無理な相談である。

朝薫も寧温も掲げられた問題文を前に一瞬たじろいだ。双方の主張を満たす論理なんてありそうもない。しかしこれが答えのないところに答えを生み出す政治の現場なのだ。

寧温と朝薫が筆を走らせる。

宮古島年貢積船壱艘人数何人乗組、去年何月
当地より帰帆之洋中逢難風唐漂着、其取扱向
ニ付御当国願立之趣如斯ニ御座候事。

朝薫は真剣な面持ちで論旨を構築していた。
「公用船を売り払ったら琉球は船に困ってしまう。資材不足の国情を訴えてこのままでは王府の年貢の取り立てに支障が出てしまうことを述べよう」

宮古島之儀材木不自由之所にて船居少作事之
節は中山より楷木申受等を以相調事故思様不
相違、此節本船売払候ては年貢運送之支ニ相
成事候間、

寧温もまた清国に格別の厚情を訴えることにした。
「没収された鉄は清国では輸出禁止品だけど、銀で対価を支払われても困る。積み荷の鉄は農具として利用する大切な品。ここは清国に折れてもらうしかない」

取揚代銀被相渡候ては島中用事差欠及迷惑申

事候間、乍国禁格別之訳を以何卒現品積帰候様被申付度、左候得者鍋鎌鍬等国用致筈合積候間、大清国之恩寵被成下度、

申上候間、被聞召上被下候様宜被申上候。以上。

まるで琴に指をかけたように美麗な候文が奏でられる。二人が結びの一文に入った。

試験監督の声がした。

「やめ。全員筆を擱《お》いてそのまま退出せよ」

科試の本番の緊張感さながらの模擬試験だった。まさか清国との摩擦を前提にした問題が出てくるとは。これが新しい科試の傾向なのか、と受験生は暗澹《あんたん》たる思いがした。模範解答があったらいっそ見せてほしいものだ。

試験官をしている評定所の役人たちもこの問題に息を呑《の》んだ。自分たちに書けと命じられたら、まず評定所配下の表十五人衆《おもてじゅうごにんしゅう》と呼ばれる直属の上司に相談して議論を重ね、案文を作成するのに数日をかけるだろう。そして評定所筆者総出で検証を重ね、不備がないか確認し合う。それでも摩擦は避けられないかもしれない。清国が抗議してきた場合に備え、もうひとつ詫《わ》び状《じょう》を用意しておくのが定番だった。誰がこの問題を作ったのか、出題の意

図を知りたいくらいだ。

塾の先生たちも生徒が問題を解いている間、模範解答を作成していたが、伊是名をはじめ全員が匙《さじ》を投げた。この問題を制限時間内で解けというのは不条理だ。

やがて合格発表の時刻がやってきた。受験生たちは全員不合格をほぼ確信していた。科試の本番よりも難しい模擬試験なんて聞いたことがない。

試験監督が合否を発表する。

「首席。真和志塾、喜舎場朝薫！」

あの難問を解いた者がいたことに評定所の役人たちが感嘆の声をあげる。同時に真和志塾の仲間たちが一斉に指笛を吹いた。さすが期待の天才少年である。朝薫は凛《りん》と背筋を伸ばして、壇に上がった。寧温も惜しみない拍手を送る。朝薫の細面の顔立ちは知性を際だたせていた。子鹿のような腰の位置の高さはこれからの成長を予感させる。

「喜舎場朝薫、見事な案文であった。清国の体面を保ち、琉球の主権を貫く堂々たる案文である。我ら評定所筆者としても、きみには早く王宮にあがってほしいくらいだ」

試験監督の言葉に破鐘《われがね》のような拍手が鳴る。科試の監督庁からお墨付きを貰《もら》った学生なんて模試始まって以来だ。朝薫は実力を認められてちょっと照れ笑いしている。

「朝薫兄さん、すごい。私もあんな人になりたい」

寧温は壇上の朝薫を眩《まぶ》しい思いで見つめた。そして二年の間に引き離されてしまった距離を早く埋めたくてうずうずしてしまう。

試験監督がまた声を張りあげた。

「同じく首席。破天塾、孫寧温！」

地鳴りのような歓声が講堂を揺らす。首席が二人もいるなんて模擬試験始まって以来のことだ。一体誰なのだと塾生も役人たちも辺りを見渡した。

「孫寧温、前へ出なさい！」

「私が首席ですか……？」

半信半疑でおずおずと立ち上がった寧温は、浮遊感に包まれていた。試験監督の声を遠い世界の声のように聞いた。

壇上に立った寧温がぺこりとお辞儀をする。壇上の少年はまるで乙女のような可憐《かれん》さだ。二人並べると幼いのに寧温の方が遥《はる》かに艶《つや》があり、禁欲的な男物の衣装がかえって色香を強調している。並んだ二人はそのまま雛人形《ひなにんぎょう》の組み合わせになりそうだった。

「やあ、寧温。きみと一緒に首席だなんてぼくたちは縁があるね」

朝薫が拍手して迎え入れると、遅れて学生たちも手を叩《たた》いた。二人の神童を前にした学生たちは奇蹟《きせき》の瞬間に立ち会っているような思いだ。

「孫寧温の案文も見事であった。琉球の国情を訴えながらも品格があり、清国に対する配慮も素晴らしい。両者とも甲乙つけがたく、同席一位とした！」

寧温と朝薫が互いに火花を散らして見つめ合う。神童たちの闘いはまだ始まったばかりだ。

第二章　紅色《べにいろ》の王宮へ

標高の高い王都首里《しゅり》は未明、よく濃霧に飲み込まれる。那覇の町から見上げればそれは雲なのだが、天上界に住む士族たちは霧と呼ぶ。空気全体がぼうっと光り、天地左右もわからぬまま人は無意識に真紅の王宮を探す。そこが王国の要《かなめ》であり、天と地の境目であるからだ。

やおら王宮の久慶門《きゅうけいもん》が開く。行燈《あんどん》を携えた役人たちは眉目秀麗《びもくしゅうれい》な男ばかりだ。派手な色衣装を着た男たちはまるで舞台から抜け出た役者のように華やかだった。彼らが王府の特命を帯びた踊奉行《おどりぶぎょう》と呼ばれる役人たちである。

「おまえは真和志村《まわしむら》、そっちは那覇、残りは久米村《くめむら》と辻村《つじむら》をあたれ」

上司と思《おぼ》しき男がてきぱきと指示を下す。彼らの役目は王国中の美少年を徴発することである。この踊奉行が表に出るときは、清国《しんこく》から皇帝の使者を乗せた御冠船《うかんせん》がやってくる前触れだ。皇帝の使者である冊封使《さっぽうし》を王宮内でもてなすことは、王府最大の事業である。

清国との冊封を維持するために、琉球《りゅうきゅう》の美意識と教養で盛大に歓迎する。そのために女装をさせて踊らせる美少年が絶対に必要だった。ただ美しければよいというものではない。

芸術的素養のある美少年となると王宮内の花当《はなあたい》と呼ばれる稚児衆《ちごしゅう》たちだけでは足りない。清国の使者たちは琉球舞踊の群舞が特に好きだ。これに応えるために美少年の徴発が片っ端から行われる。踊奉行に徴発されるのは科試《こうし》と同じく王宮に就職できる最大の機会だ。美貌《びぼう》に自信のある少年たちはこのときとばかりめかし込み、徴発されるのを待っている。

霧の中で踊奉行が一人の少年を見初めた。少年は寺子屋にでも通う途中だったのだろうか。地味な衣装を着ているが辣腕《らつわん》スカウトマンの踊奉行の目は誤魔化せない。まるで咲きかけの山百合《やまゆり》の蕾《つぼみ》を思わせる少年だった。固い花弁が開いて青い雌蘂《めしべ》を覗《のぞ》かせたばかりの最初の香りを嗅《か》ぎつけた。

「おい、おまえ。私は王府の踊奉行だ。おまえを踊童子として王宮に迎えたい」

顔を真っ赤にした少年は襟元を締め、丁重に頭《こうべ》を垂れた。

「踊奉行殿のお言葉、大変有り難く存じますが、生憎《あいにく》私は科試を目指しております。申し訳ありませんがお心に適《かな》いません」

踊奉行の目に狂いがなければ、少年は王宮の花となる逸材だった。花は蕾のうちに王宮に上げ、咲き誇るまでに教養を身につけさせる。踊奉行は育て甲斐《がい》のある蕾に執着した。

「そなたの美貌なら科試を受けずとも王宮に入れるのだぞ。よい話だと思わぬのか？」

「生憎、私は踊りの素養がございません。冊封使様のご不興を買ってしまいます」

それでも踊奉行はしつこく勧誘したが、少年は頑として受け入れなかった。踊奉行は美貌だけを見込んでいるのではない。琉舞《りゅうぶ》は天性の才能が必須《ひっす》だ。所作の優雅さや手の返し、首や目の動きなど言葉以上に情感を訴えなければ外国人である清国の使者の心を動かさない。その素地が少年には既に備わっているのだ。こうやって固辞する間にも、少年の手や首や腰はいくつもの哀歓を表していることを知っているのだろうか。まるで乙女の恥じらいを演じる琉舞の『かせかけ』の一幕を見せられた気分だった。

「まあよい。気が向けばいつでも王宮へ来い。そなた名を何と申す」

「孫寧温《そんねいおん》でございます。あの……塾に遅れますので失礼いたします」

踊奉行は霧の中に消えていく少年の後ろ姿にしばし見惚《みと》れた。寧温が走り去った後に山百合の香りが残る。それが霧に混じって何とも甘い気持ちにさせた。あれだけの器量ならば花当になれば必ずや王宮の名玉として名を馳《は》せるに違いないのに。勿体《もったい》ない、と踊奉行は溜息《ためいき》をついた。

実は踊奉行が狙う今日の本命は決まっていた。遊郭のある辻村で踊りの天才と呼ばれる美少年がいると聞いていた。彼を徴発することが第一である。踊奉行は辻村へと急いだ。

つぼでをる花やいつの夜の露に咲かち眺めゆが朝も夕さも

(花の蕾のあの子を踊童子にして王宮にあげて、咲き誇った姿を朝も晩も見たかったものだ)

夢見心地の霧の朝、続々と美少年たちが王宮にスカウトされていく。そんな中、破天塾《はてんじゆく》では多嘉良《たから》の大法螺《おおぼら》に塾生が煙《けむ》に巻かれていた。

「あれは儂《わし》が十五歳のときよ。踊奉行が現れて儂を踊童子にしたいと申してきた。儂は子どもの頃は琉球の虞美人《ぐびじん》と呼ばれたものよ。千の花を霞《かす》ませる美少年だったのだ。だが科試を受けると言って断った。あのとき王宮に入っていれば、今頃、麻《ま》先生と同じ三司官《さんしかん》だったかもしれん」

「踊奉行の目は腐っていたのですね」

寧温は問題集を解きながら相槌《あいづち》を打った。

「何を言う。儂は寧温よりもずっと美しかったんだぞ。酒に溺《おぼ》れるまでは……」

「身の丈六尺を超える虞美人なんて不気味です。おじさんは関羽《かんう》がお似合いです」

「じゃあ、ちょっと関羽の真似してみるか。これでも京劇は得意なんだぞ」

と多嘉良が京劇の口調で見得を切る。これがまた玄人跣《くろうとはだし》の堂に入った姿だ。

「多嘉良のおじさん。もうすぐ科試が始まるんですよ。少しは勉強してください」

「大丈夫。大丈夫。この前、孔子廟《びよう》の前にユタがいてな。儂はきっと王宮に入ると告げられた。だから今年は余裕を持って受けるのだ。がはははは」

今年の科試は史上最大規模になると予想されていた。合格者を増やして対応しなければならない諸問題が琉球には山積みだからだ。福州《ふくしゆう》の琉球館からは絶えず人が出入りしている。彼らはいち早く清国の情報を仕入れてくる。彼らの情報は現代の諜報《ちようほう》活動に相当する。

長崎の出島に入ってくる情報は所詮《しょせん》庶民レベルだ。

しかし琉球が取る情報は実際に紫禁城《しきんじょう》の中にまで入って集めてくるため政治の微妙なニュアンスや官僚たちの思惑など正確無比なものである。琉球の情報はそのまま薩摩《さつま》に送られ、幕府の情報として重要な役割を担ってもいた。彼らが集めてきた情報は、衝撃的なものだった。あの超大国・清が欧米の列強を前に為《な》す術《すべ》もないまま翻弄《ほんろう》されているという。阿片《あへん》戦争で英国に敗れて以来、国家が麻痺《まひ》しているのだそうだ。

那覇の町に行けば誰でも耳にすることだ。今や清国を憧憬《しょうけい》と敬意で語る者は少数である。王府の役人たちも知っている。だが清国に今衰亡されると琉球の国体が危うい。清国が弱体化すると相対的に薩摩の力が増す。朝貢関係のように友好的ではない日本は琉球支配をますます強めるだろう。

寧温ならずとも一様に国民は王国の未来に差した一筋の影を気にしていた。

「麻先生、清国はこれからどうなっていくのでしょうか？」

「寧温、おまえはどう思っている」

「私は清国が枯れていく大樹に思えてなりません。幹が腐ればやがて枝葉も枯れます。今はまだ琉球には害は及んでいませんが、清国の衰亡は必ずや琉球の衰亡に直結します。いいえ、琉球だけではありません。冊封体制そのものが揺らぎます。朝鮮、安南《あんなん》、蒙古《もうこ》、暹羅《シャム》も共に同じ運命でございます」

冊封体制は中華文明を享受するアジア最大の国際連合だ。このネットワークに入らないのはインドのムガール帝国と鎖国をする日本だけである。朝貢国同士は互いに緩やかに繋《つな》がり、今日で言う同盟関係を結んでいた。たとえば漂流民の保護は朝貢国同士では極めて紳士的に行い、衣食住や船の提供を含めて最大限に尽力した。特に琉球はこの手厚い行政サービスが諸外国の間で噂になり、船が漂流すると何が何でも琉球を目指したほどだ。

多嘉良が寧温の不吉な言葉に割って入った。

「冊封をやめたら琉球はどうなる。薩摩が冊封するってことか？」

「薩摩は琉球の完全支配が目標なのです。冊封などしません」

「じゃあどこの冊封を受ければいいんだ」

「多嘉良のおじさん、冊封という体制はもう通用しないのです。列強は新しい体制を強引に推し進めてきます。国は冊封のように緩やかに繋がるのではなく、植民地という奴隷国を生み出すのです。これが新しい体制です」

「なんという野蛮な体制だ。琉球が西洋の奴隷国になるのか」

「その上彼らの戦術は巧みです。条約という新しい協定を結び、契約を行うのです。阿片《あへん》戦争で既に香港は英国領になりました。借地するという口実に清国はまんまと騙《だま》されました」

「琉球は奴隷にならん。独立を貫くのだ」

「ただ難儀なのは薩摩です。彼らは条約ではなく武力で琉球の支配を狙っています。列強支配か薩摩支配か、琉球は二重の葛藤《かっとう》の中にあります」

麻真譲《ましんじょう》は煙管《キセル》をくわえたまま微動だにしなかった。ついに恐れていた清国の弱体が顕《あらわ》になったのだ。もはや琉球の後ろ盾になってくれる国家はない。この難局を乗り切らなければ、王国は幾重もの大国の波に呑《の》まれて沈んでしまうだろう。そのためには智恵がいる。世界に誇る美と教養を研ぎ澄ました究極の頭脳を以《もっ》て難局に臨むしかない。

「それで寧温、おまえは琉球をどこに導けばよいと思っておる？」

「はい麻先生。琉球は冊封も条約も結ばずに、もう一度大海に出て行けばよいと思います」

寧温の主張はこうだ。琉球を独立国たらしめているのは地の利である。東アジアの南端、東南アジアの北端という絶妙な地政学的特性を活《い》かして都市国家のような地位を築くべきだという。

世界中の物資と情報を中継するハブ＆スポークの軽量国家こそ琉球にもっとも相応《ふさわ》しい地位だと説いた。

「私たちはかつて、そのような時代を生きました。薩摩に支配されるずっと前、琉球を統一した偉大な王・尚巴志《しょうはし》の時代を思い出してください。明《みん》国の代理で世界中を駆け巡ったではありませんか」

麻真譲は荒波を越えて全アジアと交易した時代を思い出した。マラッカにもアユタヤにも琉球の足場があり、活発な商業活動を行っていた。だがこの莫大《ばくだい》な富を薩摩に狙われた。島津侵攻から二百四十年、琉球は薩摩の傀儡《かいらい》国にされてしまった。薩摩が王府に介入する今の琉球に当時の勢いはない。全ては遠い日の栄光だった。

「麻先生。今の王府に世界を捉《とら》える論理はありますか？　清国や大和《やまと》や列強を束ねる論理がありますか？　琉球が主体となって新たな体制を掲げれば必ずや地の利が味方します。ただ今の王府にはそれが見えないのです」

「大和や列強にどういう論理を提示すれば彼らは納得するのだ？」

寧温は自信を持って答えた。

「王府は簡素に外交と治安維持だけを行います。代わりに商人たちに大きな裁量を与え、異国人の居留を認め自由に交易させるのです。それが欧米列強や大和に得だと思わせれば勝ちなのです。琉球を西洋と東洋の緩衝地帯にして、その代わりにどの国の支配も受けさせません。これが結局は琉球の独立となるのです」

「おおお……。寧温、今の言葉を候文にしてみろ！」

寧温は顔を赤らめて一気呵成《いっきかせい》に候文を仕上げた。麻はその候文を読んで目頭を熱くしていた。

「寧温は合格。見事である。もうそなたに教えるものはひとつもない。科試の受験を許す」

いつしか霧が晴れ、一条の光が破天塾に注がれていた。

王宮にほど近い首里の汀志良次《てしらじ》に厳重な警護を施された屋敷がある。王府に勤める名門士族の屋敷でも、ここまで豪華ではない。屋敷は第二の王宮のような壮麗さだった。ここは王族神・聞得《きこえ》大君《おおきみ》の屋敷だ。門の前を慌ただしく白装束の巫女《みこ》たちが出入りする。間もなく聞得大君が王宮に参内するのだ。

「聞得大君加那志《がなし》のおなりである。皆の者控え！」

王国のノロと呼ばれる巫女たちを従えて、豪華な涼傘《りゃんさん》を差した聞得大君が門を出た。絢爛《けんらん》たる紅型《びんがた》を纏《まと》った聞得大君は威厳に満ちていた。その風格は王妃をも凌駕《りょうが》する。王族と神官が合体したような衣装は見る者を圧倒する。

彼女は聞得大君になるために生まれてきたと言われるだけあって、異国人のような容貌《ようぼう》をしている。彼女の瞳《ひとみ》は生まれながらに碧眼《へきがん》だった。この眼が王の安全を見つめ厄災を追い払うと信じられてきた。

王族神という概念は琉球特有のオナリ信仰を基盤にしている。即ち王の姉か妹が王の守護神になるという制度だ。生きながらにして神という身分は、王族の中でも特権的な地位を保証した。貴族に相当する按司《あじ》や王妃、世子の中城《なかぐすく》王子よりも発言力があり、聞得大君が託宣で次の王を任命することでキングメーカーの役割を担う。王にとっても姉であり守護神である聞得大君の発言を無視できない。

巫女たちは沿道にいる民に御拝《ウヌフエー》のまま頭を上げてはならぬと命じる。王宮までの間が一番神経を使う。気難しい聞得大君は醜悪なものを忌み嫌っていたからだ。着物の汚れた者、髪に虱《しらみ》が湧いた者、農民、病人、老人、不具者、賤民《せんみん》、美しくない者は全て彼女の敵である。

「ノロよ。あの者を打ち据えよ！　穢《けが》らわしいものが目に入ったぞ」

聞得大君が扇子で指したのは野良仕事に精を出す乳房の垂れた老婆である。暑さのせいでつい着物がはだけてしまったのだろう。聞得大君に見つかったのが運の尽きだ。たちまち六尺棒を振りかぶった巫女たちに袋叩《ふくろだた》きにされてしまった。

「聞得大君加那志の御前で裸を見せるとは、この不心得者め！」

「ひいいいっ。お赦《ゆる》しを。お赦しを」

「貴様のような不埒《ふらち》な者がいるから、王国が乱れるのだ」

全身を殴打された老婆はぐにゃりとして動きもしない。まるで道端に捨てられた動物の死体のような姿だ。

ノロたちが聞得大君のもとに駆けつける。

「聞得大君加那志、お眼は大丈夫ですか？」

聞得大君は狼狽《ろうばい》しながら聖水で目を洗った。

「目は……妾《わらわ》の目は濁っておらぬか……？」

「はい。大丈夫でございます。聞得大君加那志」

聞得大君は自らの霊験が瞳にあると信じる。王の安全を守るためには未来を的確に見据える澄み切った瞳が求められる。もし彼女の碧眼が濁ったら、王宮内の神事は滞ってしまうだろう。

首里城が普通の城と違うのは、グスクと呼ばれる聖地であるからだ。王宮には十御嶽《うたき》と呼ばれる神殿があり、王宮の半分は聞得大君しか入れない京《きょう》の内《うち》と呼ばれる広大な聖地である。首里城は王宮であり神々が集う神殿でもある。政教一体となった宮殿、それが首里城最大の特徴である。

また聞得大君が癇《かん》に障るものを見つけたようだ。

「あの男、許せぬ！　大与座《おおくみざ》の役人に突き出すのじゃ！」

しかしノロたちが見ても、男の恰好《かっこう》は身綺麗《みぎれい》だ。それどころか挿した簪《かんざし》も洒落《しゃれ》ていて聞得大君の美意識に適《かな》うものだ。何が気に入らないのかノロたちにはわからなかった。

「あの男は今朝までジュリ（遊女）を抱いていたのじゃ。女の怨念《おんねん》がこびりついて不吉じゃ」

と霊能力で人の品性まで判断するからたまったものではない。またノロが六尺棒を構えて男に襲いかかった。

「聞得大君加那志の御前で女の怨念を見せるとは、この不心得者め」

「ひいいいっ。お助けください」

男はたちまち大与座の役人たちにしょっ引かれて行った。聞得大君は人の過去を見抜く力がある。彼女とまともに話ができるのは素性を見抜かれない堅牢《けんろう》な意志を持つ者だけである。

「目は……妾の目は濁っておらぬか……？」

聞得大君はまた聖水で目を洗った。聞得大君御殿から王宮に入るまではいつもこんな具合だ。この残虐な王族神を民は恐れてその姿をまともに見た者は誰もいない。もっとも彼女の碧眼で睨《にら》まれたら誰しも精気を奪われてしまうだろう。生まれながらにして神であるために、彼女は薄汚い俗世では生きられない運命だった。

「聞得大君加那志、今日は何の祈願でありますか？」

ノロが恭しく頭《こうべ》を垂れる。最近、聞得大君が王宮に頻繁に出入りするのは訳があってのことなのだろうか。

「龍《りゅう》が、かつて王宮を逃げた龍の子が、地上に現れて王宮を乱そうとしておる。まこと不吉じゃ」

守礼門《しゅれいもん》を潜《くぐ》った聞得大君は振り返って空を見た。碧眼は穢れない空を見るときだけ慈愛に満ちた。ノロたちも聞得大君が空を見ているときの穏やかな眼差《まなざ》しが好きだった。

「龍は縛り上げて封印するに限る。首里天加那志《しゅりてんがなし》（王）に知られる前に妾が手を打つ。それが聞得大君の役目じゃ」

聞得大君は霊験により既に手を打ってあった。

聞得大君ぎや十嶽勝りよわちへ見れどもあかぬ首里の親国

（聞得大君加那志は創世神がお造りになられた島々よりも素晴らしく優れていて、見ても

飽きないほどご立派であらせられる）

いよいよ科試の日がやってきた。王国最大の雇用試験は天国と地獄の明暗が分かれる日である。科試の前には必ず女たちの合格祈願がある。夫を役人にさせ満足な暮らしを得るためとあらば、多少の出費は仕方がない。首里十二支参りを高名なユタにさせるために、一年以上前から予約しておかねばならない。中には王国南部一帯を行脚する東御廻《アガリウマーイ》に参加する者もいる。王国最大の聖地・斎場御嶽《セーファウタキ》を巡礼すれば必ず科試に受かると信じられていた。

多嘉良も寧温も王国に二カ所ある孔子廟《びょう》でお参りをすませた。首里孔子廟の他に清国の帰化人たちが拝礼する久米孔子廟がそれだ。完全な中国様式の久米孔子廟の前では儒礼をする清国人に交じって私塾の塾生たちもいた。清国式の服を着て孔子廟の前で三度儒礼をする。

「寧温、那覇の市場で合格饅頭《まんじゅう》を売っているぞ。それも買おう」

「合格饅頭ってあの悪名高い泥饅頭のことじゃないですか？」

「何を失礼な。孔子廟の土壁を小麦粉に練り込んだ有り難い饅頭だぞ。早く買わないと色が薄くなってしまう」

毎年、それで孔子廟の土壁があくどい商人たちの手で抉《えぐ》り取られてしまう。人気のあるのは生地が泥色に染まった土壁濃度六十度の饅頭だ。しかしそれを食べれば必ず腹を下す。

つまり「当たる」のである。

「なぜ多嘉良のおじさんは科試の前に燃え尽きるまで盛り上がるのですか」

「だって儂《わし》は受かったことがないんだもん……」

そう言って多嘉良はどす黒い饅頭を頰張った。科試の前は王国中どこでもこういう光景だ。教養と智恵を競う男子最大の祭りは前哨戦《ぜんしょうせん》から過熱していた。

試験会場となるのは首里国学とその周辺の王府の奉行所である。科試は初科《しょこう》と再科《さいこう》に分けられる。初科の受験者は実に三千人。首里男子士族の三分の一に当たる。彼らの全てを収容する施設は王国にはないから、受験者はどの奉行所で受けるか探すだけでも一苦労だ。この日だけは奉行所も臨時休業で、科試の受験生を補佐する。一般教養の初科の倍率は百倍だから受験者のほとんどは初科で消える運命だ。ここから三十人が生き残り再科に進むことができる。

名門塾の塾生たちは国学が受験会場に割り当てられるが、科試合格者がひとりもいない泡沫《ほうまつ》塾には郊外の詰所が割り当てられる。

破天塾の塾生たちに用意された会場は刑務所である平等所《ひらじょ》だった。

「わははは。平等所で初科とは面白い。落ちたら流刑が待ってるかもしれんな、寧温」

「この前の模擬試験の方がよっぽど科試らしかったのに……」

罪人を尋問する部屋に通された寧温たちは、投獄されそうな気分だ。試験官たちに睨まれると罪科を問われそうで目を合わせられなかった。

漏刻門《ろうこくもん》の太鼓が巳《み》の刻を告げた。いよいよ科試本番だ。

出題

人間之慾其端雖多呑酒之戒尤不入念候て不叶候条、沈酒之害を申述、三司官衆より仰渡之趣。

「人間の欲には限りがないが、酒に溺《おぼ》れるという害を戒めるために三司官の名で国中に通達する文書の趣旨を作成せよ」

寧温はおかしくて笑ってしまった。これはまるで多嘉良を戒めるための案文である。これを見逃す多嘉良ではない。握《にぎ》り拳《こぶし》で鼓舞すると筆を握った。

「やったぞ。ついに孔子様が儂に味方したのだ。あの泥饅頭のお蔭《かげ》だ」

初科の一般教養は中国の古典を基礎として現実的な布令を作る問題だ。それには幾つかのポイントがある。四書五経の文言をバランス良く配置し偏りのない候文を作成するのが模範解答だ。この問題の場合は「心気」「家法」「気静」「厚謹」「性心」「行跡」「戒心」などが挙げられる。これらを上手《うま》く盛り込み三司官の言葉として品格のある候文を作成しなければならない。

寧温はそつなく用語を盛り込んでいった。

「飲酒は心気を乱し、自《おの》ずから行跡を乱すことになり、また家法を阻害し、社会の風俗を妨げ、場合によっては犯罪をしでかし家族に迷惑をかけることにも繋《つな》がる」

呑酒は心気を乱申候ものニて自然と行跡猥に相成、家法之痛は不申及風俗之妨罷成、間ニは無調法を働逢罪科親族迄も迷惑を懸候。

同じ頃、国学の朝薫《ちょうくん》も問題を解いていた。

「酒に溺れようとする者には特に戒心を加え、人間としての気持ちの慎みが大事だと言い聞かせるべきである。好酒に傾くといかに厚謹の者であっても性心を失い過ちを犯す」

好酒ニ付ては何程謹厚之者も性心取失過を出来候所より気持之慎戒酒を第一之事と先輩之教も有之事候条、彼是得と汲受猥ニ酒を用候儀堅可相戒候。

硯《すずり》に筆をつけながら朝薫は寧温のことを考えていた。模擬試験で同時首席になったとき、朝薫は初めて切磋琢磨《せっさたくま》できる人間に会えた気がして嬉《うれ》しかった。と同時に激しいライバル心も生まれた。答案は互角だが、勝った気がしないのは、寧温の方が二歳下だからだ。十三歳のときの朝薫にはあんな案文は書けなかった。

「寧温もどこかでこの問題を解いているのだろうか……」

試験会場の国学で会えなかったことは残念だけど、彼は必ず初科を突破すると信じて再科の王宮で会いたかった。なぜ彼のことがこんなに気になるのか朝薫にはわからない。友情なら真和志塾の仲間たちに感じる気持ちと同じはずなのに、寧温には違う気がする。「好敵手」、この言葉がこれほど胸を熱くさせるものなのだろうか。

朝薫は気を取り直して筆を執った。

一方、平等所の監視下にある多嘉良も嬉々《きき》として筆を弾ませていた。

「酒は世の潤滑油として必要なものであるので、大事なことは王府が酒との上手な付き合い方を指導するべきである。たとえば普段の宴席では一合まで。結婚式では特例で二合まで。葬式のときは格別な場面なんで三合まで。あるいは嬉しいときは一合、悲しいときは三合。酒検者という役人をたくさん置いて、酒を呑《の》む現場で指導する体制を王府が作るべきである」

呑酒之儀世上之取合肝要成者ニて候故、於王府も用酒之有様段々下知可有之儀と存至り、通体之宴は壱合、婚礼之宴は弐合、葬礼之際は三合、喜悦之涯は壱合、於寂寥は三合抔と被相定、或又酒御検者余多被定置、用酒可有様可被仰下儀専用之事と奉存候。

多嘉良の案文はどこにも四書五経の文言が入っていない奇天烈《きてれつ》候文だ。

漏刻門から太鼓の音がした。

「やめ。全員筆を擱《お》いてそのまま退出せよ！」

三千人もの大量の受験生を公正に扱うのは至難の業だ。答案は箱に収められ、すぐに封印された。それから速やかに回収に来た評定所の役人たちに渡される。まるで選挙の投票箱のような扱いだった。この膨大な答案を採点するのも王府の仕事だ。直ちに採点が始められ夜を徹しての作業が行われる。初科の合格者は十日後に国学で発表されることになっていた。

答案に自信のある多嘉良は、帰り道から酒を呷《あお》って上機嫌だ。

「寧温、これで儂もついに評定所筆者《ひょうじょうしょひっしゃ》だ。あの問題を授けてくれた孔子様に感謝をする。酒との付き合い方なら儂が琉球一の男よ。首席合格間違いなしだ。がはははは」

それから多嘉良は一族門中を集め、夜通しで合格前祝いを行った。豚を潰《つぶ》し山羊《やぎ》を潰し婚礼祝いさながらの宴《うたげ》を三日三晩続けた。

「おじさん、何て書いたのですか？」

発表前に祝宴に呼ばれた寧温は、果たして本当に祝ってよいのかどうか戸惑っている。

多嘉良の妻も老いた母親もなぜか感激して泣いている。一体どういう家族なのだろうか。

「おうよ、酒検者を王府が設けるべきだと説いたのだ。酒はどんどん呑め。今日は祝いだから一升まで呑んでよい。がははは」

「おじさん、『心気』は入れましたか？　『厚謹』や『行跡』を盛り込みましたか？」

多嘉良一族はもう科試を突破した気でいる。この乱痴気騒ぎに水をさすのも心苦しいが、念のために確かめておかねば怖くて祝えない。

「なんで『心気』を入れるのだ。候文は心が籠《こ》もっていればよい。細かいことは気にしない」

「細かいところを試すのが初科なのに……」

寧温はだんだん胃が重くなってきた。今はこの酔いの夢が覚めないことを祈ろう。多嘉良は仕立てたばかりの正装の黒朝衣《ちょうい》に袖《そで》を通し、カチャーシー（踊り）の輪の中に飛び込んだ。

「儂が王宮にあがったらみんなを食わせてやるぞ。がはははは」

指笛と三線《さんしん》が鳴る中で多嘉良家の夜は更けていく。


そして初科の合格発表の日がやってきた。

国学に集った群衆は家族たちまで混じって押すな押すなの人混みだ。慣例として上位三人の名前は試験監督から発表されることになっている。だいたいこの上位三人が再科の合格者にもなる。

試験監督が合格者の名簿を張り出す前に咳払いをした。

「首席。破天塾、多嘉良善蔵《ぜんぞう》！」

と言ったのは多嘉良自身の口からだ。即座に試験監督から「そんなわけないだろう」と一蹴《いっしゅう》された。勿体《もったい》ぶったかのように、試験監督が衆人を見渡した。あれだけ騒いでいた群衆が水を打ったように静まりかえる。毎年恒例のこととはいえ、いつも緊張する瞬間だ。

「本年度の初科合格者を発表する。今年は例年にも増して優れた案文が多かった。評定所を代表して受験生諸君の健闘を讃《たた》えたい」

「能書きは後でいい。早く発表しろ！」

急《せ》かされて試験監督が声を荒らげた。

「首席。破天塾、孫寧温！」

地鳴りのような歓声と熱狂が試験監督の声をかき消す。てっきり首席は神童・喜舎場《きしゃば》朝薫だと誰もが予想していただけに、歓声も倍増だ。かつて模擬試験で喜舎場朝薫と並んだあのもうひとりの少年のことを思い出して、やっと納得した。

「彼は史上最年少の初科合格者である。何と十三歳である！」

その瞬間、破天塾の仲間たちによる胴上げで寧温の体が宙を舞った。あまりにも華奢《きゃしゃ》な体に周りの大人たちが目を疑う。朝薫に匹敵する神童がもうひとり琉球にいることは聞いていたが、元服したばかりの少年ではないか。寧温が胴上げされて上へ下へと視点が撥《は》ねるたびに上ずらせる声を聞くとまだ変声もしていない。驚異的な神童を前に無力感すら覚える光景だった。

「次席。真和志塾、喜舎場朝薫！」

今度は真和志塾の塾生たちが負けじと朝薫を胴上げする。

「彼もまた史上最年少の初科合格者である。今年十五歳である！」

朝薫はちょっと悔しそうに唇を噛《か》んだが、寧温を見つけたときには満面の笑みになっていた。

「おめでとう寧温。きっと君が首席だと思っていたよ。でも再科では負けないよ」

「朝薫兄さん、ありがとう。私も再科でも負けないように頑張ります」

試験監督がまた合格者を発表する。

「三位。国学訓詁師《くんこし》、儀間《ぎま》親雲上《ペーチン》！」

まさかと真和志塾の塾生たちが顔を見合わせる。すると人波を割るように華麗な色衣装で派手な女たちを引き連れた儀間親雲上が優雅に登場した。パッと開いた真紅の番傘を肩で回して流し目で決めた。

「これでも私はかつて科試を目指していた端くれ。今年こそ科試を突破してみせよう」

儀間親雲上はあの真和志塾での屈辱以来、仕事をさぼって受験勉強に励んでいた。元々初科を突破したことのある秀才だけに、ここは余裕の通過だ。

取り巻きの女たちも儀間親雲上の賢さにめろめろだ。胴上げの代わりの黄色い声は、初科に落ちた真和志塾の元仲間たちにはこの上ない屈辱だった。

初科合格者の名簿が張り出された。百倍の競争率に一喜一憂の声が飛び交う。しかし三十人の中に多嘉良の名前はなかった。呆然《ぼうぜん》と立ち竦《すく》む大男の背中に寧温は自分だけ喜んだことに罪悪感を覚えた。そんな視線を察したのか多嘉良は振り返らずに言った。

「寧温そんな顔をするのはよせ。今日はおまえが心から笑う日なんだぞ。おめでとう！」

国学を後にした寧温と多嘉良は、孔子廟《びょう》に合否の報告をしがてら三重城《ミーグスク》へ向かった。かつて寧温が真鶴《まづる》と呼ばれた少女だった頃、ここで黒髪と別れた。三重城から望む海はあの日と少しも変わらずに極彩色の景色を湛《たた》えている。

多嘉良は溜息《ためいき》をつきながら海を見つめた。

「儂《わし》はもう科試を受けるのはやめて真面目に働くよ」

「おじさん何を言うんですか。今までの努力を無駄にしないでください」

「儂は今年で不惑だ。妻や子どもにも苦労をかけてばかりで申し訳ない。受かっても落ちても今年で最後だと決めていたんだ」

だからあのような祝宴を開いたのだと寧温は納得した。きっと科試に明け暮れた自分の人生を祝福したかったのだろう。寧温はなぜ多嘉良が科試にこだわったのか理由が知りたかった。

「おじさんの夢って何だったんですか？」

「儂はなあ、琉球をもっと豊かな国にしたかったんだ。琉球に武器はない。周りは大国ばかりだ。そんな国が生きていくためにはどうすればいいか考えていた。昔、ここで女の子が泣いていたのを思い出すなあ。とっても可哀相だったんだぞう……」

寧温は多嘉良の側に座って話を聞いていた。その多嘉良の言う女の子がまさか自分だとも知らずに。

「儂はなあ、評定所筆者になったら国民皆学にするのが夢だったんだ。女子も男と同じように学問を受けるんだ。琉球が生き残るには智恵と教養しかないのは周知の事実だ。だったら国民の半分の女子にも高等教育を受けさせるべきなんだ」

「……おじさん。なぜそんなことを考えるの？」

「女でも男より頭のいい人間はたくさんいる。その賢い人材を活《い》かしてこそ琉球は栄えるのだ」

寧温は胸が熱くて心が切なくて涙が溢《あふ》れてくるのを止められない。

「昔、ここで髪を切った女の子がいたんだ。とっても可哀相だったんだぞう……。嫌な世の中だなあっと思ったよ。あの子にも学問を受けさせてやりたかったなあ」

寧温は多嘉良の見つめる水平線に視線を重ねた。あの光景を見ていた人がいる。それが多嘉良であったことが嬉《うれ》しかった。

「寧温、科試に合格したら儂の夢を叶《かな》えてくれるか？」

「はい……。もちろんです……。おじさん、ありがとう……」

寧温は多嘉良の酒臭い懐で顔を沈めて泣いた。多嘉良と寧温はひとつの影になって心地《ここち》好《よ》い風に吹かれていた。寧温は泣くと花の香りが立つ。その香りを慰めにして多嘉良も寧温を懐に抱いた。そして多嘉良は破れた夢を託した。

つぼで露待ちゆる花の咲き出らば匂や誰が袖に移ち呉ゆが
(蕾《つぼみ》で露を待つ花のおまえは、これから誰の袖に匂いをつけるのだろうか)

再科は少数精鋭の闘いだ。以前、模擬試験で行われたのがこの再科である。合格者は塾長からお墨付きをもらう抜きん出た頭脳の持ち主ばかりだ。この再科こそ科試の本領である。模範解答はなく、現実の政治問題が試験問題に使われる。国が穏やかなときは問題も易しいが、国が揺れると問題も難しくなる。特に絶妙な外交センスを要求される今は、誰も見たことのない真実を導き出した者だけが合格する。

再科は首里城の北殿で行われる。実際に評定所の役人たちが執政する行政の中枢機関である。

「寧温、これを着て行け」

と自宅まで押しかけてきたのは多嘉良だ。役人の正装である黒朝衣は自分が着るために仕立てたものだった。

「昨日、女房に徹夜で仕立て直させたんだ。これを着れば評定所筆者の気持ちになって案文が書けるぞう。がはははは」

直したとはいっても多嘉良は大男だ。寧温にはまだぶかぶかだった。それを子どもはすぐに成長するからと押しつけた。

「おまえは儂らの希望だからな。歓会門《かんかいもん》まで送ってやるぞ」

科試の試験会場となった首里城は物々しい警備だ。科試は王府の体制そのものだから、賄賂《わいろ》や不正が発覚すれば国家反逆罪に相当する。もし不正があれば評定所の役人は流刑、塾生の所属する私塾は取り潰《つぶ》されてしまう。

「ここが歓会門……」

石造りの曲線に寧温の視線がカーブを描く。重厚な歓会門は俗世と王宮を分ける堅牢《けんろう》な隔壁だった。首里城には幾つかの門があり、役人たちが主に使うのがこの歓会門と久慶門だ。これに対して後宮・御内原《ウーチバラ》の女官たちが使うのが継世門《けいせいもん》である。寧温が真鶴と名乗っていた頃、一生この門を潜《くぐ》ることはないと諦《あきら》めていた栄光の門が、今まさに開かれた。

「科試を受ける破天塾の孫寧温です。お通し願います」

大男の門番が何の冗談だと言って笑った。科試は所帯持ちの大人の世界だ。子どもが腕試しで受けるものではない。すると奥から華やかな衣装を纏《まと》った役人が寧温の腕を引っ張った。いつかの踊奉行の男だ。

「おお、孫寧温。きみを待っていたぞ。ようやく決心してくれたんだな」

「違います。私は科試を受けるために王宮に来たのです」

「何と初科に受かったのか！　信じられん！」

踊奉行に手を引かれて入った王宮に寧温は息を呑《の》んだ。小綺麗《こぎれい》な中庭の中央に立派な建物が聳《そび》えている。

「これが王宮ですか。なんと素晴らしい……」

「まだまだ。この先が本当の王宮だぞ」

寧温がいるのは下之御庭《シチャヌウナー》と呼ばれる王宮に入るための広場だ。寧温が正殿だと勘違いしたのは奉神門《ほうしんもん》である。建物が門になっているなんて寧温は初めての経験だ。踊奉行に手を引かれて奉神門を潜ったとき、寧温の目に超現実的な光景が飛び込んだ。

「ここが首里城――！」

目の前に広がる光景はまるで竜宮城ではないか。真紅の正殿に施された無数の龍《りゅう》の装飾が非現実的な光景に映る。これほどの造形美がこの世にあるのかと目を疑う。首里城は複数の建物で広大なパティオを形成している。それが御庭《ウナー》と呼ばれる空間だ。この御庭がドラマ性を高める装置として効果的に機能している。御庭に施された白と赤のストライプ模様が正殿に向かって視線を勢いよく駆け上がらせるように演出されていた。王宮というよりここはまるでひとつの街、いや異国だ。紫禁城をモデルに造られた首里城は琉球の美意識と融合し、より華やかな宮殿となった。王宮の森の緑と正殿の真紅が補色になって強烈な印象を与えるのだ。

建物だけではない。王宮に出入りする役人たちもまるで舞台役者のようだ。目にも鮮やかな色衣装を纏い御庭を行き交う姿は、珊瑚礁《さんごしょう》を回游《かいゆう》する熱帯魚を思わせた。役人たちは自分の美意識とセンスの良さを競い合うかのようだ。世界中の美と教養を集めた宮殿、それが首里城だ。正装したつもりの寧温ですら、自分がひどくみすぼらしい恰好《かっこう》をしているのではないかと身の置き場に困ってしまう。

「あれは何ですか？」

と指をさす。花籠《はなかご》が群れているような集団がいる。

「ああ、あれは私たちが徴発してきた少年たちだ。どうだ美しいだろう」

黄色の紅型《びんがた》で女装をした美少年たちは化粧を施し、踊りの練習をしていた。踊奉行が血眼《ちまなこ》になって芸術的素養のある選《え》りすぐりの美少年ばかり徴発してきた成果がこれだ。寧温の目には少年たちというよりも踊る花籠に見えた。彼らの中から更に美しい者が宮中の表舞台を彩る花当に選ばれる。この徹底的に美と教養を追究する姿勢が琉球王朝の最大の特徴だ。

「君だって色衣装を着れば、あの仲間になれたのに。科試に落ちたら私のところへおいで。どうせ再科は無理だろう」

「落ちません！」

男と偽った女が女装したら女そのものだったとなれば洒落《しゃれ》にならない。寧温は何とか言い逃れをして北殿の試験会場に向かった。

「朝薫兄さん、もう来ていたんですね」

「やあ寧温。さっき踊奉行に捕まっていたのを見たよ」

「ええ、しつこくて迷惑なんです。朝薫兄さんも声をかけられましたか？」

「ぼくは背が高くて群舞には向かないから大丈夫。踊童子は小柄な方が好まれるからね」

北殿の中は異様な緊張感だ。ここが王府の全てを纏《まと》めている評定所である。評定所筆者たちの熱気が床にも壁にも染みついている。ここで布令が書かれ、外交文書が作成され、全ての政策が決定される。寧温も朝薫も熱気に飲み込まれそうだった。

「すごい。ここが評定所か」

「私は今、本当に評定所にいるんですね」

墨汁の匂い、紙の匂い、そして汗と手垢《てあか》が染みついた壁の色、二人はもう王宮の虜《とりこ》になってしまった。そして何が何でも科試に受かってみせると発奮する。

「大丈夫だ。ぼくはこの日のために寝る間も惜しんで勉強してきたんだ」

と朝薫は掌《てのひら》の汗を握る。

「ビリでもいいから合格したい。私はここで働きたい」

寧温は逸《はや》る息を抑えようとして襟元を握った。

科試の中の科試と呼ばれる再科は、受験生のレベルが飛び抜けて高い。どんな問題に対しても満点に近い案文を書ける者ばかりだ。それを敢《あ》えて落とす。琉球の未来を舵取《かじと》りさせるために。清国や日本や列強の大国と闘わせるために。だから意図的に答えのない問題を出す。

出題
唐兵乱甚敷有之向後唐向之仕様、如何様
可有之候哉、案文可作調由被仰下候事。

受験生たちが唖然《あぜん》と口を開いた。

「清国国内の混乱状態を踏まえつつ、今後、我が国が取る対清政策について論ぜよ……」

「それを考えるのは王府の三司官たちだろう……」

「王府がいつも後手後手に回っている対清政策の失政を俺たちに解けと言うのか……」

科挙を持つ清国も優秀な役人揃いだ。清国は大国だから朝貢国に対しては大上段に構えればいいが、朝貢国は隷属しているわけではない。あくまでもアジア最大の国際連合に加盟している独立国である。だから清国に弱みを見せられない。かといって対立するわけにはいかない。この按配《あんばい》が外交センスだ。

騒然となった会場に試験監督が檄《げき》を飛ばす。

「これは首里天加那志からの出題である。見事、解いてみよ！」

尚育王《しょういくおう》自らが琉球の未来を担う学生たちに出題したとあって受験生たちは奮起する。尚育王は勤勉実直な王として知られる。士族の高等教育に特に力を入れ、科試対策のために莫大《ばくだい》な費用を投じ幾つもの学校を設立した。その成果が今問われている。王が自らの信念を試さんとする問題だった。

朝薫は筆を握った。

「清国との外交・貿易は我が琉球王国の存立を左右する一大事である。その存続なしに琉球の将来はありえない。清国情勢は混沌《こんとん》としておりどのように事態が展開するのか、予断を許さない」

大清御取合之儀御当国存亡之要諦ニ而御座候処、唐土兵乱打続如何様可成疵共致出来候哉念遣可及候故

朝薫は難問を前に迷うことなく筆を走らせる。

「対処策として、福建省の福州にある琉球館に駐在する琉球役人の数を増員し、情報収集能力を強化すべし。情報収集先は従来の北京《ペキン》や福建の役人、あるいは琉球館出入りの商人のみでなく、十分な謝礼を準備した上で、情報通の清国人網を活用して南京《ナンキン》や広東《カントン》にまで広げるべきである」

向後於琉球館存留人数中より構役被仰付唐土成行向々へ探索させ、遣銀等無躊躇仕出可有之と存候。唐官役河口通事出入之商人共は不及申、南京広東等へも致聞耳候儀専要之事と存候。

朝薫は私塾の恩師とこの談義を交わした過去がある。清国が揺れているのを憂慮しない者はいない。このままだと琉球は薩摩の支配を強めてしまう。薩摩が王国を解体しないのは超大国・清が強力な後ろ盾となって琉球を保護しているからだ。もし薩摩が琉球に軍事介入するならアジア最強の海軍を誇る清国が江戸幕府そのものを攻撃するだろう。それが薩摩にはわかっているから迂闊《うかつ》には手出しできない。断固たる冊封体制の維持、これが朝薫の答えだ。

朝薫はちらっと寧温を見た。寧温は頰を紅潮させて一心不乱に案文を作成している。

――寧温、君はこの問題をどう思っているんだい？

寧温も麻真譲との対話を思い出した。あの興奮をもう一度蘇《よみがえ》らせようと筆を弾ませる。呼気を次々と文字に換えていくように、答案用紙が埋まっていく。

「清国との外交・貿易が王国の死活的な事項であることは言うまでもない。しかし、樹木と同じように、国も時が至れば枯れるということを知る必要がある」

大清国御取合向ハ御当国存否ニ可掛大事ニ而は候得共、
唐土之盛衰恰も樹々盛衰之模様同断と可致了簡候。

衝撃的な文言で始まった寧温の答案は琉球の国体を揺るがす檄文《げきぶん》だった。

「清国という国は大地のひとつであり、その土地に生える樹木が今の我が琉球である。ならばその木が枯れれば清国には新たな樹木が生長する。古い木に囚《とら》われるのではなく、新しい樹木を見る冷静さが必要だ。琉球という国が生長を続ける木であるならば、清国の枯れ木にこだわる必要はない」

枯木可成行体も有之候ハバ、至繁盛木も又有之道理ニて、御当国之去就唐土変態之見分社肝要ニて候。憔悴之樹ニ肝入致は愚昧之事ニて、繁盛方と之御取合社焦眉之事と至存候。

寧温は、清国はもう琉球の後ろ盾にならないと説いた。幸いなことに日本は鎖国しているために国際情勢に疎い。清国よりも強力な海軍を誇る欧米列強がアジアを着々と侵略しつつあることを知らない。もし日本が清国は琉球を守らないと知ったら、直ちに侵略を開始するだろう。新しい時代の変化に速やかに対応するべきだ。軽量国家の琉球ならそれができる。たとえ冊封体制を崩壊させても、地政学的優位を用い琉球を大国間の緩衝地帯にすればきっと生き延びられるはずだ。まずは情報収集だ。
「琉球館での情報収集力を強化し、その情報を的確に分析し、判断できる人材を王府に配置すべし。もし新しい木が清国に育っていないのであれば、清国抜きの王国のあり方を模索すべし。その覚悟が琉球存続の要諦である」

依之於琉球館存留役之詮索方ハ勿論、於此方も唐成行具ニ致詮索、応時宜て可被取手段可致熟慮候。唐土之見込不成立申バ御当国之分限次第琉球世可構と存候事。


同じ情報収集を説いても、朝薫と寧温の見つめる未来は違っていた。朝薫はもう一度、清国に立ち直ってもらうしか小国琉球の生きる道はないと信じる。

「ぼくの国は決して滅びない」

「私の国はきっと生き延びる」

「清国と共に生きる琉球こそ幸福なんだ」

「琉球は清国なしでも生きていける」

お互いに信念をぶつけて案文を作成する。二人が結びの一文に入った。

「今は王府に諜報《ちようほう》機関を設けるべきだ。三司官の一人を清国対策専轄とし、迅速で的確な行動が取れるように体制を強化するべきだ」


又於王府も構之役々被仰定嗳之三司官同心ニて、跡々之手段如何様可有之候哉可致決定候と存候事。

試験監督の声がした。

「やめ。全員筆を擱《お》いてそのまま退出せよ！」

受験生たちがどっと崩れるように筆を擱いた。肩で呼吸を整える様は頭脳の格闘技だ。誰も正解などわからない。もし答えがあるとすれば、彼らの子孫たちが見る遠い未来の琉球の姿で判断するしかない。

王宮を去るときに寧温は何度も正殿を振り返った。ここで王国のために働けるなら自分の人生の全てを懸けてもよいと思った。それに足りうる素晴らしい王宮だ。寧温はこの美しい王宮が永遠に存続していることを願った。

首里天加那志ももとまでちよわれおかけぼさへめしやうれ拝《うが》でずでら

（琉球国王は万歳幾久しくましまして、この国を御支配なさってください。人民は皆その御徳を仰ぎお恵みに浴しましょう）

歓会門の前で苛立《いらだ》ちながら待っていたのは多嘉良だ。てっきり笑顔で迎えてくれるとばかり思っていたのに、多嘉良は血相を変えていた。

「大変だ。大変だ寧温。すぐに平等所まで来てくれ。おまえの父上が大与座の役人に捕まったぞ！」

「なんですって！　なぜ父上が捕まるのですか？」

寧温は首里の郊外にある平等所へ駆けて行った。

かつて初科の受験会場だった平等所は、本来の姿に戻っていた。儀保《ぎぼ》の平等所に集められる罪人は刑事罰の中でも特に重い者ばかりだ。政治犯や王府の予算を横領した者、国家叛逆《はんぎゃく》罪に問われる者、この平等所で裁かれた後には流刑や斬首《ざんしゅ》など最も重い罰が待っている。

「ここに孫嗣志《そんしし》がいると聞きました。お通し願います」

「駄目だ。孫嗣志の罪状は極めて重い。家族を含めて裁かれる」

その家族のひとりが寧温なのに、大与座の役人はまだ気づいていない。一体どういうことなのだろうか。役人たちは慌ただしく平等所を出入りしている。

「孫嗣志にはひとり娘がいたはずだ。まだ見つからぬのか？」

「はい。どうやら匿《かくま》ったようです」

「拷問に掛けて白状させろ」

しばらくして奥から臼《うす》に挽《ひ》かれたような鈍い呻《うめ》き声《ごえ》が響いてきた。あの声は間違いなく父のものだ。寧温は足の震えが止まらない。

「おい、おまえも孫嗣志の家族か？」

襷《たすき》がけで袖《そで》をまくし上げた役人に威圧されて寧温は声も出ない。そんな寧温を庇《かば》って出たのが多嘉良だった。

「いやあ儂《わし》の息子が失礼をしたようで申し訳ない。孫嗣志殿には息子の科試の祝いで餅《もち》を戴《いただ》いたのでお礼を言わせようと連れてきたのでございます。せめて儂だけでもお通し願えませんか」

大与座の役人たちは多嘉良の前で六尺棒を交差させた。

「おまえは駄目だ。その子どもだけなら面会を許そう」

湿った牢舎《ろうしゃ》はまるで家畜小屋のように饐《す》えた匂いが籠《こ》もっていた。寧温は牢に繋《つな》がれた囚人たちを見るたびに気持ちが竦《すく》んでしまう。誰もが皆精気をなくし人間としての尊厳すらなくしている。これでは家畜の方がまだ活《い》き活きとしている分、生命体に見える。父は王府への忠誠心は厚く決して叛逆者などではない。その父がなぜ捕まったのか罪状を聞かねばならない。

一番奥の牢に背筋を伸ばした老人が瞑想《めいそう》をするように座っていた。凜《りん》とした背中は父のものだ。

「面会は少しの間だけだからな」

そう言って役人は牢舎を離れた。寧温は格子の奥にいる父に小声で囁《ささや》きかけた。

「父上、父上。寧温でございます。なぜこのようなことになったのでございますか」

父は今朝会ったばかりの無愛想な口調でぼそっと答えた。

「寧温、再科は上手《うま》く書けたか？」

父はこの事態になっても頭の中は科試で一杯だ。何が彼をここまで科試狂いにさせるのか寧温にはわからなかった。

「はい。自信はあります。どうかご心配なく……」

寧温はもっと側に寄りたかったが格子が邪魔をして近づけない。父が近づけばすむのに、嗣志は壁に顔を向けたまま振り返ってはくれなかった。

「なぜ父上は捕まったのです？」

「阿蘭陀《オランダ》の本が見つかってしまってな……」

父にかけられた罪状は大禁物を所持していたことである。今朝、寧温が再科に出かけた後すぐに大与座の役人たちが強制捜査に押しかけた。そして書斎から琉球が禁止している異国の書物を見つけ出した。寧温はすぐにいつか護国寺のベッテルハイムから借りた本だと気づいた。あれが役人に見つかれば言い逃れはできない。

寧温は格子を握りしめたまま崩れ落ちた。上手く隠していたはずなのに。

「父上……。あれは……私の本でございます……」

「いや、私が密《ひそ》かに清国から取り寄せた本だ。おまえは関係ない」

どうしても外国語を修得したくて危険だとわかっていながら手放すことができなかった書物だ。父はたぶん知っていて見逃した。それが仇《あだ》になってしまうとは。父は寧温の本だとわかっていて罪を被《かぶ》ったのだ。

「寧温、私の遺言を聞いてくれるか？」

「そんなこと仰《おつしや》らないでください！」

「聞け寧温。私がなぜ科試にこだわっていたのか教えよう。おまえは孫家を再興させる希望の光だ。きっと再科も首席で突破するだろう。王宮に入ったら是非、成してもらいたいことがある。私が今から言うことを必ず聞き遂げよ」

寧温は涙で洟《はな》を啜《すす》りながら父の話を聞いた。それは初めて知る自分の素性だった。父は極めて穏やかな口調で語り始めた。

「我が孫家は、孫姓を名乗る前、尚《しょう》と称した」

「尚――？　尚姓は王族にしか許されない名でございます」

「その通りだ。私たち孫一族は、第一尚氏王朝の末裔《まつえい》なのだ！」

その言葉に寧温は耳を疑う。第一尚氏王朝は、とっくの昔に滅びた王朝だからだ。

第一尚氏王朝とは、十五世紀に初めて琉球を統一した王朝である。それ以前の歴史は群雄割拠の時代で北山《ほくざん》、中山《ちゅうざん》、南山《なんざん》の『三山時代』と呼ばれた。初代の王は尚思紹王《しょうししょうおう》であるが、これは実質的な支配者だった息子の尚巴志《しょうはし》が父を立てたためで、二代王・尚巴志の即位を以《もっ》て第一尚氏発祥とする。

王の別名を『中山王』と称するのは、中山にあった首里城が北山と南山を滅ぼしたときの名残からだ。第一尚氏王朝は尚徳王《しょうとくおう》までの七代六十四年間続いたが、クーデターにより失脚。第一尚氏王朝は滅亡した。

今日の王朝である第二尚氏王朝は、尚徳王の家臣であった金丸《かなまる》が王位に就き尚円王《しょうえんおう》と名を改めたことを始まりとする。以来、第二尚氏王朝が琉球の歴史の本流となる。

「私たちが第一尚氏王朝の末裔ですって！」

「そうだ。生き延びた尚家は孫姓を名乗り、長い間王宮に戻ることを夢みてきた。今こそ栄光の孫一族が立ち上がるときが来たのだ。寧温、王宮に入り第一尚氏王朝復興を唱えろ。そして宿敵第二尚氏王朝を滅ぼすのだ」

「父上、何を仰っているのですか。私にはわけがわかりません……」

「聞け寧温。今の第二尚氏は不忠信な臣下の金丸が作った王朝だ。首里城は元々私たち第一尚氏のものだ。正統な権利を以て取り返すだけだ」

父が科試にこだわった理由がまさにこれだ。薩摩により武装解除された琉球では、武力によるクーデターが事実上不可能だ。そこで孫嗣志は考えた。王府に一族を送り込み内部から崩壊させる。そのためには科試がうってつけだった。事務方のトップである評定所筆者は、王府の全ての情報や政策に明るい。第二尚氏王朝の弱点を研究し、隙をついて現王朝を転覆させるのだ。

「庭の雷《いかずち》が落ちた樹の下に、我が一族の正統性を示す品が隠してある。第一尚氏の初代聞得大君、馬天《ばてん》ノロが持っていた勾玉《まがたま》の首飾りだ」

それは現王朝が必死になって探している失われた宝物だ。優れた巫女《みこ》であった馬天ノロは勾玉に大神キンマモンを降ろし、神事を司ったという。キングメーカー聞得大君だけが持つ琉球最高の神器だ。

「今の聞得大君も大した霊力を持っているらしいが、伝説の馬天ノロには遠く及ばぬ。それは勾玉がないから、大神が降りたくても降りてこられないのだ」

父は一旦《いったん》区切って優しい口調に変わった。

「本来のおまえは聞得大君になる立場だったのだよ」

「そんな。私には何もかも唐突すぎます。もう私は女を捨てました。今の私は寧温でございます」

「王宮に入り、行方不明の嗣勇《しゆう》を探せ。そして嗣勇を王位につけよ。さすれば王の妹であるおまえはオナリ神となり、聞得大君になるだろう」

父が不敵な笑いを浮かべた。

「第二尚氏王朝もまた臣下のおまえに討たれるのだ。因果応報とはこのことだ。わははは」

「父上、正気ですか……？」

「では聞く。寧温、今の王府に清国や大和や列強を束ねる論理があるか？　憎き薩摩の傀儡《かいらい》に成り下がったのは誰のせいだ。琉球人は誇り高き民族なのだ。この国はいつの時代も荒波が襲いかかる。その荒波を巧みに舵取《かじと》りできてこその王なのだ。腑《ふ》抜けな官僚が作った第二尚氏に今の時代が読めるとは思えん。だが寧温、おまえには時代の波が見えるはずだ。賢いからか？　違う。それが第一尚氏の血なのだ。おまえには尚巴志のように時代を動かす力があるのだ」

やっと父が牢獄《ろうごく》の中の人間に見えるようになった。父の正体は国家転覆を企《たくら》む叛逆《はんぎゃく》者だ。

「私はそんな恐ろしい野心のために科試に受かりたいのではありません。この国を豊かにしたいだけなのです」

父はすっと立ち上がり、目を開いた。

「大禁物を所持したおまえの罪、私が代わりに贖《あがな》おう。この命、おまえにくれてやる」

濃霧が王都を覆った日、孫嗣志は異国の書物を所持した罪で斬首《ざんしゅ》されることになった。安《あ》謝湊《じゃみなと》の処刑場に連行されていく父は堂々としていた。もう何も思い残すことはない、と嗣志は穏やかな気持ちだ。寧温はきっと科試に受かり評定所筆者になるだろう。その姿を確認するまでもない。寧温は持って生まれた行政能力で現王朝を倒してくれるはずだ。

処刑場の安謝湊は白砂の奥に珊瑚礁《さんごしょう》のリーフを望む優美な海岸だ。処刑は引き潮のときに行われる。傍目《はため》には役人と罪人は何かの祈願をしているように映る。

父は海水で身を清め、役人たちは威圧的な態度を取らずに粛々とした面持ちで、嗣志を丁重に扱っている。罪人は刑に処せられるときには、人間としての尊厳を損なわれないのが琉球の処刑である。美しい景色を十分に満喫させた後、人目につかぬうちに刑が執行される。まるで時計の針が刃物を振り下ろすように静かに、自然に、罪人はこの世を去る。

安謝湊の松の木陰に隠れていた寧温は父の最期の姿を見届けようとしていた。白い喪服を着た父の側にもう一式の喪服が用意されていた。血に塗《まみ》れて汚れた遺体をもう一度着替えさせるためである。たとえ罪人の最期でも美を忘れることはない。

寧温は自分の罪を被って死んでいく父に申し訳なくて名乗りをあげようとした。

「いかん寧温。ここで表に出ては二人とも殺されるだけだぞ」

「だって父上が、父上が……」

多嘉良が寧温の腕を引っ張る。父は背筋を伸ばしたまま海を見つめていた。

孫嗣志は自分の人生を振り返っていた。幼かった頃、嗣志の父もまた自分に科試を突破させるために厳しく接したものだった。嗣志は父の期待に応えるために国学を首席で卒業し、科試のために青春の全てを費やした。気がつけば三十歳を過ぎ妻を娶《めと》ることも忘れていた。

初めて自由を味わったのは父が臨終のときだった。そのとき孫一族の素性を聞かされた。そして何故、父が科試に執着したのかも納得できた。父は自分を王位に就けたくてあれほどまでに厳しかったのだ。そして父の亡骸《なきがら》に泣いて詫《わ》びた。誇り高き第一尚氏王朝の末裔として、科試に受からない自分の愚かさを呪った。王の器として自分はあまりにも小さすぎた。

「不思議なものよ。私は父上のようになりたくないと思っていたのに。同じことをしてしまった」

もしひとつ悔いが残るとすれば、初めて子宝に恵まれた十三年前のあの嵐の夜、生まれた長女を心から祝ってやれなかったことだ。父として女子の名前を用意しておかなかったことだ。そのせいで娘を苦しめたことを謝りたい。その上、娘の髪を奪い宦官《かんがん》という偽の人生を歩ませてしまった。偏《ひとえ》に科試を突破してほしいために。自分には出来なかった夢を託すために。

娘は今、一族が誰も為《な》しえなかった夢の手前まで来ている。それを抱き締めて褒められない自分の不器用さに激しく悔いが残る。大禁物所持の罪を被るのは娘の性を奪ったせめてもの償いだ。

潮が引き潮に変わる。刀が天空に掲げられた瞬間、父が最後の言葉を発した。

「真鶴ーっ！」

浜辺の隅で寧温は父の叫びを聞いた。その名を呼ばれたくて、聞きたくて、ずっと焦がれていた。最後にやっと父が自分の名前を呼んでくれた。その言葉が深く胸に突き刺さる。寧温の体は鐘になったかのように何重にも父の叫び声を響かせる。まだ自分の中に真鶴がいて、表に出ようとしている。どうしたらいいのか、どうすれば二人が生きられるのか寧温にはわからない。

「父上！　きっと、きっと私は王宮に入ります——！」

多嘉良の袖《そで》が寧温の目を覆い、闇が訪れた。


浜の浜なげしわが呼びやり泣きものよで一言もいらへすらぬ

(浜の果てから果てまで父を呼んで探してみても、どうして一言も返事をしてくれないのだろうか)

首里の聞得大君御殿は少しでも聞得大君が心健やかに暮らせるように天上界を模している。庭の草花はいつでも満開で枯れる前に新しい苗が植えられる。そのせいか聖地のように完璧《かんぺき》で俗界の人間はこの緊張感に耐えられないほどである。

聞得大君は香の中でくつろいでいた。

「阿蘭陀の書物の持ち主を処分したか？」

「はい。聞得大君加那志の予言通り、確かに大禁物を所持しておりました」

寧温の屋敷を強制捜査させたのは聞得大君の命令だ。彼女の碧眼《へきがん》は全てを見通してしまう。王宮の京の内で祈りを捧《ささ》げていたとき、異国の書物を所持している者が龍《りゅう》の子であると神託を受けた。直ちに聞得大君配下の役人たちを使い、寧温の屋敷に押し入った。

「首里天加那志にご報告いたしましょうか？」

「やめい。首里天加那志は科試で忙しい。大禁物を所持した罪人ごときで煩わせてはならぬ」

「御意。聞得大君加那志のお心のままに」

「しかし解せぬことがある。神の言葉通り龍の子を処分したというのに、妾《わらわ》はまだ胸騒ぎがしてならぬのじゃ。今度は評定所の役人たちの素性を洗いたい」

「聞得大君加那志、評定所は表の世界。聞得大君加那志が動いているとなれば三司官や按司たちが気分を害します」

聞得大君はこれが面白くない。遠い昔、託宣で政局を動かしていた時代、聞得大君の権力は絶大であった。だが今は科試を突破した官僚たちが政治の現場にいる。彼らは神事を虚礼な儀式と扱い予算を年々削減している。この煽《あお》りで聞得大君という立場が象徴的な存在になっていた。野心家でもある聞得大君は、かつての第一尚氏王朝時代のような絶対的な存在に戻すことが目標である。そのためには伝説の神器が必要だ。

「ところで馬天ノロの勾玉《まがたま》の捜索は進んでおるか？」

「それが地方のノロたちを総動員して探しておりますが、まだ見つかりません」

現在の聞得大君の勾玉は馬天ノロの首飾りを模造したものである。この馬天ノロの勾玉こそ王権の象徴である。

王宮には未だに第一尚氏王朝の逸話を語り継ぐ者たちがいる。殊に絶対王政を信じる役人に顕著だ。それは第一尚氏王朝の祖である尚巴志の英雄譚《たん》がロマンを掻《か》き立てるからだろう。

男が尚巴志に憧憬《しょうけい》を寄せるなら、女は伝説の女性に憧《あこが》れる。それが馬天ノロだ。彼女の勾玉を手に入れれば聞得大君の立場は不動のものになり、評定所の役人どころか三司官まで無視することはなくなるだろう。

聞得大君が頭にくるのは予算を削減されたからだけではない。聞得大君にははっきりと見える琉球に迫り来る時代の嵐が、霊感を持たない評定所の人間には見えないのだ。こういう時代は頭がいいだけの普通の人間に琉球の舵取《かじと》りをさせるのは危険である。

「何としてでも馬天ノロの勾玉を探し出すのじゃ！」

聞得大君の碧眼が光った。


科試の合格発表の日がやって来た。発表は初科と同じく国学で行われる。初科のときの人混みは受験生たちだが、再科の人混みのほとんどは野次馬である。

科試に通った者は一躍王国の英雄となる。その新たな英雄が誕生する瞬間に立ち会おうと科試とは関係のない野次馬たちが押し合うのだ。下馬評では喜舎場朝薫が最有力だ。喜舎場家の使用人たちは既に野次馬たちに振る舞う餅《もち》を千片、国学に持ち込み、合格発表の瞬間を待ちかまえている。

試験監督の評定所の役人たちが現れた。再科だけは評定所を代表する各高官と摂政《せっせい》、三司官たちが臨席する。ここで選ばれた者が琉球の未来を担う。その天才の誕生を王府最高のメンバーで祝福するのだ。

試験監督が今年の科試が滞りなく行われたことを三司官に報告し、そのたびに野次馬たちが御拝を繰り返す。寧温や朝薫も立ち上がったり座ったりと御拝のたびに鼓動が高まった。

「今年の再科の合格者を発表する。合格者は二名。その者は三司官衆の前に出よ」

三千人の受験生の中から選ばれたのはたったの二人だ。実に競争倍率千五百倍の超難関である。朝薫の足が震えていたのを寧温は見逃さなかった。震えているのは自分も同じだ。

これで合格しなかったら父は何のために自分の罪を被《かぶ》って斬首《ざんしゅ》されたのかわからなくなる。

寧温の肩に温かい手がすっぽりと収まった。振り返らなくても多嘉良のものだとわかった。

「寧温、心配するな。おまえが受からなくて誰が受かるのだ」

「おじさん、私は怖くて失神しそうです……」

朝薫もまた失神しそうなのだろう。鼻を膨らませて激しく息をしている。これを恐ろしくない者がいるだろうか。まるで平等所で斬首か無罪かを宣告されるのに等しい緊張感だ。あと数分で民衆は暴動を起こしかねないほど昂《たかぶ》っていた。いよいよ我慢の限界といったとき、試験監督が声を荒らげた。

「首席。真和志塾、喜舎場朝薫！」

一気に爆発した民衆の熱狂が津波のような歓声となって国学本体を揺るがす。同時に喜舎場家の使用人たちがありったけの餅を宙にばらまいた。真和志塾の塾生たちの手ですぐさま朝薫の胴上げが行われる。餅と熱狂の吹雪の中を朝薫の体が舞う。

「喜舎場朝薫は史上最年少の科試合格者である！　何と十五歳である！」

また爆発的な歓声が朝薫の体を宙に押し上げた。朝薫は絶頂の中で何度も拳《こぶし》を突き上げた。朝薫の神童伝説はこれで不動のものになった。臨席した三司官たちも信じられない快挙だと何度も顔を見合わせて笑うばかりだ。

「寧温、心配するな。次席でも大したものだ」

と多嘉良がまだ震えている寧温の肩を揺する。そう、次席でも十分な誉《ほまれ》だ。朝薫にならず負けても悔いはないと寧温は言い聞かせた。

試験監督がまた声を荒らげる。

「次席。国学訓詁師、儀間親雲上！」

集まったきれいどころの女たちがありったけの花びらを投げた。あのキザな儀間親雲上が男泣きに泣いている。その泣き方はあくまでも美しい。大粒の涙で睫毛《まつげ》を濡《ぬ》らし、瞳《ひとみ》を宝珠のように輝かせている。儀間親雲上の父が大泣きで息子を抱き締めた。北京の国子監《こくしかん》へ留学させたせいで息子をかえって苦しめたことを父は後悔していた。だから初志を貫徹してくれた息子を誇りに思う。

儀間親雲上は父と抱き合った瞬間、恰好《かっこう》つけるのをやめて大声で泣きだした。無様に見えようが女たちから幻滅されようが、もう構わない。その姿を見た女たちも貰《もら》い泣《な》きして国学が涙で床上浸水しそうだった。

「以上が再科の合格者である。戴帽式《たいぼうしき》は十日後に書院で行われる。二名とも正装で王宮へ参れ」

そう言って試験監督も三司官たちも国学を去って行った。

呆然《ぼうぜん》と残されたのは多嘉良と寧温だ。寧温はまだ現実を受け入れられていなかった。

「私、落ちたんだ……」

多嘉良はただ背中を抱いているだけである。

「おじさん……私は落ちました……」

寧温の目には景色が色味を失って見える。自分の意志に反して首が前後に激しく揺れるのを止められない。

「私は……私は……今、どうしたら良いのでしょう……？」

多嘉良は寧温を振り返らせると優しい口調で言った。

「こういうときは思いっきり泣けばいい……」

その言葉で我慢していた涙が堰《せき》を切ったように溢《あふ》れ出した。そう、自分は泣きたかったんだ。落ちたことが悔しかったんだ、とやっと自分の感情を思い出した。寧温は大声で泣いた。

「私、私、王宮に行きたかった。父上との約束を果たしたかった。父上に申し訳ない。それにおじさんとの約束も守れなかった。ごめんなさい。ごめんなさい……」

「違う、誰かのためではないだろう。ちゃんと自分の気持ちに正直になってみろ！」

それで寧温は多嘉良を押し倒すようにしがみついた。感情を爆発させた寧温は砕け散った自尊心を晒《さら》した。

「私は、自分のために受かりたかった。自分を信じていたのに。そのために一生懸命頑張ったのに。誰にも負けないくらい頑張ったのに。もう駄目です。私はもう頑張れない。もう頑張るのはいやです。うわあああっ！」

「いい子だ。寧温はいい子だ……」

多嘉良は寧温を力一杯抱き締めてやった。ただ少年というにはあまりにも華奢《きゃしゃ》な寧温の体をこれ以上強く抱き締めると壊してしまいそうで、多嘉良もどうすればいいのか戸惑っていた。ふたりの影が合わさって風も通り抜けられないほどひとつになっていた。

やがて寧温は泣き疲れて多嘉良の懐で眠った。

首里城の松明《たいまつ》に明かりが灯《とも》ると、真紅の宮殿はその本来の美しさを見せる。昼間は華美で豪奢《ごうしゃ》に振る舞う役者なのに、夜になると物憂げな女の眼のようにぼうとその姿を闇に浮かばせる。宴《うたげ》をそっと抜け出して夜風に吹かれた貴婦人。それが夜の首里城だ。

王の執務室である書院では尚育王が夜勤を行っていた。書院は正殿の中華様式と異なり、純和風建築の建物である。廊下ひとつ渡ると国が変わるかのような様式が王宮の特徴だ。

この時代の王はとにかく忙しく働くのが常だった。清国と親書を交わしたり、薩摩と調整を行ったり、農業振興策を考えたりと休む暇もない。特に教育に力を入れている尚育王は、自ら範を国民に示すために宴を途中退席して執務することもしばしばだ。

「三司官衆よ。今年の科試はどのようか？」

「首里天加那志、特に優れた学生が首席合格いたしました。首里天加那志もその名に聞き覚えがあると存じますが、神童・喜舎場朝薫が史上最年少で合格し、我ら三司官衆も驚嘆しております」

「うむ。頼もしい少年が王宮に上がることを喜ばしく思う」

機会の平等を謳《うた》う尚育王は肩書きや出自や年齢にこだわらない王として有名だ。そのために科試教育を徹底させてきた。青年王として知られる尚育王は古い慣例を打破する政策を次々と生み出した。三司官の反対を押し切り王府の予算の多くを教育分野に割り当てたのも王の決断だ。

「今、琉球は嵐の前触れの中にいる。清国で吹き荒れている嵐は必ずや琉球を襲うだろう。そのためには官僚の質をあげて対策を練らせることが必要だ」

「首里天加那志の仰《おつしや》る通りでございます」

尚育王は気さくに笑って今日の最後の文書に王印を捺《お》した。

「ところで、今年の再科の答案を持って参れ。余が目を通して進ぜよう」

「首里天加那志、合格者の二人の案文でございますか？」

「学生全体の質を確かめたい。今夜は時間がある。再科の受験生全員のものを持って参れ」

尚育王は初めに噂の神童の解答を読んで、満足そうに頷《うなず》いた。このレベルの案文を十五歳の少年が書いたというだけでも驚異的である。冊封体制維持のために情報収集を強化すべきとの論旨は見事であった。首席合格となるのも当然の案文である。

「喜舎場朝薫は評定所に配属して外交政策を受け持たせよ」

「御意。首里天加那志。我ら三司官衆もそうするつもりでございました」

尚育王はひとりひとりの案文を読んで頷いたり、首を傾げたりした。どれもこれも現役の評定所筆者顔負けの案文である。彼らがいつか王宮に入ってくるのは確実だった。尚育王は教育改革の成果が出ていることに満足していた。

尚育王が最後の答案を手にした。なぜか赤字で大きく答案全体に「否」と書かれていた。

「これは何だ？」

「いえ首里天加那志のお目に通すようなものではございません。係の者が間違って持ってきたのでしょう。すぐに捨てましょう」

王宮の明かりがひとつ、またひとつと落ちていった。


深夜、寧温の屋敷が無数の松明に囲まれた。

「開門！　開門！　王府であるぞ」

使用人がこわごわと扉を開けるや屋敷は瞬く間に大与座の役人たちに埋め尽くされてしまった。

「ここに孫寧温はいるか。孫寧温、逃げても無駄だ。おとなしくお縄を頂戴《ちょうだい》しろ！」

寧温はついに大禁物所持の罪科に処されるときが来たと観念した。使用人たちが逃がそうとしたが、寧温にはその気力もない。どうせ科試に落ちて明日をも知れぬ身の上だ。いっそ父の許《もと》に行った方が楽だとあっさり役人たちの前に出た。

「謀叛《むほん》人、孫寧温であるな。首里天加那志からの命令である。おまえを逮捕する」

あっという間に縄にかけられた寧温は父のいた平等所に投獄されてしまった。この平等所から生きて帰った者はひとりもいない。大罪人の最後の宿だ。

「父上、もうすぐ私も後生《グソー》（あの世）へ参ります……」

疲れ果てた寧温は消し炭のように牢《ろう》に転がって床の匂いを嗅《か》いでいた。もうすぐ死ぬという運命が今は何も考えずにすむ口実になって心地《ここち》好かった。

「父上もここで同じ匂いを嗅いだのだろうか……」

寧温は父の残り香を探して疲れ果てた身を床に抛《なげう》った。たぶん、今涙が出ないのは多嘉良の懐でたくさん泣いたせいだと思った。重い瞼《まぶた》の奥はとっくに涸《か》れていた。自分は何のために生きてきたのか、性を捨ててまで何を成し遂げたかったのか、もう情熱も志も涸れ果ててしまった。

牢に差す月明かりが消える頃、父が斬首《ざんしゅ》された安謝湊での処刑が待っているのであろう。

「父上……。私は男になったことを後悔しておりません。ただ、無念なだけでございます……」


同時刻、書院の王は激昂《げきこう》していた。孫寧温を平等所に投獄したと誇らし気に報告した三司官の声を聞くや、いきなり罵倒《ばとう》した。

「この愚か者め。誰が投獄しろと言った！」

王が命じたのは、不合格者の学生の消息であった。なのに三司官たちは答案の主が王を怒らせたと勘違いしてしまった。再科の不合格者の答案を読んだとき、王は雷に打たれたかのようなショック状態に陥り、やがて震えだした。

「畏《おそ》れながら首里天加那志よ。その檄文《げきぶん》を書いた学生を逮捕しろと申しつけたのは首里天加那志でございます」

三司官たちはこの答案を真っ先に不合格にした。冊封体制を崩壊させてもよいという論旨を述べるのは謀叛人しかいない。直ちに受験生だった孫寧温に逮捕の命を下した。

尚育王は顔を真っ赤にして激しく三司官を罵《ののし》った。

「お前たちの目の節穴ぶりには呆《あき》れるばかりだ。この案文を落とすだけでも愚かなのに、投獄するとは何事かっ！」

穏やかな気性の尚育王がこれほどまで荒れるのは極めて珍しいことだ。震え上がった三司官は伏して小さくなった。

「その答案は王国の体制を揺るがす檄文でございます。不合格は至極全うかと存じます」

畏れながら見上げると王は泣いているではないか。

「これを、この答案を檄文と言うお前たちが情けない……」

王は書院から一冊の本を差し出した。その書物の題は『琉球政務彙編《いへん》』と綴《つづ》られていた。表紙は書院の本の中でも一際手垢《てあか》で汚れていたが誰もこの書物の存在を知らなかった。

「これは麻親方が余が王位に就いたときに遺《のこ》された書物だ」

伝説の三司官・麻真譲と聞いて三司官たちが再び伏した。王はこの書物には琉球の国体のあり方が書かれていると言った。王は麻真譲の三司官留任を強く希望したが、麻は聞き届けてくれなかった。その代わり帝王学の書物として遺したのがこの『琉球政務彙編』だ。この書物には清国や薩摩との付き合い方、そして新しい国の在り方を模索する指針が述べられている。

「賢明なる麻親方はこの当時既に清国の弱体を予見しておった。そのとき琉球はどうあるべきか、余はどう振る舞うべきか記された。この書物のお蔭《かげ》で余は何度救われたか知れぬ……」

「畏れながら首里天加那志。麻親方は何と述べられていたのでしょうか？」

王は三司官が「否」と赤字で記した答案を突きつけた。

「この案文がそうである。これを檄文とみなしたお前たちは麻親方のお気持ちを踏みにじったのと同じだ。この答案を書いた者は清国抜きの琉球の在り方を説いている。しかも麻親方でも踏み込めなかった琉球の目指す地位まで説いてみせた。琉球の地政学的特性を用い大国間の緩衝地帯にすることが独立を貫くことだと書くとは見事だ。これほど国のことを思う聡明《そうめい》な若者をお前たちは不合格にするばかりか、投獄したのだぞ！」

三司官たちはやっと寧温の先見の明に気づいた。

「申し訳ございません首里天加那志。我らが愚かでございました」

「この者はどの私塾に属しておるのだ？」

「確か……破天塾とか。科試とは縁のない泡沫《ほうまつ》塾でございます」

それを聞いた王は高らかに笑った。王府からの助成金を受け取らない麻真譲の塾ではないか。麻真譲は王宮を去るときいつか必ず自分の後継者となる者を王宮へ送ると言っていた。その麻真譲の弟子が満を持して科試を受けてきた。王は嬉《うれ》しくて何度もひとりで頷いた。

「この者を直ちに釈放せよ。王命であるぞ！」

＊

未明、また濃霧が首里を覆った。この霧が現れると罪人が消える。ひとり牢の中で死を待っていた寧温は、父のように潔く散ろうと決めていた。首里士族の男子ならそうするはずだ。

看守の足音が近づいてくる。寧温は恐怖のあまり歯の根が合わない。牢に差した影が鬼のように映る。

「孫寧温、釈放する」

と無愛想に看守に縄をほどかれて、寧温は呆気《あっけ》にとられた。

「あの……。釈放ってどういうことでしょうか？」

「首里天加那志のご命令である。正装して王宮へ上がれ」

「なぜ私が王宮へ……？」

不可解な出来事に寧温はまだ自分の身に何が起こったのかわかっていない。

「科試に合格したのだ。戴帽式《たいぼうしき》の準備をせよ」

「私が科試に合格?」

寧温は狐に抓《つま》まれた気分だ。釈放だけでも不可解なのに、科試に合格したと聞かされても、すぐには意味がわからなかった。

「まったく、科試の合否を覆すとは前代未聞だ。おまえは一体何者なのだ?」

「私、科試に合格したんだ……。科試に通ったんだ……」

寧温の頬に血の気が戻っていた。夢にまで見ていた王宮への門が死を覚悟した朝に開かれるとは。寧温の頬に一筋の涙がこぼれ落ちた。たぶん、この瞬間のために父がとっておいてくれた涙なのだろう。

——父上、私は王宮へ参ります!

科試合格者の戴帽式が行われる書院は王の執務室である。勤勉な尚育王は食事も書院で摂るほど忙しい身だ。書院に籠《こ》もる王の熱気は書物の呼気を圧倒し、ここが王国の最終意思決定の場であることを伝えていた。その王の顔を今日初めて見ることができる。寧温は興奮して落ち着かなかった。

「科試合格者の孫寧温でございます。お通し願います」

正装の黒朝衣で現れた寧温に評定所の役人たちが何の冗談かと目を丸くする。あの神童・喜舎場朝薫よりもずっと年少ではないか。寧温の歳が十三歳だと知って二度驚いた。麻真譲の後継者が現れると聞いてかけつけた王宮の役人たちも一様に信じられないと口を揃えた。それに寧温の容貌《ようぼう》はまるで少女のように可憐《かれん》だ。

「おまえは本当に男か？」

と戴帽式の前に役人たちが好奇の目を向ける。こうなるだろうと寧温は用意していた台詞《せりふ》で応じた。

「私は宦官《かんがん》でございます。幼い頃に清国で宦官の処置を受けました」

宦官と聞いてますます役人たちの目が色めく。紫禁城で宦官を見たことのある役人たちも、俄《にわか》に信じられなかった。王宮に宦官はひとりもいない。それは去勢する文化に抵抗があるからだ。しかし宦官と言われれば寧温のあまりにも女性的な容貌は納得できる。清国の宦官たちも一様に艶《なま》めかしい容貌だったからだ。北京の国子監帰りの儀間親雲上がしたり顔で述べた。

「琉球も宦官を迎えるほど成熟したということだ。これで我が琉球も大清国に並んだことになるだろう」

その王府の自尊心をくすぐる言葉で役人たちの動揺は収まった。宦官なら清国への体面上都合がいいし、何よりも使い勝手がいい。尚育王は寧温をどう使うか決めていた。

「やあ寧温、君がここにいることを誇りに思うよ。科試の結果を覆すなんて君は本当にすごい」

と朝薫は終始笑顔だ。朝薫はなぜか寧温といると顔が綻《ほころ》んでしまう。

「朝薫兄さん、再科のときはお祝いも申し上げられず失礼いたしました」

三司官衆が書院に現れた。間もなく王も入室される。書院が緊張に包まれた。

「首里天加那志のおなーりー」

一同が御拝で尚育王を迎え入れた。頭を下げた寧温は王が入ってきた瞬間、空気が変わったのを感じた。一瞬にして影に日が差したような存在感に圧倒されてしまった。

——すごい。これが王の気なのね。

「孫寧温は誰だ？」

「私でございます」

尚育王に問われて寧温が面をあげる。気とは裏腹に王は気品に満ちた穏やかな眼差《まなざ》しの持ち主だった。初めて王の顔を見た寧温は同じ部屋で呼吸するのも憚《はばか》りたかった。

「平等所に投獄されたことを怨《うら》むでないぞ。全て余の不徳の致すところだ」

「滅相もございません。首里天加那志のご聖恩に感謝するばかりでございます」

尚育王は目で微笑む。寧温はその優雅な所作に惚《ほ》れ惚《ぼ》れしてしまった。この王のために人生の全てを捧《ささ》げようと思った。

「科試を突破した諸君に改めて祝福を申し上げる。今日から君たちは王府の役人としてその力を存分に発揮してもらう。知っての通り我が王国は清国と薩摩の間で揺れている。どの国とも衝突することなく、相手国の尊厳を保ち、且《か》つ常に琉球の優位を貫き通せ。これが評定所筆者の使命である」

琉球の科試が本場の科挙よりも難しくなったのは、微妙な国情故である。交渉は相手を納得させることが前提で決して折れてはいけない。もし折れれば清国や薩摩は琉球支配色を強めてしまう。これを絶妙な外交センスでかわし、必ず双方が納得できるように合意を導き出す。

「孫寧温、前に出よ」

三司官が王の前で言上写《ごんじょううつし》を読み上げる。これが正式な任命書だ。

孫寧温
右者事
主上依御意ニより、此度評定所筆者主取被仰下候事
戌五月
三司官

評定所の役人たちがざわざわと騒ぎ出す。三司官が読み上げた寧温の地位が信じられないのだ。

「今、三司官殿は何と仰《おつしや》ったのだ？」

「確か評定所筆者主取《ぬしどり》と仰ったぞ。間違いない」

「十三歳の子どもが俺の上司か！　そんな馬鹿な」

寧温の配属先とその地位は評定所筆者主取である。これは評定所筆者の中でも格上の身分で課長職に相当するものだ。同じく評定所筆者に任命された喜舎場朝薫は寧温の部下である。何もかも異例尽くしの処遇に役人たちの動揺が収まらない。

「私が評定所筆者主取？」

円筒形の帽子を三司官から被《かぶ》せられた寧温も半信半疑である。

「静かに。これは首里天加那志のご決定である！」

寧温が王に御拝《ウヌフェー》すると、美丈夫な尚育王はまるで兄のようにたおやかに笑っていた。

「孫寧温、そなたの再科の案文見事であったぞ。さすが麻親方の愛弟子《まなでし》だ」

「首里天加那志、畏《おそ》れ多《おお》いことでございます」

王の口から出た名に役人たちがひれ伏す。この幼い宦官が麻真譲の愛弟子とは。麻真譲に世話になった役人たちは寧温の前で小さくなって目を合わせられない。その光景が朝薫には可笑《おか》しくて肩を揺すって笑っていた。

戴帽式を無事に終え、御庭に出た二人は顔を見合わせて笑った。これで明日から夢の王宮勤務だ。若さと嬉《うれ》しさをもてあまして御庭を駆けだした二人は有頂天だった。一日のうちに何度も表情を変えるこの優美な王宮で働ける喜びが体を突き上げてくる。

「孫親雲上、君と一緒にいると本当に楽しいよ」

「兄さんこそ喜舎場親雲上ではありませんか」

「これで儀間親雲上と同じ身分だ。やっほう！」

その儀間親雲上が御庭で自分の配属先を探していた。

「喜舎場親雲上、銭蔵《ぜにくら》奉行とはどの部署でありますか？」

言上写の文言を読んだときの儀間親雲上がにんまりと笑ったのを朝薫は見逃さなかった。

「きっと私の配属先は財務を扱う部署なのだが北殿にはないと言われた。これで王府の予算を牛耳ることができるぞ。真和志塾への補助金を削減してやろう」

とさっそく復讐《ふくしゅう》に燃える儀間親雲上である。朝薫が銭蔵奉行はあちらだと指さした。

儀間親雲上が銭蔵奉行の建物を見つけた。財務部のはずなのにやけに質素で薄暗い建物だ。いやこれは蔵そのものではないか。中に入ると大瓶が所狭しと並べられている。儀間親雲上の前に王宮に出入りの商人の荷車が横付けされた。

「ああ、銭蔵奉行のお役人様、お約束の泡盛をお持ちいたしました」

銭蔵奉行とは泡盛を管理する部署である。泡盛は王府の管理で生産され、貴重な税収となっている。「銭」は琉球語で酒の意味でもある。即ち酒と税を管理する倉庫という意味で銭蔵奉行なのだ。儀間親雲上の夢の王宮勤務は酒蔵の管理人だった。暗い蔵の中で儀間親雲上は途方に暮れた。

「科試に受かった私がなぜだ〜！」

儀間親雲上の苦難は続く。

＊

慶良間《けらま》はいならで石火矢とどめかち引船や後に那覇の港

(清国から御冠船《うかんせん》が慶良間諸島の間を通って現れた。空には石火矢が鳴り響き、陸では大観衆が迎え、引き船を後にして那覇港にやってきた)

那覇港沖の水平線上に巨大な船影が現れた。天空まで帆を張り、波飛沫《なみしぶき》を立てながら近づく影は船というよりも小さな島だ。清国の福州を出た皇帝の使者、冊封使を乗せた御冠船が琉球にやってきたのだ。斜陽の帝国は威信をかけて今度の冊封に臨んでいた。清国としても冊封体制の維持は国体を守ることである。帝国の南の顔と呼ばれた香港を英国に奪われ、病魔が刻々と帝国を蝕《むしば》む今、冊封体制の周辺国への影響力を衰えさせるわけにはいかない。

那覇港に据えられた大砲が祝砲を鳴らす。

「御冠船がやってきたぞ。冊封使様御一行だ」

御冠船の周りを琉球側の小型船が無数に囲んでいた。その様はまるで御冠船が港のようだ。この船は蓬莱船《ほうらいせん》とも呼ばれ、大陸の珍しい品や書物、医薬品、調度品が積まれている。琉球が清国に朝貢すれば清国はその十倍以上のお返しをしてくれる。だから冊封使は果報の象徴なのである。

この冊封使をもてなすことは琉球の国家プロジェクトである。王府は冊封使を迎え入れるために、滞りがないよう入念なリハーサルを重ねていた。

港では王府の役人が総出で冊封使一行を出迎えた。寧温や朝薫にとっても初めての大仕事だ。間近で見る清国の役人たちは惚れ惚れする見事な衣装を纏《まと》い、気品と風格に満ちている。冊封使たちは大陸の風を運んでいた。

「これが御冠船。何と素晴らしい船でしょう」

「冊封体制維持こそ琉球の生きる道だ。寧温もそう思うだろう？」

御冠船が巻き起こす気流で帽子が飛んでしまいそうだ。清国からやってきた冊封使節団は総勢五百人。首里城丸ごとひとつ分の規模である。船というよりも宮殿ごと海に浮かべたようなものだ。清国本体はこの数十万倍の規模の国だと想像すると気が遠くなる。

通事を伴った三司官が恭しく前に出た。

「正使様、長旅お疲れ様でした。ようこそ琉球へ。清国皇帝陛下はお健やかでしょうか」

「盛大な歓迎を感謝する。琉球王国の繁栄を心から慶《よろこ》ぶと申し遣ってきた」

琉球の独自の美意識は冊封使を歓迎するために発展してきたと言ってよい。宮廷料理、琉球舞踊、組踊などの舞台芸能は冊封使を飽きさせないために百花繚乱《ひゃっかりょうらん》の発展を遂げた。

半年以上も長期滞在する冊封使は次から次へと繰り出される琉球の芸能攻勢にいたく感激したものだ。琉球王朝の教養至上主義は、小国ならではの生き残り戦略なのである。

冊封使のメインイベントは何といってもパレードである。琉球の迎賓館というべき冊封使の宿泊する天使館から王国のメインストリート綾門大道《アヤジョウウフミチ》を通り首里城まで至る全行程四キロメートルを冊封使一行が華やかにパレードする。数十騎の馬を駆り、旗を振り、楽士たちを引き連れ、超大国の威信をかけた総勢五百人にも上るパレードに、民衆は熱狂するのである。

異国情緒溢《あふ》れる音楽、衣装、そして清国人の涼やかな顔つき、見るもの聞くもの全てが琉球の手本となるものばかりだ。民衆の目には彼らは海を越えて果報をもたらしにやってきた神のように映った。爆竹が間断なく鳴り響く中、冊封使の一行が王宮へ向かう。その姿をうっとりとする眼差《なまざ》しで民衆が囲む。

「大清国の繁栄は永遠だな。さすが琉球の宗主国だ」

「私も一度は清国に行ってみたいものだ」

「おお、あの正使様の衣装を見よ。まるで王ではないか。あれで使者の身分か」

民衆はまだ超大国の威光を信じている。しかし清国はこのとき襲い来る列強の脅威と闘ってもいた。宗主国として朝貢国の琉球に疑念を抱いてほしくなかった。清国は永遠の覇者であると信じてほしかった。清国は冊封国を決して見捨てはしない。琉球の後ろ盾としてこれからも守り続けよう。だから盛大に爆竹を鳴らす。帝国に降りかかる厄災を追い払うかのように。

唐土天加那志おきなわおかなしやや語らてもよそのだにや知らぬ

(清国の皇帝陛下が琉球を愛してくださることを、よその国に話してみたところで、理解してもらえるものではない)

寧温たちは冊封使を迎え入れるために、先に王宮で待っていた。御庭に施された白いストライプは位階の順に並ぶ目印だ。先頭は貴族階級の按司、王子と呼ばれる王位継承権のない王族たち、そして行政の頂点に立つ三司官が並ぶ。その後に位階の高い順に並んでいく。一番後ろは宮古・八重山《やえやま》の地方役人の長たちで、ここに座るために出世街道をひた走ったエリートたちだ。

そして寧温と朝薫の座る正五品・評定所筆者の場所は中央よりもやや前。ここが寧温の王府での地位である。科試出身者は地方役人の長年の苦労を飛び越え、いきなりこの場所から官僚人生を始める。だから僻《ひが》みも根深かった。

「おい見ろよ。あのガキども俺よりも前に座っているぞ」

「しっ。口を慎め。科試合格者の神童たちだぞ。何でも史上最年少合格者らしい」

「勤星《きんせい》を三十年重ねてきた俺よりも前なのか……」

背後で罵《ののし》られているとも知らず、寧温と朝薫は冊封使の挨拶《あいさつ》を夢見心地で聞いていた。今自分が王宮の中にいることがこれほど嬉しいことはない。寧温は、遠くから聞こえる正使の奏上を小声で翻訳していた。

『願　琉球王國　國運昌隆　國泰民安』

「——琉球王国におかれては国王、国民の益々の繁栄をお祈りいたします」

「すごいな寧温。久米村の唐通事《とうつうじ》も顔負けだね」

「異国語は得意なんです。もし科試に受からなかったら通事になろうと思っていましたから」

式典は全て中国語で行われるために、進行を把握していないと何がなされているのか全くわからない。官僚たちでも中国語が話せるのは少数だから、みんな聞き耳を立てて寧温の翻訳を頼っていた。真紅の正殿の前で行われる清と琉球の式典は、優雅な外交である。

実は誰もが楽しみにしているのは正使や王の挨拶ではない。この後に開かれる歓迎式典が琉球の目玉だ。北殿の前に設けられた特設ステージでは今か今かと出番を待った踊童子たちがいる。

ついに舞台の幕が開いた。雅《みやび》な楽士たちの演奏に合わせて出てきたのは王国の中から選ばれた美少年たちである。

「おお、何と素晴らしい！」

花笠《はながさ》を被《かぶ》って出た女形《おやま》たちに冊封使も思わず唸《うな》った。これを見たくてわざわざ琉球まで来たのだ。紫禁城でも琉球の舞踊家たちのことは噂になっている。彫りが深く目鼻立ちのはっきりした琉球人の顔は舞台映えする。派手な紅型《びんがた》を纏《まと》っても顔立ちが強いために衣装負けしない。しかも彼らは少年たちと聞く。何とも艶《なま》めかしい気持ちになり、夢を見ている気分になる。舞台を埋め尽くす群舞は、一糸乱れぬ舞で首や手が乙女の甘い恋心を巧みに伝えてくる。そればかりか揃ったときに初めて生まれる王府の「もてなしの心」さえ表現するとは見事だ。

貴賓席で舞を見届けた正使たちも思わず身を乗り出していた。演出が見事でもっと見たいと思ったときに舞が終わり、次の舞が始まる。艶めかしい女形から今度は男衣装に替えて『若衆踊り』を舞う。これがさっきまで女装をしていた少年たちかと疑うほど、潑剌《はつらつ》とした舞に変わるものだから目を離すことができない。三度幕が変わるとまた女形に戻っている。変幻自在の踊童子の芸に冊封使たちが立ち上がって喝采《かっさい》した。

舞台監督の踊奉行たちも重責を果たして面目躍如だ。正使はこの程度で喜んではいけない。次に出てくる美少年こそ踊奉行が王宮の至宝と太鼓判《たいこばん》を捺《お》す天才である。

この日のために辻村《つじむら》で名を馳《は》せていた少年を徴発してきたのだ。そして彼のために踊奉行が特別な舞を創作した。

ゆったりとしたメロディが舞台に流れる。現れたのは傘を持ったひとりの女形だった。今までの踊る花壇のような群舞ではなく、地味な絣《かすり》を着ていた。正使はやけにひっそりとした舞台に正直がっかりした。観たいのは群舞なのだ。しかしクレームをつけるのも使者としての品位にかかわるから、我慢して観てやることにした。
舞台の女形の少年が手持ちの傘をぱっと開いて、貴賓席の正使に視線を送った。

三重城に登て　手巾持上ぎりば
早船ぬなれや　一目ど見ゆる

女形の少年が音楽に乗った瞬間、正使は背筋がぞくぞくするような感覚がした。踊童子は切ない目をして虚空を見つめているのだ。その視線の先に恋しい男の姿がはっきりと感じられる。舞う手が「今度はいつ会えるのですか」と愛《いと》しい男に問いかける。つれなくされて悲しそうに振る首が身分違いの恋であることを伝えていた。これが別離の情を舞う最高傑作と称される『花風《はなふう》』である。遊女が役人に恋をして逢瀬《おうせ》を重ねたが、身分違いの恋で役人は地方に出向いてしまった。その後ろ姿を三重城から望み、想い破れた恋を偲《しの》ばせるという内容である。
舞台上の踊童子の少年は遊女に扮《ふん》し、もう一度逢《あ》いたいと愛しい男を求める。言葉がわからなくても体の動きで遊女の切なさが正使にはわかった。そして彼女の身分が遊女であることも色気でわかる。地味な絣のために表情や腰の動きや足の運びが強調される。これだけの情感を籠《こ》めて踊れる者は清国にもいないだろう。踊童子のあの目の切なさ、今彼女は男が去った海を眺めているのだろう。彼女の激しい恋が浜で途切れて絡まっていく様が見事に表現されている。

朝夕さも御側　拝み馴れ染めの
里や旅せめて　如何す待ちゆが

正使は思わず貰《もら》い泣《な》きしてしまった。自分もかつて身分違いの女と恋をして、結局一族の猛反発に遭い涙ながらに別れさせられた。あの愛しい彼女を思い出さない日はない。きっと彼女もこの遊女のように自分を今でも偲んでいると思うと涙が止まらなくなった。

「素晴らしい……。あの踊童子を今宵、天使館へ寄越《よこ》すように……」

正使の心を虜《とりこ》にした舞は王宮の役人たちの心をも打った。これは踊りというレベルを超えてひとりの女の人生そのものだ。琉舞《りゅうぶ》芸術の極みに立ち会って役人たちも震えていた。舞台の上で舞う踊童子も衆目を惹《ひ》きつけてますます踊りに円熟味が加わる。貴賓席の反応も糸で繋《つな》がったように伝わっていた。少年は得意になって切なそうに手ぬぐいを正使に向けた。

——この想いはあなただけのものです。

正使は舞台からのメッセージに嗚咽《おえつ》を漏らして泣き出した。冊封使節団が毎回半年から一年も長期滞在するのは、このハートを射止める芸術外交のせいだ。

傘を回した踊童子の少年が舞台の袖《そで》にふと目をやる。少年の目に信じられないものが飛び込んできた。黒朝衣を着た少年役人には見覚えがある。

――まさか真鶴？

一方、寧温も踊童子の姿にあっと声をあげた。舞台の上で踊っている少年は失踪《しっそう》した兄の嗣勇ではないか。

「兄上、生きていたのですね……」

踊奉行が辻《つじ》の遊郭で徴発してきた踊りの天才少年とは嗣勇だった。科試受験から逃げ出した嗣勇は王宮を飾る花になって寧温の前に現れた。

奇《く》しくも王宮で、女形になった兄と宦官《かんがん》になった妹が運命の再会を果たした。

第三章　見栄と意地の万華鏡

紅《くれない》の王宮の中に緑豊かな神殿がある。

王宮の中でも京《きょう》の内《うち》と呼ばれる広大な敷地は王族神・聞得大君《きこえおおきみ》や限られた神女しか立ち入ることのできないサンクチュアリだ。この京の内が首里城《しゅりじょう》をただの宮殿ではなく、巨大グスクと呼ばれる神々の城たらしめている。首里城は子宮の中に表舞台の男の世界を内包している。

まるで綾取《あやと》りのように一本の糸をつまむだけで、男と女、人と神、表と裏、光と影が裏返り、全く新しいパラダイムを見せる。もっとも男が男として、女が女として生きることを強いられている限り、たとえ王でも首里城の全てを知ることは不可能だ。もしそれができる者がいるとすれば、性を超越した存在だけである。

突如、京の内から無数の蝶《ちょう》が羽ばたいた。大振りの翅《はね》をゆらゆらと羽ばたかせたオオゴマダラの大群だ。薄絹の貴婦人のような翅は、王宮の女官たちですら霞《かす》ませる優美さだ。飛ぶというより、そよ風の形になって舞う蝶は見る者を幻惑する。大きな翅を扇のように舞わせる様は貴婦人の微笑みを思わせた。

オオゴマダラの大群が久慶門《きゅうけいもん》の屋根に止まった。蝶が見つめる先には王宮に出勤する男たちの姿があった。

王宮の一日は久慶門の開門から始まる。王宮に出勤する者たちが急ぎ足で潜《くぐ》り抜けるたびに、表世界が目を覚ます。久慶門がまたひとりの役人を迎えた。役人にしてはあまりにも幼すぎる少年に門番たちが六尺棒を交差させた。

「ここは子どもの入る場所ではない」

少年が恭しくお辞儀をする。

「評定所筆者《ひょうじょうしょひっしゃ》の喜舎場朝薫《きしゃばちょうくん》でございます」

「ほう、お主が王宮の噂になっている神童か。なんでも宦官《かんがん》とか……」

「しっ口を慎め。正五品の官職を戴《いただ》いた評定所筆者殿に無礼であるぞ」

ともうひとりの門番が制したが、同じように好奇心を抑えられない。朝薫の顔と下半身をしげしげと見比べて、首を傾げた。どこをどう見ても普通の少年にしか見えない。

「ぼくは宦官ではありません。ですが、評定所の人間にそのような無礼な眼差《まなざ》しをするとあれば、相応の処罰をいたしますぞ」

「失礼いたしました喜舎場親雲上《ペーチン》。どうぞお通りください」

朝薫は自分が侮辱されたようで朝から気分が悪かった。宦官がひとり入っただけで好奇心を剝《む》き出《だ》しにする王宮の役人たちは品位がない。寧温《ねいおん》は毎日そんな卑猥《ひわい》な眼差しに耐えているのかと思うと気の毒でならなかった。

ただ、朝薫は寧温が宦官だと知って、なぜか納得できたのである。寧温と話をするたびに私塾の仲間たちとうち解けているのとは違う気持ちがした。初めは寧温が飛び抜けて聡《そう》明《めい》であるからだと思っていた。知性への憧《あこが》れが胸を高鳴らせる。それは事実だ。しかし全てではない。寧温の素性が宦官だと知ったとき、もう少し気持ちが晴れた。それは相手の問題はともかく、自分の感覚が間違っていないと納得できたからだ。だがそれも全てではないことを朝薫は知りかけてもいた。

「寧温、君と出会ってから、ぼくは自分を信じられなくなったよ……」

自分よりも賢い人間がいることが嬉《うれ》しくもあり、悔しくもある。そして同時に切ない。朝薫の心は無意識の闇から乱れていた。

門番たちがまた六尺棒を交差させる。

「ここは女が通ってはならぬ門だ。御内原《ウーチバラ》への出入りは継世門《けいせいもん》を使え」

やってきたのは絶世の美少女だ。首を重たげに下げ、乱れた前髪を指で整えた少女の仕草に門番たちは美しい音色を聴いた気がした。

「私はこのたび王宮の花当《はなあたい》に任じられた嗣勇《しゆう》でございます。お役人様どうかお見知りおきを」

紅型《びんがた》の裾《すそ》を払ってお辞儀をした嗣勇は、どこからどう見ても女、いや女以上の美貌《びぼう》だ。花当は女性と区別するために男と同じ前帯となっているが、嗣勇の美貌はそんな違いで区別できるものではない。嗣勇の憂いを帯びた目の配せ方、情感を持った首の傾げ方、体重を感じさせない腰の落とし方、宙を浮いているような足の運び方は女以上の優雅さである。彼らが知っている言葉で嗣勇を表現するなら「天女」だ。

「こいつは本当に男か！　これが噂の宦官なのか！」

「ほら、冊封《さっぽう》正使様を虜《とりこ》にした踊童子がいただろう。きっとその少年だ」

嗣勇もまた王宮の噂の的だ。天使館で冊封使から寵愛《ちょうあい》を得た功により、花当として王宮勤務を命じられた。嗣勇も科試《こうし》出身者と同じく立身出世の道を驀進《ばくしん》する野兎だ。

朝から胸をかき乱される通行人たちに門番は疲れていた。その脇をまたひとりの少年が通過しようとする。

「おい、ここは子どもが……」

「いや、女が通っては……」

身綺麗《みぎれい》な色衣装を着た少年に門番たちも口籠《くちご》もった。さっきの少年が天女だとすれば、この少年をどう表現していいのかわからない。化粧をしているわけではないのに、朝日を弾《はじ》く半透明の素肌は人のものというよりも白磁に近い。紅をさしていないのに、唇は熟れた果実のように朝露で潤っている。まるで花の精霊が王宮にやってきたかのように、湿った周りの空気を高原のように涼しくしてしまう。見れば見るほどわけがわからなくなって門番たちはたじろいだ。

「な、なんだこいつは……」

「私は評定所筆者主取《ぬしどり》の孫寧温《そん》でございます」

評定所筆者主取と聞いて、門番たちは反射的に深々と頭《こうべ》を垂れた。官職で名乗ってくれただけ有り難かった。あのままだと精霊の世界に幻惑されたまま意識が戻ってくることはなかっただろう。寧温の後ろ姿を見て、やっと噂の宦官だと気がついた。

寧温の噂は御内原の女官たちにも届いていた。いや女官たちが噂を毎日増幅させているから、一向に収まる気配がない。男と女の世界を繋《つな》ぐ正殿の二階の窓から、寧温の出勤を一目見ようと押すな押すなの賑《にぎ》わいだ。女官見習いのあがまたちはうっとりするような眼差しで寧温を見つめていた。

「孫親雲上《ウナー》って何て麗しいお姿なんでしょう……」

「あんな綺麗《きれい》な殿方を見たことないわ」

寧温が御庭を歩く様にあがまたちが一喜一憂する。誰かに耳を引っ張られてあがまが悲鳴をあげた。振り返ると雌牛のように大柄な女が睨《にら》みを利かせていた。彼女が女官グループを統《す》べる女官大勢頭部《おおせどべ》だ。着飾った牛としかいいようのない女官大勢頭部は朝から怒り心頭だ。

「御内原の女が殿方に恋をしてはならぬとあれほど言っただろう！　おまえたちは首里天《しゅりてん》加那志《がなし》の女なのだぞ」

「いいえ女官大勢頭部様、宦官は殿方ではございません」

あがまたちに言い返されると女官大勢頭部はぐうの音も出ない。花当は女装していても男だから、表世界の人間である。だから裏の御内原の人間と接点があってはならない。しかし琉球《りゅうきゅう》で宦官を登用した前例がないから、寧温とどう接していいのか誰も知らなかった。

「孫親雲上は正五品の評定所筆者主取である。おまえたちとは身分が違う！」

女官大勢頭部は、こういって追いやるのが精一杯だった。そして勢いよく窓を閉めた。


北殿は評定所など複数の奉行所が集う王府の政策機関の中枢だ。大広間では役人たちがそれぞれの案件を処理しているが、向かい合わせに座っている者が同僚というわけではない。収納奉行の隣にいる男が田地奉行だったり、田地奉行の前にいる男が普請《ふしん》奉行だったりと全ての官僚たちがごった煮になってそれぞれの業務を行っているのが実態だ。

王府の政策の全てが同時に行われる様は、大脳の働きを具象化しているようだ。これら全ての官僚たちをまとめて前頭葉の役割を担うのが評定所筆者である。

朝薫は寧温の姿を見つけて、自分と同じ淡い青の色衣装を着ているのにちょっと嬉しくなった。

「おはよう寧温。いや孫親雲上。昨日ぼくが書いた農業振興策の案文はいかがでしたか？」

「朝薫兄さん、寧温と呼んでください。灌漑《かんがい》を整える喜舎場親雲上の慧眼《けいがん》には本当に感服いたしました」

自分も同じ口調で喋《しゃべ》っているのに気づいた寧温があっと口を覆った。朝薫も兄さんと呼ばれた方が嬉しい。朝薫は寧温の手元に目をやった。

「寧温、その筆はもしかして……?」

「いつか朝薫兄さんからいただいた筆です。科試のときもこれで書いたので験がいいのです」

「そんなに大事に使ってくれるなら、もっと上等な筆をあげればよかった」

と朝薫が寧温の横顔を見る。こうやって側にいるときは心はいつも晴れているのに、見えなくなると闇に覆われてしまう。また明日《あした》会えるとわかっているから闇に怯《おび》えることもない。王宮は朝薫にとって名実ともに太陽と過ごす時間に思えた。寧温は今日も一心不乱に役人たちと調整を行っている。

高速演算をしている大脳に休憩が訪れた。北殿に現れたのは女装をした花当たちである。辛気くさい男の空間に大輪の花が咲いたような和みが拡《ひろ》がる。王国の中から選び抜かれた美少年たちに誰もが顔を綻《ほころ》ばせた。

「孫親雲上、お茶が入りました」

白い手に茶碗《ちゃわん》を差し出された瞬間、寧温は身を強《こわ》ばらせた。目の前にいるのは兄の嗣勇だ。いくら女装しているとはいえ、兄の声に間違いはなかった。あの冊封使の前で踊った日、兄の姿を探したが、天使館に派遣された後だった。今、初めて兄と顔を合わせたが名乗るに名乗れない。

「ありがとう。あ、あなたは初めて見る顔ですね……」

「本日評定所付けの花当になりました。皆様のお世話をさせていただきます」

嗣勇もまた妹を抱き締めることはできない。こうやって男の姿をして王宮に潜り込んだ妹は完全に経歴詐称だ。父から逃げたあの雨の日、大与座《おおくみざ》の役人に連れ戻されると覚悟したのに、追っ手は来なかった。あの科試狂いの父が素直に自分を諦《あきら》めるとは思えない。

そしてここに男の姿をした妹がいる。これで点と点が繋がったも同然だ。妹は恐らく自分を庇《かば》って男になり、科試を受けたのだ。科試に受かっただけでも驚きだが、聞けば孫親雲上は宦官《かんがん》だという。いくらなんでも無謀な綱渡りだ。もし孫親雲上の素性がバレたら妹は斬首《ざんしゅ》である。嗣勇は何としてでも妹を守りたくて冊封使の寵愛《ちょうあい》を利用して評定所付きの花当にしてもらった。

兄妹《きょうだい》はお互いに目を見合わせたまま、次の言葉が見つけられなかった。茶をもらった朝薫が、

「そなたの名は何と申すのだ？」

と尋ねたので嗣勇は妹の耳に届くように言葉を句切りながらお辞儀をした。

「王宮内では『兄さん』とお呼びくださいませ」

寧温は思わず茶碗を落とした。

突然、北殿の大広間に表十五人衆《おもてじゅうごにんしゅう》の役人がものすごい剣幕で入り込んできた。

「孫寧温、評定所筆者主取の孫寧温はいるか！」

「はい孫寧温は私でございます」

顔を真っ赤にした男は吟味役の毛《もう》親方である。この表十五人衆は血統重視で選ばれる高

官で、三司官《さんしかん》の次に位が高い。王国の中でも毛並みの良さで知られる向《しょう》、毛、馬《ば》、翁《おう》の四姓たちで既得権益を独占する集団である。

毛親方は寧温に案文を叩《たた》きつけた。

「私の許可なく勝手に三司官殿に決裁を求めるとはこの無礼者め！」

「え？　しかし御物《おもの》奉行殿は直接三司官殿へ渡せと申されましたが……」

御物奉行の男は知らぬふりを決め込んでいる。先日、急ぎの案件だから早く決裁してほしいと割り込んできたのは彼だ。まだ評定所の機構をよく知らない寧温は直接三司官に届け出たが、それが毛親方の神経を逆撫《さかな》でしたらしい。

「寧温、貴様が科試最年少合格者だからといって調子に乗るな。王宮には長きに亘《わた》る伝統としきたりがあるのだ。表十五人衆の私を無視して動くとは許せん！」

「申し訳ございません毛親方。今後は二度とこのようなことがないように致します」

寧温は身を小さくして土下座するばかりだ。隣で鼻息を荒らげていた朝薫は、またいつもの寧温いじめが始まったと憤っていた。評定所に入ってから毎日、誰かがこうやって難癖をつけてくることばかりだった。それは寧温を気に入らない役人たちが裏で仕組んでいることだと朝薫は知っている。ある役人は寧温に見せた案文と三司官に提出した案文を意図的に瑕疵《かし》のある案文にすり替えて、評定所筆者主取の能力を疑わせようとした。また、ある役人は寧温抜きで重要な会議を開いた。寧温が知らぬ間に通った案件に戸惑っている姿を見てせせら笑うのだ。そして彼らはいつも最後にこう言う。

「宦官の分際で男の世界の何がわかるというのだ！」

　毛親方も同じ台詞《せりふ》を言って寧温を公衆の前で面罵《めんば》した。その後に続く失笑も昨日と同じだ。寧温は血の気を失ってひたすら毛親方の怒りが収まるまで謝り続けている。義憤に燃えた朝薫がたまらず立ち上がろうとする。その前に、嗣勇が寧温の前に割って入った。

「毛親方、物知らずの若者を叱るのはもう十分でございます。奥に茶菓子を用意してございますので、お茶が冷めないうちにお召し上がりくださいませ」

　嗣勇は天使館での接待の席で毛親方を含めて王府の高官をもてなしたことがある。彼が自分に秋波を送っているのを知っていた嗣勇は、触りたがっていた首筋に手を導いた。そして耳元にそっと囁《ささや》いた。

「さすが毛親方のお手は違います。続きは人目のない場所で」

　毛親方は嗣勇の色気に骨抜きにされてやっと怒りを収めた。巧みに手を引いて大広間から消えていく兄は震えている寧温に「もう大丈夫だよ」と目で合図を送った。

　次の日もまたいじめは起きた。今度は天使館から久米村大夫《くめむらたいふ》が怒鳴り込んできた。

「孫寧温、孫寧温はいるか！　冊封使様がカンカンだぞ！」

　久米村大夫によると、寧温が昨日届けた琉球側からの贈り物が気に入らなかったらしい。寧温は天使館の役人から王府からの贈り物を吟味せよと申し遣い、華麗な螺鈿《らでん》細工を施した食籠《じきろう》を用意した。それが気に入らないという。

　寧温はまたひれ伏して声を震わせる。

「何か不作法でもあったのでしょうか？」

「この愚か者が。冊封使様へは毎回日本刀を贈ることになっているのを知らないのか！」

それなら初めから日本刀を用意せよと言付けるべきだ。なのに、敢《あ》えて黙って冊封使を怒らせるように仕向けたのは久米村大夫だ。寧温が通事を兼ねている久米村大夫を介さずに冊封使節団の商人たちと清国語《しん》で会話をしているのが気に入らなかったようだ。

「冊封使様の接待は我が久米村の専任なのに、王府の役人が行うとはけしからん」

久米村は清国の帰化人たちの集落だ。語学に堪能な彼らは冊封使たちの通事や世話をする仕事に従事している。久米村大夫は、主に商談を任されていた。

朝薫がこれは陰謀だと割って入る。

「だったらなぜ最初にそう言わない。螺鈿細工は琉球の工芸品の中でも最高級のものだ。ぼくが孫親雲上に進言した」

「黙れ小僧。評定所筆者なら冊封使様のお好みくらい知っていて当然であろう。これは慣例だ」

「慣例を盾に新参者に恥をかかせるのが魂胆なのであろう。孫親雲上は何も悪くない」

「朝薫兄さん、どうか引き下がってください。私が謝ればすむことでございます」

「いや、謝るな。この件は久米村大夫殿の悪意を感じる」

「ほう、小僧。言ってくれるじゃないか」

冊封使との太いパイプを持っている久米村大夫は官位以上の裁量を与えられている。たとえ相手が評定所筆者だからと言って決して怯《ひる》むことはない。

「冊封使様のお怒りを誰が静められると思っているのか？」

久米村大夫は結局王府は自分を頼るしかないことを知っている。しかし朝薫は毅然《きぜん》と久米村大夫の前に立ちはだかった。

「この帳簿を見ろ！」

と朝薫は清国からの物品の納品書を突きつけた。

「久米村大夫殿が仲介に入った物品が一割高く申請されている。孫親雲上が商人たちから聞き出した値段と実際に取引されている値段が違うのは何故だ！」

久米村大夫は実際の値段よりも高く王府に申請していた。清国語ができない王府の人間の弱点を利用して清国の商人たちにキックバックを要求していたのだ。これが明るみになると久米村大夫の立場は危ういどころか、厳罰に処せられる。

「貴様は我々が清国の言葉がわからぬことをいいことに、王府の金を横領しようとしていたのであろう。それを孫親雲上に阻止されたのが許せなかったから、このような姑息《こそく》な真似をしたに決まっている」

久米村大夫は朝薫を睨《にら》んだまま息を荒らげていた。復讐《ふくしゅう》したつもりが返り討ちに遭ってしまうとは。

「おまえの横領は証拠が揃い次第、平等所《ひらじょ》に提訴するから覚悟しておけ」

「し、しかし冊封使様のお怒りが収まったことにはならぬ……」

するとと花当の嗣勇が正使を連れて王宮にやってきた。お気に入りの踊童子を同伴しているとあって正使は上機嫌だ。嗣勇が威圧するように久米村大夫の前に出た。

「冊封正使様は、このたびの琉球の贈り物にいたく感激されたと申されております」

「そんな馬鹿な……！」

久米村大夫はついに力無く崩れ落ちた。

「琉球の螺鈿細工はまことに美しい。王府のお心遣いに感謝を申し上げる」

正使は国で散った恋を琉球でもう一度咲かせているのだろう。嗣勇は正使に何でもほしいものを与えてやると口説かれ、すかさず「螺鈿細工の食籠がほしい」とおねだりしたのだった。

嗣勇が優しい眼で妹を見つめる。

——真鶴《まづる》、ぼくがいつでも側にいて守ってあげるよ。

嗣勇はかつて自分を庇って逃がしてくれた妹を今度は守る番だと決めていた。妹が男装して評定所で立身出世を果たすなら、兄は女装して王宮の名玉になる。これが兄が選んだ男の道だ。


朝夕かにくりしやおめなりとわみや片時もおそば離れぐれしや

（毎日を必死な思いで生きているぼくと妹は、片時も側を離れずにいつもお互いを支え合

っている)

王宮から離れた聞得大君御殿《ウドゥン》では、財務を扱う御物奉行が謁見に伺っていた。香が立ち込める部屋にいると夢のようなふわふわした気分になった。だが御殿の主は世俗の細々としたことにとっても関心がある。殊にお金のことに関しては身分を忘れて熱心に首を突っ込んだ。

「妾《わらわ》の上申書は通りそうか?」

「御意、聞得大君加那志のお心は必ずや首里天加那志に届くでありましょう」

聞得大君は御物奉行の書いた候文にいたく感激していた。聞得大君が王府に申請したのは、聞得大君御殿の大増築である。王国はかつてない脅威に晒《さら》されている。後ろ盾の超大国の清も揺らぎ、薩摩《さつま》もいつ琉球を併合しようか手ぐすねを引いて待ちかまえているのが現実だ。国が荒れるときは、民からという古《いにしえ》の教えにもあるように、最近巷《ちまた》ではノロの権威が衰えて、ユタという異端者が跋扈《ばっこ》している。王国の宗教体系を乱すユタの存在は聞得大君の脅威でもある。そこで聞得大君御殿を増築して、ノロたちの管理を徹底し、宗教世界の女帝としての地位を盤石にしようとしていた。

聞得大君は候文を何度も読み返してはうっとりしていた。

聞得大君加那志様事御当国安寧之基ニ而候得ハ、御殿重修之儀肝要成御聖業ニ而御座候。国体疲弊之成行ニハ候得共、此儀不致成就候而ハ不叶訳有之、上下万民之安寧第一と存、重修御裁可被下候事。

「そなたの候文は評定所筆者顔負けじゃな。品格は三司官の案文としても通用するであろう」

「畏《おそ》れ多《おお》いことでございます。私はただ聞得大君加那志のお心を記しただけでございます」

「いやいや。宗教心の厚いそなたの気持ちが表れておると申したのじゃ」

候文の内容はこうである。

『聞得大君はわが琉球の安寧の基盤であり、その御屋敷を増築することは聖業である。琉球経済は苦しい状況だが、それでもなお増築工事は国民の安寧を願う趣旨から、是非実現せねばならない事業であるゆえ、これを認める』

聞得大君は「聖業」というフレーズがお気に入りだった。浮かれたいところだが、御物奉行の手前スマートに振る舞うしかない。だが聞得大君の脳内では「聖業」「聖業」「聖業」……と福音の鐘が鳴っている。

「御物奉行が通れば後は慣例の手続きだけじゃ。この上申書が通れば、妾はそなたを評定所筆者に推薦しようと思っておる」

「ありがたき幸せでございます」

御殿の女官たちが騒がしい。何かの押し問答を繰り返しているようだった。

「何の騒ぎじゃ。誰も通すなと申しつけたであろう」

「それが聞得大君加那志。那覇で聞得大君加那志が偽者だと騒ぐユタがおりまして、捕らえたのでございます」

聞得大君が碧眼《へきがん》を光らせた。王国では最近、庶民によるユタ買いが流行《はや》っている。ユタに大金を使う女たちが続出して、家計を破綻《はたん》させるケースが続出していた。王府ではユタの存在を法律で禁じている。霊感のある巫女《みこ》は王府公認のノロとして官職を与えて管理していた。ノロたちを直轄するのは聞得大君だ。地方のノロたちはユタが勝手に御嶽《うたき》で拝むのをやめさせてほしいと聞得大君に上訴していた。

「まったく『ゐなぐぬゆたこーやとぅ、ゐきがぬじゅりあしびや、くちるんのーらん（女のユタ買いと男のジュリ遊びは殺されても治らない）』とはよく言ったものじゃ。その捕らえたユタを連れて参れ」

縄をかけられたユタの老婆が庭に連れてこられた。この時代のユタは琉球の魔女扱いで、しばしば弾圧が繰り返されていた。ユタは己の霊力の覚醒《かくせい》により成巫《せいふ》する。血脈により世襲するノロとは性質が全く異なる。ユタは異端者だった。

「そなたが妾の地位が不当だと吹聴《ふいちょう》しているユタじゃな？」

「はい。聞得大君加那志……」

ユタは聞得大君の碧眼に大して驚きを見せなかった。ユタは神の声のままに行動する。彼女たちに自由意志はない。神が聞得大君が偽者と言えばそう告げるしかなかった。

「何を根拠に妾の地位が不当であると申すのじゃ?」

「聞得大君とは馬天《ばてん》ノロの勾玉《まがたま》を持つ者だからでございます。お探しでしょう?」

聞得大君はユタの言葉にカチンときた。今躍起になって探している馬天ノロの勾玉を自分が所持していないことを知っている。このユタを野放しにすれば、馬天ノロの勾玉を巡って次の聞得大君の相続問題に発展するだろう。

「誰が持っておるかわかるか? もし当てれば放免しよう」

ユタは神の言葉をそのまま告げた。これが自分の命を危うくするものとわかっていても、従うしかない。

「馬天ノロの勾玉の持ち主は生まれてはいるが、現れてはおりません。ある男が女に変わるとき、聞得大君は出現します」

「面妖《めんよう》なことを申すユタじゃ。どうせデマカセであろう。そなたの霊力、見切ったぞ。霊力もないのに庶民を騙《だま》すとは許し難き悪行じゃ。皆の者、出会え。このユタを成敗するのじゃ」

みすぼらしい恰好《かっこう》の老婆にノロたちが六尺棒を打ち据える。ボキボキと枯れ枝を折るような音が体の中から聞こえる。老婆は半死半生だ。それでも老婆は神の言葉を追加した。

「聞得大君加那志は近いうちに馬天ノロの勾玉の持ち主に討たれて王宮を去るのでござい

ます」

「ええいユタの分際で黙るのじゃ。冥土《めいど》の土産を見せてやろう。しかと見よ」

出たぞ、と女官やノロが息を呑《の》む。この神扇は聞得大君の護身用の武器である。これが開くときは必ず死人が出る。聞得大君が装飾用の神扇をゆっくりと開く。この神扇に描かれている鳳凰図《ほうおうず》を見た者には死が待っている。今まさに扇の中から雌雄の鳳凰が現れた。扇子が長い弧を描いた瞬間、縁に仕込んでいた刃がユタの喉《のど》を切り裂いた。

ユタは断末魔の中で最後の予言を残した。

「おまえはきっと……私のように死ぬだろう……」

「腹立たしいユタじゃ。大与座に命じて王国のユタを全員処罰してやる！　ユタ狩りじゃ！」

血で染まる庭に聞得大君の捨て台詞《ぜりふ》が突き刺さった。

その夜、寧温は尚育王《しょういくおう》から呼び出しを受けた。

書院の廊下は蠟燭《ろうそく》の明かりひとつだけが灯《とも》され、まだ王が執務中だと告げていた。勤勉な王は毎晩蠟燭と根比べをするかのように働いている。たいてい蠟燭が音をあげ、仕方なく王が帰るのが定番だった。障子に人影が差して王が筆を擱《お》いた。

「評定所の孫親雲上か？」

「はい。孫寧温でございます。首里天加那志、お呼びでしょうか？」

尚育王は寧温が尊敬する知性と優しい心の持ち主だ。それ故、民からの敬愛も厚い。その王を補佐できる喜びは何物にも代え難いものだった。未明であろうと、非番であろうと、風邪をひいていようと、寧温は王命ひとつでどこからでも駆けつけてくる。

人払いの後に書院に招かれた寧温は何か内密な相談を受けることを予感していた。常に側にいる三司官たちさえも退けられたのには理由があるに違いない。尚育王はやや沈鬱《ちんうつ》な面持ちで話を切り出した。

「評定所の仕事には慣れたか?」

「はい。これも首里天加那志の聖恩のお蔭《かげ》でございます」

「実はそなたが評定所の中で異物になっているのを危惧《きぐ》していた。若い上に宦官《かんがん》とあっては、さぞ苦労も多いであろう」

「いいえ評定所は実力の世界。未熟な分、指導が多いだけでございます」

尚育王は机に山積みされた上訴文に苦笑いした。どれも寧温を罷免するように上申された案文である。これを読むと王宮内の派閥がどう形成されているのかわかる。普通はどちらか片方の勢力の上訴に傾くはずなのに、寧温の場合は違う。ここまでまんべんなく嫌われているというのも面白い。

実は寧温がいじめに遭うきっかけを作ったのは王である。寧温の宦官という特性を使って、御内原と正殿を連携させたいと提言したのは王自身だ。予想通り、三司官や表十五人衆から猛反発を喰《く》らってしまった。男と女の世界を自由に行き来するなど王宮の歴史の中では前例のないことだ。前例主義による抵抗、これもまた前例のあることだから、さして驚くことではない。尚育王は前例主義を悉《ことごと》く打破してきた王なのだから抵抗があればあるほど強硬になる。

蠟燭の明かりをひとつ消して、王は前に寄るように命じた。

「実は寧温。そなたには王府を調べてほしいと思っておる。知っての通り、王府の財政はとっくの昔に破綻してしまっている。薩摩からの借入金は利息を返すだけでも精一杯だ。だが不思議なことに役人たちの俸禄《ほうろく》は下げたというのに、彼らの暮らしは前よりも豊かになっておる。この金がどこから流れているのか調べてほしい」

「首里天加那志、それは財務を扱う御物奉行にお任せすればよろしいのではないでしょうか？」

「余も初めは御物奉行の役人を使って調べておった。しかし金は巧みに御内原をすり抜けてどこかへ消えていくのだ。御内原は裏の世界。御物奉行といえども決して立ち入ることはできない男子禁制の世界――」

王は言葉を区切って寧温を見つめた。

「しかし、宦官なら、それができる！」

「首里天加那志、私に御内原へ入れと仰《おつしや》るのですか？」

「そうだ。当然の如く王妃や女官大勢頭部はそなたを許さないだろう。しかし彼女たちを敵に回してでも是非、金の流れを調べてほしい」

「王宮に入ったばかりの私に、そんな能力はありません」

「そなたは久米村大夫の賄賂《わいろ》の絡繰《からくり》を解明したではないか！」

「あれは商人たちと何気なく会話をして気づいただけでございます」

「それだけで銀子五十貫文の横領を阻止したことになるのだぞ。そなた以外に他に誰がいる！」

寧温は連日の男たちからのいじめだけでも音をあげそうなのに、さらに裏の世界まで敵に回す気力はなかった。御内原が伏魔殿であることは王宮一年生の寧温でもわかっている。噂によれば王妃は聞得大君と対立し、国母は側室の子を世子に据えようと娘である聞得大君と結託しているという。報復として王妃は配下の女官大勢頭部を使い、側室をいじめ抜いていると聞く。その様は古代ローマの剣闘士さながらの光景だと言う。さらにタチが悪いことに王族同士の喧嘩《けんか》はルールがない。巻き込まれたら鞭打《むちう》ちか流刑にされてしまう。

寧温が男のいじめに耐えているのは御内原よりはマシと思っているからだ。

「私にはとてもできない役目でございます。どうかお取り下げを首里天加那志……」

王は予《あらかじ》めの合図のように咳払《せきばら》いをした。すると書院の奥の扉が開いて白髭《ひげ》を蓄えた老人が現れた。寧温は思わず声を上ずらせた。

「麻真譲《ましんじょう》先生ではありませんか！」

麻は「よお」と茶目っ気たっぷりに笑って書院に入ってきた。

*

翌日、正殿の二階から黄金御殿《クガニウドゥン》と呼ばれる王の住居へと通じる空中回廊の前に、寧温は立っていた。黄金御殿は正殿の次に大きな建物で裏の世界、即ち御内原の中核となる御殿だ。首里城は表と裏が対称になるように二つの顔を持っている。正殿が表の顔なら、黄金御殿は裏の顔だ。評定所が表記の世界なら、御内原は見ても記してはならない世界、起きたことが語られない闇の世界である。

この空中回廊には鈴がつけられている。この鈴を鳴らすと女官が現れて伝言を申しつけることができる。寧温を案内するかのように一匹のオオゴマダラがゆらゆらと飛んでいく。白い翅《はね》は朝靄《あさもや》のように溶けて御内原へと誘《いざな》う。

「ここが御内原——！」

禁断の空中回廊を越えて見た世界はもうひとつの首里城だ。規模も構造も表世界とよく似ている。ただ正殿がきらびやかな陽光の世界なら、ここはひっそりとした月明かりの陰の世界だ。空気も冷たく何もかもが裏返っている印象がした。やはり御内原にも正殿の御庭《ウナー》と対になる広大なパティオがある。その中庭は後之御庭《クシヌウナー》と呼ばれる空間だ。そこを女官たちが忙しく行き交っている。女官たちの衣装はドゥジン・カカンと呼ばれる丈の短い赤い上着と足首までの白いプリーツスカートの組み合わせだ。表と裏、男と女が見事に対になっているのが首里城だ。こんな世界が王宮の裏側に広がっていたとは、役人たちは知る由もない。もっとよく見ようと目を凝らした瞬間、扇子が寧温の顔を塞《ふさ》いだ。

「お待ち。ここをどこだと思っている。鈴を鳴らさずに入れば命はないぞ」

異物をいち早く見つけたのは御内原の番人、女官大勢頭部である。闘牛のような勇敢な佇《たたず》まいは役人たちの威厳とは違う動物的なものだ。寧温は、怯《おび》えを見抜かれないように扇子を払った。

「私は評定所筆者主取の孫寧温でございます」

「表の世界の人間は御内原に入ることはできぬ。それくらい知らぬのか」

「入れないのは男です。しかし私は宦官。紫禁城《しきんじょう》でも宦官は後宮に入れるはず。これからは御内原の出入りは自由にさせていただきますので、お見知りおきを、女官大勢頭部様」

女官大勢頭部は、言い返すことができない。御内原が男子禁制なのは王の血脈を維持するためで、王以外の種が蒔《ま》かれるのを阻止するためだ。しかし宦官は去勢してあるためにその心配がない。だから後宮への出入りや女官たちと行動を共にすることができる。首里城は紫禁城を模して造られ、位階制度や様式など全て清国式を導入している。そんな琉球に今まで宦官がいなかったのが不思議なくらいだ。

女官大勢頭部は、王の臣下として御内原の秩序を守るのが仕事だ。

「いくらおまえが宦官でも、ここでは私が女官たちを統《す》べている。御内原での行動には監視をつけるからそう思え」

そう言うとカカンのプリーツスカートを翻して女官大勢頭部は去っていった。顔も強面《こわもて》だったが背中も野獣的だ。女官たちが女官大勢頭部の後ろ姿にも一斉に頭《こうべ》を垂れる。その様はボス猿の退場だ。ぼうっとしていた女官がいて、頭を垂れていないことを背中で察知した女官大勢頭部は、振り向きざまに「無礼者」と扇子を投げつけた。

　ボスがいなくなった瞬間、女官たちの黄色い声が寧温を囲んだ。

「きゃああ。あの寧温様が御内原にいらっしゃるなんて夢みたい」

「宦官って本当に綺麗《きれい》なのね。私たち負けそうだわ」

「御内原のことなら何でも聞いて。私たち寧温様のお力になりたいの」

　寧温はさっきまでの緊張から一気に弛緩《しかん》させられて、もう酔いそうだ。これが女というものかと改めて驚く。自分も女だがその要素が微塵《みじん》もないことを痛感させられる。彼女たちのふわふわした雰囲気、主題のないぐにゃぐにゃした会話、同じ話題を無限に繰り返す収束点のないお喋《しゃべ》り、彼女たちの全てが柔らかいものでできているように思える。

「あれが世添御殿《よそえウドウン》、世誇殿《よほこりでん》、女官詰所、寄満《ユインチ》……。女の世界も表と似ている」

　後之御庭を囲むようにひとつの都市が形成されている。白木造りの建物は女性的な控え目さを感じさせたが、活気は表世界以上だ。絶えず女たちの笑い声や怒鳴り声が飛び交って小鳥が囀《さえず》るようである。

　そんな御内原の一角で、寧温は泣いている少女を見つけた。

「あなたは何故泣いているのですか？」

御内原に現れた男に少女は反射的に涙を止めて好奇心旺盛《おうせい》な眼差《まなざ》しを寄越《よこ》した。少女は女官見習いのあがまで思戸《ウミトゥ》と名乗った。

「あたしがいろいろと勢頭部様に質問ばかりするので、勢頭部様がお怒りになったのです」

子どもが疑問に思ったことをあれこれ質問するのは当たり前のことだ。それを叱るとは可哀相だと寧温は思う。自分も文字を覚えたての頃は周囲の大人たちを質問責めにして困らせたものだった。

「私が代わりに答えてあげましょう。何でも聞いてごらん」

思戸はぱっと顔を明るくすると、さっき勢頭部からぶたれた質問を投げかけた。

「どうしてハゲは絶倫なの？」

一瞬、寧温は質問の意味がわからなかった。思戸は次々と質問責めにする。

「どうして遊んでばかりのジュリ（遊女）は妊娠しないの？」

「どうして兄妹《きょうだい》で結婚してはならないの？」

「どうして女官の対食《たいしょく》（同性愛）は禁止なの？」

「どうして勢頭部様の張り型は年々大きくな――ううっ！」

寧温は咄嗟《とっさ》に思戸の口を塞いだ。何というマセたあがまなのだろう。勢頭部からぶたれるのも当然だ。顔を真っ赤にした思戸は窒息しそうだ。

「はあっ、はあっ。あたしを殺す気ですか。あたしいつもこんなだから嫌われちゃうのかな」

「嫌われて当然です！」

エロ質問ばかりする思戸に業を煮やした親は娘を出家させて尼僧にするしかないと考えていた。しかし尼僧になるには幼すぎる。手っ取り早い禁欲的な場所といったら王宮しかない。思戸は厄介払いされる形で宮中に上げられたのだ。

「孫様、あたしはいつも叱られてばかりです。どうしたら人と上手《うま》くやっていけるのですか？」

「まずは口を慎みなさい。王宮は人のたくさんいる場所です。軽はずみな一言が大きな災いを招きます。これからは質問はせずに人の話を聞くことに徹しなさい」

「でも御内原でお喋りしない女官はいません。黙ってると息が詰まりそうです」

憧《あこが》れの王宮は女の幸福とは無縁の場所だ。婚姻が許されないために女官は生涯独身を貫く。思戸はまだ子どもだからわからないが、これから成長するにつれ、生来の感情を殺さなければならなくなる。寧温は女を捨てたが、思戸は女のまま女を諦《あきら》めさせられる運命だった。

――どうして女だけが苦労するの？

寧温は思戸の肩を抱いた。

「じゃあ私と友達になりましょう。だから余計なことは他の人には喋らないで。わかった？」

思戸はわかったと頷《うなず》いて、生えかけたばかりの小さな永久歯を見せて笑った。

わぬ童ともてこなしゆるばこなせこなせ田の稲のあぶし枕

（あたしが子どもだからってみんなはバカにするけれど、やってごらん。今に誰よりも出世してみせるからね）


表世界は民と繋《つな》がる空間だ。王宮の門には一応門番がいるが、膂力《りょりょく》よりも人柄の良さが求められる。ある日から、久慶門に明るい笑いが響くようになった。

「おはよう。おはよう。がはははは」

と門を潜《くぐ》る役人たちに朗らかな笑みを投げかける大男がいる。多嘉良《たから》は久慶門の門番になっていた。科試を諦めた多嘉良は進貢船の船乗りになろうと港をうろついていたが、就職難のご時世で船乗りになるにも科試並みの競争率を突破せねばならない。港湾の人足として日雇いの暮らしをしていた多嘉良にある日、久慶門の門番になれと王府から任命書が届いた。多嘉良の知り合いでこんなことができるのはひとりしかいない。王宮の役人の人事権を握っているのは評定所筆者主取である。

多嘉良は寧温を見つけると満面の笑みで迎え入れた。

「これはこれは孫親雲上、今日はお早いご出勤でございますな。がはははは」

「多嘉良のおじさん、門番の恰好《かっこう》がお似合いですよ」

「だろう？　儂《わし》も十年前から門番をやっているような気がしてならんのだ。ついに儂も夢の王宮勤務だ。ただし入り口までだがな。がははははは」

そして多嘉良は寧温の耳元にそっと告げた。

「寧温、この恩は忘れないぞ……」

「私がおじさんにお世話になったことに比べたら、これくらい何でもないことです」

「これで女房も子どももまともな暮らしをさせてやることができる。ありがとうな」

多嘉良を門番に登用したのは、何も義理や情だけではない。この久慶門は王宮の役人のほとんどが利用する要《かなめ》の門だ。王宮内部は位階に応じて縦の序列が決まっているが、人間が密接に繋がるのは実は横の関係のときだ。そこで人好きのする多嘉良には官職を超えた人間関係を把握してもらい、物資や金がどこに消えていくのか経路を洗ってほしいのだ。

「人間観察ならこの多嘉良善蔵《ぜんぞう》に任せておけ。もうだいたいの顔と名前は覚えた。それよりもおまえのことが心配だ。どうやら役人たちはおまえのことをよく思っていないぞ」

「知っております。なにしろ私は『慣例破りの宦官《かんがん》』ですから」

「御内原に入るのはよせ。いくらなんでも危険すぎる。おまえは女の嫉妬深《しっとぶか》さを知らんのだ」

「男だって嫉妬深いですよ」

久慶門を潜れば慣例としきたりを笠《かさ》に着た男のいじめの世界が待っている。どうせ今日も何かされるのだろうと寧温は覚悟していた。普通の男なら人前で土下座させられるのは屈辱だろうが、寧温は女だ。土下座ですむならいくらでも謝る。懲りない宦官だと役人たちは嗤《わら》うが、人をひれ伏させることの何が楽しいのか寧温にはわからない。

「寧温、気をつけろ。男の嫉妬《しっと》は職権による復讐《ふくしゅう》だが、女の嫉妬は憎悪だ。憎悪には憎悪でしか対抗できん」

「さてはおじさん、女を敵に回したことがありますね？」

多嘉良は知らぬ顔をして口笛を吹いた。

王宮の二つの世界を跨《また》ぐようになった寧温は、多嘉良の言うことがわからなくもない。評定所は理の世界で論理が正しければ勝敗は明らかだが、御内原の女たちには論理は通じない。たとえば、この黄金御殿への空中回廊だ。一歩踏み出すと扇子が飛んでくる。

「お待ち。ここをどこだと思っている。鈴を鳴らさずに入れば命はないぞ」

不貞不貞《ふてぶて》しい巨体で廊下を塞《ふさ》いだのは女官大勢頭部だ。昨日も、一昨日《おととい》も、もう何十回とこの台詞《せりふ》を聞かされて、既に形骸化した様式になっている。恐らく女官大勢頭部の言葉に意味はない。ここまでしつこいと「ようこそ御内原へ」くらいの挨拶《あいさつ》にしか聞こえなかった。

「孫寧温、通ります。廊下を開けなさい」

こう言うと素直に引き下がるからまるっきり馬鹿というわけでもない。どうやら女官大勢頭部は寧温が根負けするまで、同じことを繰り返すつもりらしい。寧温は出来れば御内原に入りたくはない。しかし帳簿を洗っていると不明な支出が御内原から出てくるのだ。王でもわからない不正経理がどのように行われているのか、実態を把握しないと財政は再建できない。

　今日の女官大勢頭部はいつになく着飾っていた。監視についた女官がそっと耳打ちしてくれた。

「寧温様、今日は女官大勢頭部様のトゥシビー（生年祝い）なのですよ」

　御内原の後之御庭には宴席と仮設舞台まで設けられ、これから始まる宴《うたげ》に向けて盛装した女官たちが立ち止まることなく行き交う。まるで那覇の市場の雑踏が御内原に出現したかのようだ。次から次へと持ち込まれる豪勢な料理は、女官長のトゥシビーというレベルを超えている。

「あの料理はどこから持ってきたのですか？」

「寧温様、あれは御料理座《おりょうりざ》のお役人様たちからの贈り物でございます」

「御料理座を一女官が使っているのですか！」

　王宮には三つの厨房《ちゅうぼう》がある。御料理座は冊封使など国賓たちをもてなすときに使う最も格式の高い厨房だ。大台所《おおだいじょ》は儀式用の厨房で次に格式が高い。王の日常の食事は簡素な構えの寄満《ユインチ》を使うことになっている。御料理座に持ち込まれる品は清国式の料理を作るために数年がかりで調達してくる貴重な食材ばかりだ。貝類などは王府の管理で養殖され捕獲が禁止されている。

「誰の許可を得て御料理座を使っているのですか。あそこは高級料理を作る特別な厨房ですよ」

寧温の語気の荒さに女官が小さくなって答えた。

「王妃様がお許しになられました。女官大勢頭部様は王妃様のご信頼が厚いお方ですから……」

呆気《あっけ》にとられている間にも女官大勢頭部の生年祝いの宴が執り行われていく。上座に座った女官大勢頭部は女官たちを従えて有頂天だ。

「今日は私のトゥシビーを祝ってくれてありがとう。御内原は窮屈なところ故、今日はゆったりと羽をのばすがよい」

女官たちも滅多に食べられないご馳走《ちそう》を前に興奮を抑えられない。いつか御庭で執り行われた冊封使を迎える宴席に劣らない豪華な宴が男の知らない世界で開かれていようとは。

やがて特設舞台では女官大勢頭部を祝う神楽《かぐら》の舞が始まった。当時の琉球ではジャポニズムのような日本趣味が流行していた。ちょうど王宮の表世界で中国趣味のシノワズリーが流行《はや》っているのと対照的である。男たちは京劇を好むが、御内原の女たちは神楽に傾倒していた。

「本日は花崎神社の巫女《みこ》たちが女官大勢頭部様のトゥシビーのお祝いにかけつけました」

「なに？　ヤマトゥンチュ（日本人）の巫女たちが踊ってくれるのか」

女官大勢頭部は頬を紅潮させて喜んだ。神楽の舞い手たちの衣装の珍しさ、採物《とりもの》の鈴や榊《さかき》の華麗さ、能面に彫られた意味深長な笑み、そして身のこなしは琉舞《りゅうぶ》とは異なる美意識で育《はぐく》まれたものだ。琉舞の美が情感なら、神楽は悠久の時を駆ける神話的空間である。巫女たちが舞うたびに神代の時間が流れる。

「おお、何と素晴らしい。やはり舞台は神楽に限るのう」

舞台の中央で踊る巫女は日本でも名を馳《は》せている神楽の名手・北崎倫子《きたざきのりこ》だ。面ひとつで千の人物を踊り分けると評判の神楽の天才である。天照大神《あまてらすおおみかみ》から八岐大蛇《やまたのおろち》、はたまた日本《やまと》武尊《たけるのみこと》まで全てを演じ分ける神楽に女官大勢頭部は圧倒された。この舞を観たくて、王妃に取り入って御内原に異国人たちを迎え入れたのだった。

神楽を終えた巫女たちが一斉に頭《こうべ》を垂れた。

「女官大勢頭部様の生年祝い、心からお祝いを申し上げます」

「北崎倫子よ、噂に違《たが》わぬ見事な舞であった。そなたは永遠の役者であるな」

女官大勢頭部は御内原の盤石な支配の上に絶頂を極めていた。

突如、御内原に白装束のノロたちが現れた。大あむしられと呼ばれる巫女たちは王宮のもうひとつの勢力だ。荘厳な白装束が宴を浄化するように清めていく。そしてノロたちの奥から碧眼《へきがん》の王族神が登場した。

お付き女官の声がする。

「聞得大君加那志のおなーりー」

「やめい。御内原に異国人を入れるとはどういう了見なのじゃ？」

聞得大君の王宮入りに女官たちは騒然となった。王府の宗教祭祀《さいし》を統括する聞得大君の前で外国の宗教舞踊を舞わせたのを知られたら言い訳ができない。神楽の巫女たちは逃げるように舞台を去って行った。女官たちも後之御庭の隅で小さくなっている。御内原名物の意地悪大会が始まろうとしていた。下手に首を突っ込めば死よりも恐ろしい女のいじめが待っている。

女官大勢頭部は一向に悪びれる素振りもない。

「これはこれは聞得大君加那志。私のトゥシビーにお出《い》で下さるとは、恐悦至極でございます」

「女官ごときのトゥシビーに妾《わらわ》が駆けつけると思うな」

聞得大君は京の内から蝶《ちょう》が出たと聞いて王宮に入った。蝶は死後の世界を象徴する虫だ。それが聖域の京の内から大量発生したとなれば、王宮が脅かされているという神託である。駆けつけてみれば案の定、女官大勢頭部が冊封使並みの歓待を受けているではないか。

「御料理座を使うとは身の程知らずめ。この身分不相応な宴を誰が許可したのじゃ」

黄金御殿から清らかな声が響いた。

「私が許可しました」

「うなじゃら（王妃）様のおなーりー」

現れたのは御内原の最高権力者である王妃だ。聞得大君に負けない清国の絹糸で織られた豪華な打ち掛けを羽織り、蝶のようにゆったりゆったり後之御庭《クシヌウナー》に下りてきた。王妃と王族神、どちらも一歩も譲らぬ権力者同士だ。

聞得大君が碧眼で王妃を睨《にら》みつける。

「王妃様ともあろうお方が御料理座を勝手に使えばどうなるかわからぬのか？」

「ここは私の管轄です。聞得大君が口を挟む筋ではない」

王妃も臆《おく》することはない。王族は無階であるために位階による優劣はない。あるのは女の意地だけだ。京の内では聞得大君が最高権力者であるが、御内原では王妃が圧倒的に優位だ。聞得大君と王妃の世子を巡る確執を知らない者はいない。託宣ひとつで簡単に王位継承権を覆すことのできる聞得大君はなかなか王妃の子を世子にしたがらない。聞得大君は側室の子を世子にしようと企《たくら》んでいる。王妃は女官大勢頭部を使って側室を宮中から追い出そうと画策していた。

二人の女の涼傘《りゃんさん》が互いに鍔迫《つばぜ》り合《あ》いをする。いつかこんなこともあろうかと王妃は一回り大きな涼傘を作らせておいた。王妃の自慢は見る者を吸い込む漆黒の瞳《ひとみ》である。

「聞得大君が御内原に入るときは前もって申請しなければならぬのが慣例だが、誰の許可を得て御内原に入った？」

後ろの世《よ》添《そえ》御殿《ウドウン》から重厚な声が響く。

「私が許可しました」

「国母様のおなーりー」

現れたのは聞得大君の母でもある国母だ。これが他の王国なら聞得大君は先王の王女として王妃の下につくはずだが、琉球では王族神という独特の制度がある。王妃に匹敵する権力者を娘に持つ故に国母の立場は絶大である。たとえば王妃に意地悪をしたいと思えば、娘の聞得大君に命じて王子の王位継承権を剝奪《はくだつ》すればよい。国母にはこの切り札があるから、御内原に一定の勢力を生み出すことができた。

王妃と国母の争いを単純に言えば嫁と姑《しゅうとめ》の喧嘩《けんか》だ。そこに小姑《こじゅうとめ》が介入している。

「娘に会うのになぜ私が王妃の許可を取らねばならぬ？　御内原に長くいるのはこの私である」

銀色の髪を結った国母は龍《りゅう》を刺繡《ししゅう》した式典用の涼傘を持ち込んで、王妃の涼傘を圧《お》す。

「お言葉ですが国母様、御内原は首里天加那志のお体を休める所です。娘に会いたければ聞得大君御殿へ出向けばすむ話ではありませんか」

「京の内からハベル（蝶）が出たというのに、半月も報告しなかったのは誰じゃ？　私が手紙で一言述べなければこのことを聞得大君が知ることはなかったのだぞ」

聞得大君は既に王妃の悪意を知っている。

「なんと怠慢な王妃様じゃ。御内原の神に拝んで火事でも起こしてやりたいくらいじゃ」

「そなたが寄満の火の神《ヒヌカン》に立てる線香が七本しかないのを私が知らぬと思っているのか？　七は王妃の数。私を失脚させたいと神に拝んでいるのであろう？」

聞得大君と国母に圧倒されているように見える王妃にも、実は究極の切り札がある。王妃は冊封使に頼んで、王子を清国の皇帝から世子に任命してもらおうと画策中である。清国の皇帝が任命したとあれば、聞得大君でもこれを覆すのは至難の業だ。そして王子が世子になれば王女が次の聞得大君になる。王女はサーダカー生まれという瑞相《ずいそう》の持ち主で、生まれながらに霊力が高い。王女が聞得大君に即位すれば今の聞得大君の財産を全て没収できる。これが怖いから聞得大君は王女には手出しできない。

金切り声の少女の声がした。

「母上様をいじめるな！」

「うみないび（王女）様のおなーりー」

少女の声に御内原がしんと静まる。次の聞得大君と目される王女が登場した。やはり彼女の瞳も碧眼であった。しかも聞得大君よりも澄んだ碧《あお》である。王女は世俗が嫌いで滅多に人前に出ない。そのせいか面を被《かぶ》ったような冷たい表情をしている。王女は十歳にして王府最大の霊場、斎場御嶽《セイファウタキ》のノロからお墨付きを貰《もら》うほどの霊力を保持していた。

「京の内からハベルが出たのは聞得大君がもうすぐ退位するという意味だからじゃ」

王妃は満面の笑みで聞得大君に言った。

「長年の重責ご苦労であった。そなたの退位のときにも御料理座を使いたいものだ」

母娘は嫌味たっぷりに抱き合った。聞得大君と国母は苦虫を嚙《か》み潰《つぶ》したように震えている。このままだといつかはやられる。だから今蹴《け》り返す。

「側室のあごむしられ様の王女もまたサーダカー生まれじゃ。妾の勾玉《まがたま》は彼女に譲ろうか？」

世誇殿《よほこりでん》から声がする。

「是非、いただきたいものでございます」

「あごむしられ（側室）様のおなーりー」

全身を磨き上げた宝玉のような側室が現れた。王宮の翡翠《ひすい》と称される側室は、美貌《びぼう》と官能的な肉体を駆使して王の寵愛《ちょうあい》を一身に受けていた。側室は聞得大君の親友で、兄は財務担当の御物奉行である。いつか聞得大君御殿の増築申請を許可した男だ。側室は表世界の兄を操って聞得大君の信頼を獲得していた。側室は聞得大君の保護がなければ王妃に討たれて明日《あした》にでも王宮を追い出されるかもしれない身だ。側室の野望は息子を世子に据え、王妃を追い出し、国母の地位を獲得することである。

側室が王妃と王女の影に割って入る。

「これで世子は私の王子と決まったも同然ですわ」

寧温はこれが女の闘いだと息を呑《の》んだ。女官大勢頭部、聞得大君、王妃、国母、王女、側室、六者六様の思惑が渦巻く伏魔殿が御内原の素顔だ。グスクンチュ（城人）と呼ばれる御内原の女たちの闘いは誰かが王宮を去るまで続く。

——多嘉良のおじさん、やっぱり女は怖いです……。

寧温は息を呑んで御内原の闘いを眺めていた。壮絶な意地の張り合いは男のいやがらせの比ではない。表世界の評定所筆者でよかったと寧温は思った。ほっと胸を撫《な》で下《お》ろした瞬間、六人の女が寧温の姿を見つけた。

「なぜ御内原に男がいるのだっ！」

上下やつめて中に蔵たてて奪ひ取る浮世治めぐれしや

（王も庶民も切り詰めて生活しているというのに、御内原の女だけが贅沢三昧《ぜいたくざんまい》をして暮らしている。こういう世の中を治めるのは難しいものです）

北殿にある評定所は、王府の前頭葉で王国の全ての情報が集積する。外交、貿易、内政、立法、行政、およそ国家が果たす全ての機能を少数の評定所筆者がまとめる。寧温が一日のうちに通す案件は二十件。各奉行たちの候文を決裁する権利を持つ。寧温の書く言葉が三司官の言葉になり、王府の公式文書となるから、些細《ささい》なミスも許されなかった。科試が実務能力重視なのはこのためである。

「寧温、お茶が冷めているよ」

と朝薫に言われるまで、茶が注がれたことにも気がつかなかった。寧温が筆を擱《お》くときは、王宮を退出する時間だった。窓から注ぐ日の陰りでもうすぐ業務終了だとわかった。

「朝薫兄さん、これを見てください。干魃《かんばつ》で八重山《やえやま》の年貢の納めが落ちています。実態に合わない取り立ては庶民を苦しめます。このままだと間切倒《まぎりだおれ》が起きてしまいます」

間切倒とは今でいう財政再建団体のことだ。王府は常にこの間切倒による対策に追われていた。

「しかしもう検者《けんじゃ》や検見使者《けみししゃ》を派遣するにも、役人がいない。この前起きた恩納村《おんなむら》の間切倒でも検者の確保に奔走したじゃないか。それも離島の八重山に検見使者を派遣するとなるとそれなりの予算がいる」

予算。この言葉を一日のうちに何十回聞かされ、自分もまた何十回と口にするだろう。王府の財政は借入金なしでは成り立たないほど逼迫《ひっぱく》していた。清国から訪れた冊封使の歓待で薩摩から借り入れた金は銀子三千貫文。王府の年間予算の五分の一にものぼる。冊封使さえ来なければ、間切倒がこんなに起きることはなかったはずだ。外国人を接待するために外国から借金をする。この矛盾が結局庶民に皺寄《しわよ》せされることになる。

朝薫も困ったように溜息《ためいき》をついた。

「財政を健全にしないと琉球は独立国家として危うい。生産基盤を整えようにも金がない……。果たして琉球はこれで独立国家と呼べるのだろうか……？」

寧温は笑ってまた筆を執った。

「朝薫兄さん違いますよ。大国の狭間《はざま》で生きるというのはそういうものなのです。それが琉球という国の個性なのです。金がないなら智恵がある。だから私たち評定所筆者がいるのです」

「そうだな。君と話をしていると視野が広がるから楽しいよ。借金の申し入れで頭を下げるのがぼくたちの仕事だ」

「琉球の個性が今は逆境になっていますが、この特性はきっと長所にもなります。敢《あ》えて大国間の狭間にいるようにすれば、琉球の個性は生きます」

「ぼくたちが上手《うま》く舵取《かじと》りをすれば！」

そう言って朝薫は拳《こぶし》を握った。評定所筆者は危機を予測し、速やかに対応するのがモットーだ。今は一刻も早く八重山の間切倒を防ぐ方法を検討しなければならない。

北殿に地方の役人たちが押し寄せてきた。

「大変だ。南風原村《はえばるむら》と糸満村《いとまんむら》でも間切倒が起きたぞ！」

今日も残業だな、とお互いに机に顔を突っ伏した。

天使館から途方もない金額が突きつけられたのは、間切倒対策の草案がまとまったばかりの朝だ。少ない予算の中からやっと捻出《ねんしゅつ》した銀子百貫文を間切倒対策に回したというのに、冊封使たちとともにやってきた清国の商人たちは、琉球側に銀子二千貫文の支払いを要求してきた。

「銀子二千貫文！　どんな取引をしたらそんな法外な値段が出てくるのですか！」

徹夜明けだというのに、その金額に寧温の眠気は一瞬にして吹き飛ばされた。冊封使たちが琉球に来るのは、貿易のためでもある。約款で取引額は銀子五百貫文と決められていたのに、清国側は二千貫文分の品を持ち込んできた。

「銀子二千貫文……！」

三司官もこの金額に仰《の》け反《ぞ》ってしまった。一体何を持ち込めばこれだけの金額になるというのだろう。王府にそんな金は一銭もない。すぐに寧温を矢面に立たせた。

「おまえが久米村大夫の顔に泥を塗ったからだ。久米村大夫は調整役を兼ねていたのだぞ！」

「そんな……。久米村大夫は王府の金を横領しようとしていたのでございます。三司官殿もご立腹されていたではありませんか」

「久米村大夫が横領しようとしていた金は銀子五十貫文だ。それを阻止したせいで銀子二千貫文に跳ね上がったのだぞ！」

「銀子五百貫文の約款を守らなかったのは清国でございます。これは不当な圧力です」

久米村大夫の送検は久米村の長である総役を激怒させた。久米村は清国の飛び地領のようなものだった。彼らは帰化人でありながら清国式の風習や生活を崩さない。久米村に行けば道教の神々を祀《まつ》る廟《びょう》が至る所に設けられている。服装や風習も気位も琉球とは異なる地域だった。そして久米人たちは内部で血脈を維持し琉球人と距離を置こうとする。彼らは大国のエリートであり続けようとする意識の持ち主だ。

「この要求を決して受け入れてはなりません」

「馬鹿者。冊封使様は全部買い取るまで帰国しないとご立腹だ。天使館の毎日の予算が幾らか知っておろう。半年延長されたら銀子一千貫文上乗せされるのだぞ」

「合計、銀子三千貫文——！」

延長滞在だけでとんでもない利息だ。冊封体制を維持するというのは、清国の大国エゴと向き合うということである。使節団の滞在費や食費、輸入品の買い入れの費用のために、王府は慢性的な財政難に陥っていた。

「こんなことなら久米村大夫の横領に目を瞑《つむ》っていればよかったわい」

「三司官殿、何を仰《おっしゃ》るのです。久米村大夫の不正と清国のふっかけは全く別物でございます」

「では、孫寧温。おまえが解決しろ。おまえが起こした不始末だ。王府には約款以上の予算はない」

三司官は腹いせにわざと寧温の前で足を踏み鳴らして出て行った。久米人を使わずに交渉するというのは不可能なことだ。

「寧温、一緒に天使館へ行こう。大国の狭間にあるからこその琉球なんだろう」

朝薫は冊封使も久米人も三司官も感情的になりすぎているのが気に入らない。何も冊封使は琉球を破産させるために来たわけではない。しかしどうすれば双方が納得できるのか朝薫にもまだ論が構築できていなかった。

「どうしたんだ寧温。誰を探している？」

大広間をきょろきょろ見渡していた寧温は、兄の嗣勇《しゆう》を探していた。

「さっきまで花当がいたはずなんですが……」

迎賓館の機能をする天使館は清国の様式で建てられた施設だ。門に入った瞬間から清国語の世界に変わる。久米人たちは一切の通訳を拒否してきたから、朝薫は慌てた。そんな中、寧温は流暢《りゅうちょう》な発音で正使との謁見を求めた。

「王府の孫寧温です。このたびの取引の真意をお尋ねにあがりました。あ！」

儒礼で頭を上げた寧温は思わず声をあげた。京劇の恰好《かっこう》をした女形《おやま》が正使の隣にいる。

——真鶴、絶対に正使様を怒らせるなよ。

正使は兄の嗣勇を侍《はべ》らせていた。嗣勇は三司官が妹を叱り飛ばして天使館へ派遣させると知るや、役者の早替わりの如く虞美人《ぐびじん》に変身して正使の側にやってきた。これでも王宮の至宝と呼ばれた踊童子だ。踊童子の芸域は琉舞《りゅうぶ》から日舞、歌舞伎、京劇まで幅広くこなすことができる。嗣勇は妹を援護射撃するために八面六臂《はちめんろっぴ》の活躍だ。ただしいつも愛人役だけど。

虞美人に扮《ふん》した兄の姿に正使はますます溺《おぼ》れるばかりだ。こうなったら何年でも琉球に滞在してもいいと思っている。

「おぬしは王府の役人にしては幼いな。まるで宦官《かんがん》のような姿ではないか」

「私は宦官です」

正使は寧温を上から下まで嘗《な》め回すように見てにやりとした。妹が卑猥《ひわい》な目で見られていると知った嗣勇は、京劇の口調で「浮気しちゃいやん」と膝《ひざ》をつねる。正使がとんでもない好色漢だと身を以《もっ》て体験している兄は、妹にだけは絶対に手をつけさせたくなかった。

嗣勇が寧温に目配せして逆らうなと訴えている。

——真鶴、銀子二千貫文払えばいいじゃないか。

「正使様、約款では琉球との取引は銀子五百貫文と決まっております。王府は五百貫文以上お支払いすることはできません。これ以上は無理でございます」

神経を逆撫《さかな》でされて正使は扇子を机に叩《たた》きつけた。

「いかに琉球が小国でも独立国だ。銀子二千貫文くらい捻出できるはずだ」

朝薫が通訳してくれと前に出る。

「畏《おそ》れ多《おお》くも正使様。お恥ずかしながら我が国は財政が破綻《はたん》しております。銀子五百貫文も借入金で揃えたのが実情でございます」

「では、薩摩に借金すればよいではないか。おまえたちの二重外交を知らぬと思っているのか」

清国も琉球が薩摩の間接支配を受けているのを快く思っていない。冊封国多しといえども、宗主国が二つあるのは琉球だけだ。

「それは詭弁《きべん》だ。我が国がかつて軍事介入されたとき、明《みん》国は助けてくれなかったじゃないか」

「私は清国の使者だ。旧王朝の明がしたことに責任は持てぬ」

朝薫は苛立《いらだ》ちを抑えられない。彼は自分が既に感情的になっていることを判断できていない。文書でならいくらでも冷静になれるのに、人間同士の外交の場になると我を忘れてしまう。

寧温が再び前に出た。

「我が国は清国を父と思い、王府の予算の多くを冊封使様に割り当てております。清国と同様のお暮らしができるよう、精一杯おもてなししております。そのようなお言葉を悲しく思います」

正使は隣にいる嗣勇が悲しそうな顔をして聞いていることに心を痛めた。

「発言を撤回しよう。しかし私にも体面というものがある。商人たちを連れてきた以上、損をさせるわけにはいかない。割賦《かっぷ》で二千貫文支払うというのはどうだ？」

——ほら真鶴。うんと言えよ。分割払いまで引き出したぞ。

「お引き受けできません。二千貫文を支払うと次回の冊封使様のご滞在にご負担をかけてしまうことになります。次の正使様へ顔向けできなくなるようなお約束はできません」

王府は既に次回の冊封使の歓待のための準備を始めている。豚や貝、米の調達など今から行わなければ琉球の生産能力では追いつかないのが実情だ。

寧温は涙目で訴えた。

「もし正使様が今回の我が国のもてなしを十分だと思っていただけたのなら、それは前回の冊封使様のご功徳によるものでございます。前回の冊封使様は我が国の窮状を哀れんで、銀子百貫文を逆にお与えになりました。そのお金を私たちは大切に使い、今の正使様のおもてなしの準備に充てて心からお待ち申し上げておりました。なのに正使様は銀子二千貫文を異国から借金してでも払えと仰います。私は次回の冊封使様に何と詫《わ》びればよいのでしょう……」

さすがの正使も何も言い返せなかった。好色漢は情に脆《もろ》いという側面もある。寧温の必死の訴えに正使は胸を詰まらせた。側にいる虞美人に扮した嗣勇も「この衣装も売らなきゃ」と畳み掛ける。正使は憮然《ぶぜん》と咳払《せきばら》いした。

「わかった。約款通り銀子五百貫文でよい。商人たちには私から話そう……」

「ありがとうございます正使様……」

隣にいた朝薫は目を丸くした。

──寧温、すごい。話をまとめてしまった！

朝薫は寧温の手腕に舌を巻いた。自分は理を通そうとしていたが、寧温の言葉には情がありながら筋も通っている。人の心を打つときにはこの二つがなければならない。情理を備えた寧温の言葉に朝薫は教えられた気持ちだった。

正使は一本取られたと快活に笑う。

「なんと優秀な宦官だ。そなたなら紫禁城でも重用されようぞ」

王宮に戻った寧温に三司官衆も耳を疑った。絶対に支払わされると思っていた銀子二千貫文を正規の価格に戻してくれたとは、大手柄である。だが男の世界は素直に成功を評価しないものだ。三司官は憮然とこう告げただけだった。

「評定所筆者ならこれくらいの交渉は当たり前のことだ」

双方の主張を満たすために王宮には究極の頭脳集団の評定所筆者がいるのだ。しかし、この日を境に寧温が慣例やしきたりを理由にいじめられることはなくなった。

*

宮古島と八重山が間切倒に陥ったのは冊封使の騒動が収まった後だ。あれほど対策を練ったというのに、予想以上の干魃《かんばつ》で今年の年貢船は出せそうもないと告げられた。早急に検見使者を派遣して破綻した財政を建て直さなければならない。しかし検見使者を派遣する資金が王府にはなかった。

寧温は再び書院に呼び出されていた。王の隣には麻真譲が座っている。

「首里天加那志、麻親方、王府にはもう予算がありません」

王が麻親方を呼び寄せたのは、王府の金の流れを追うためだ。麻親方は三司官時代、王府の財政改革に着手しようと何度も試みた。だが、按司《あじ》や王子の貴族たちがこれを許さなかった。麻はこのままだと王府は破綻することをとっくに予見していた。だが不思議なことがある。麻が三司官だった頃よりも王府は貧しくなっているのに、役人たちの暮らしぶりは昔よりも贅沢《ぜいたく》だ。

これには何か絡繰《からくり》があるに違いないと踏んだ王は麻の進言通り寧温に白羽の矢を立てた。

「首里天加那志。宮古・八重山は王国の交通の要衝であり、重要な生産基盤です。どうかすぐに切倒を後回しにしても、すぐに対応しなければ国家は分断されてしまいます。他の間切倒を後回しにしても、すぐに検見使者を派遣し王府は離島を見捨てないという希望を与えてください」

「派遣と対策にかかる費用はどれくらいだ？」

「銀子二千貫文もあれば取りあえず庶民を救済できます」

冊封使と銀子二千貫文の交渉を終えたばかりだというのに、また二千貫文の交渉を王と行う。懐は同じだからないことは承知していても、出さないと国家の物流網が途切れてしまう。

麻親方は弟子にこういうときはどうするのか教えてきたつもりだ。答えのないところに答えを生み出すのが評定所筆者だと何度も説いてきた。

「どうか私に破綻した財政を再建させてください」

麻親方がそれがどういうことになるのか覚悟はできているかと念を押す。

「寧温、財政再建は私が三司官だったときでも決して踏み入れられない聖域だった。予算に手をつけるとおまえは王宮の全てを敵に回すことになるぞ」

せっかく誰も寧温をいじめなくなったというのに、再び火をつけることになるが寧温は恐れなかった。

「私は好かれるために王宮に上がったわけではありません。それに『慣例破りの宦官』という異名を気に入っております」

「王の余でも庇《かば》えなくなるがそれでもやると申すか？」

「首里天加那志、そのために私を御内原に入れたのではありませんか？　御内原の恐ろしさに比べたら表世界の突き上げは怖くはありません」

尚育王は英断を下した。

「そなたに財政再建を任せる。三司官の決裁権のひとつを評定所筆者主取に託そう」

間切倒が頻発している今はぐずぐずしてはいられない。北殿に戻った寧温はすぐに財政改革に着手することにした。朝薫はついにこのときが来たと緊張している。

「いよいよ財政改革をやるんだね。ぼくが補佐してあげるから、寧温は何も恐れないで思う存分大鉈《おおなた》を揮《ふ》るってくれ」

そう言いながら、朝薫はこれから王宮に吹き荒れる嵐を恐れてもいた。

王府を蝕《むしば》む借金体質は根本から治さないといけないことは朝薫の持論でもある。ただ、もし朝薫自身に財政改革を指揮しろと命じられたら正直、震えてしまうだろう。王宮に入ったばかりの自分が保身に走るわけがないと思いたいのに、この震えの正体は保身感情以外の何ものでもない。財政に手をつけたら、王宮の全ての人間は悲鳴をあげてしまう。そして改革に着手した者を決して許さないだろう。朝薫は現実を前にして、自分が恐れおののく男だと知った。

寧温は御物奉行が決裁した案件を全て評定所に持ってきた。最初の案件は聞得大君御殿の増築の申請書だ。

「何ですかこれは！　自宅の増築費に銀子三百貫文も要求するなんて！」

どういう金銭感覚をした王族神なのだろう。いくら聞得大君が宗教世界の最高権力者でもこんな大金は出せない。寧温は筆を執ると、否決の候文をしたためた。

聞得大君加那志様御屋敷重修一件之儀ハ、国情ニ相背大罪と存当候。上下万民は不及申、町方幷地下離々ニ至迄困窮之成行ハ存知之前候。間切倒打続、百姓身売等塗炭之様体見及候得ハ、御神意之程如何様可有之哉、可致得心候。依之、御屋敷重修之儀ハ即被取止、上下万民之成立幷筈合之儀ニ可致専心と存候事。

「聞得大君屋敷増築の事業は、わが国の治世に反する大罪である。万民はもとより、都市・農村・離島にいたるまで疲弊し、間切の倒産や百姓の身売りが頻発するこの状況を見れば、神の御意思がどこにあるか、熟慮すべきだ。ただちに事業を停止し、万民の暮らしを考えることこそが大事である」

寧温は御物奉行へ案件を差し戻した。次の案件は奥書院奉行からだ。奥書院は御内原を管轄する奉行所である。王妃から来年の自分のトゥシビーを盛大に行いたいとの申し出だった。要求金額は銀子百貫文。王妃もまた金銭感覚が狂った女だった。寧温は、これも却下した。

「寧温、せめて銀子十貫文くらいにしてあげないと王妃様の体面を潰《つぶ》してしまう……」

「何を仰《おっしゃ》るのですか。間切倒の農民の苦しみを分かち合うのが王妃様の務めです」

今度は女官大勢頭部からの案件だ。御内原の女官たちが里帰りするときのお土産の予算だ。あのボス猿は今まで自分名義の見舞金を王府の予算から出していたらしい。

「却下。女官たちには毎月俸禄《ほうろく》を支払っています」

「これはどうする？」

朝薫がおずおずと差し出したのは表十五人衆の接待費だ。表向きは会議ということになっているが、実際は辻《つじ》の遊郭で豪遊する予算だ。

「会議は北殿でやればよろしい。全額却下します」

国母の実家の清明祭の予算も筋違いだ。実家の金で盛大にやればいい。側室の衣装代も却下。どうせすぐに脱ぐのだから過剰包装だ。門番のお茶代も却下。銭蔵《ぜにくら》奉行の泡盛も生産縮小。木奉行と石奉行は統合して新たに普請奉行を設け一人にする。漢文組立役は廃止。これからは自分で書けばいい。寧温の大鉈は王宮の構造改革でもあった。

すぐに悲鳴は王宮中に轟《とどろ》いた。

「私のトゥシビーが却下されただと？　女官大勢頭部はやったのになぜ王妃の私ができぬのだ」

「あの宦官《かんがん》め。遊郭で女を耕すなら、鍬《くわ》を持って土を耕すのが生産的だとぬかしやがった」

「私からの見舞金が出せぬのか。女官たちを手ぶらで里に帰せというのか」

「首里天加那志は私の裸に用があるから風呂敷《ふろしき》はいらないですって」

「清明祭は実家の金で営めとは無礼な」

そして口を揃えて怒鳴った。

「あの宦官を王宮から追い出せ！」

久慶門の多嘉良も半べそだ。

「寧温、儂《わし》から酒を奪うな。ううっ、門番の唯一の楽しみだったのに……」

財政改革とはこういうことだ。憎悪と怨嗟《えんさ》の嵐を呼び寄せた王宮は、これが評定所筆者主取がやったと知ると大量の上訴文を王に送りつけた。

「首里天加那志、王権でこれらの上訴文を棄却なさいませ」

麻親方が書院の王に進言する。金の流れを知るためには一度元栓を締めなければならない。かつて麻が三司官だったときには抵抗勢力の強硬な反発に遭い、これができなかった。もし元栓を締めてもまだ潤っている奉行所があるとすれば、そこが一番怪しい。

「しかしここまでやるとはな……」

と麻親方も寧温のとどまることを知らない大鉈に呆《あき》れてもいた。若さの特権はしがらみのなさだ。そして若さゆえの自信がなければ、恐れに負けてしまう。才気《さいき》煥発《かんぱつ》な愛弟子《まなでし》は信念も自信も手腕も備えている。寧温はこれで王宮から完全に孤立した。それでも手を緩めてはならない。なによりも大国から琉球の足元を見られないために。

「首里天加那志、この国はいつでも嵐の海を渡っていかねばなりません。決して沈まぬ船になるためにも借金の積み荷は捨てねばなりません」

わかった、と呟《つぶや》いた王は上訴文を全て棄却した。

一方、自宅の増築を却下された聞得大君は、寧温が認《したた》めた候文を読んで肩を震わせていた。

「自宅の増築は我が国の治世に反する大罪じゃと？　神の御意思がどこにあるのか熟慮すべきじゃと？　誰がこの候文を書いたのじゃ！」

「評定所筆者主取の孫寧温でございます」

御物奉行の男は、自分の決裁を覆した寧温を絶対に許さないと唇を嚙《か》んだ。

「御内原に出入りしているあの宦官か？」

いつか御内原で寧温を見たとき、なぜか聞得大君は不安を覚えた。人の心を見通すことのできる聞得大君の霊力を以《もっ》てしても、寧温のことはわからなかった。そこに存在しているようでいないような気がして、実体が見えず一瞬、幽霊かと思ったほどだった。聞けば寧温は王府が初めて登用した宦官だという。宦官とはそういうものなのかと聞得大君は無理に納得しようとした。

「恐れ知らずの宦官が王宮にいることは知っておったが、まさか評定所筆者だったとはな。なんとしてでも増築の申請書を通すのじゃ」

「評定所筆者主取の決裁は覆りません」

今まで財務担当の御物奉行の案文が却下されることなどなかった。評定所筆者は主に政策を行う集団で、各奉行と調整するのが仕事だ。細かい予算のことに口出しするのは越権行為である。

「おのれ、寧温。妾《わらわ》はなんとしても御殿を増築してみせるぞ。海運業者をすぐに呼ぶのじゃ」

聞得大君には切り札があった。この時代の富豪たちはすべて海運業者である。馬艦船《マーランブニ》と呼ばれる清国式のジャンク船を所有する商人たちだ。海運業者の利益率は破格だ。いわゆる損保契約を結ぶために、座礁せず無事積み荷を陸揚げできれば仕入れ値の倍で売ることができる。名門士族たちはこぞって海運業者に名義を貸し、役員に名を連ねていた。海運業者たちは箔《はく》を付けるのと同時に王府への太いパイプを持つことで更に栄華を極めるという構図だ。

また海運業者たちは船の航海安全を祈願するために弁財天を崇《あが》め、航海があるたびに盛大な祈願祭を行っていた。弁財天を祀《まつ》る理由は琉球特有のオナリ信仰と関わりがある。船乗りの男たちは姉か妹がオナリ神となって自分を守護すると信じていた。船乗りたちはオナリ神になった姉か妹の髪を懐紙に包みお守りとしたものだ。弁財天は女性の神であり、オナリ神に通じる。この弁財天を管轄するのは、王のオナリ神である聞得大君だ。

聞得大君御殿に呼び出された海運業者はほくほく顔だった。

「聞得大君加那志が私どもの弁財天を祈願してくれるとは有り難いことでございます」

「苦しうない。航海を安寧にするのは人として当然のことじゃ。これも聞得大君の役目である。そなたの商売もますます発展するであろう」

聞得大君が自分たちの弁財天を直接拝んでくれるということは、商売の信用が高まるということでもある。どの業者も腕のいい船乗りを確保するのに頭を痛めている。命懸けの航海に不安材料は少ない方がいい。王のオナリ神である聞得大君が祈願している業者だと知れば、船乗りたちは殺到するだろう。
「そこでそなたに頼みがある。妾はこのたび聞得大君御殿を増築したいと思っておる。ついてはそなたから銀子一千貫文を借り入れたいのじゃ」
「お安い御用でございます。聞得大君加那志のお心を休める御殿の増築のお力になれること、心から嬉《うれ》しく思います」

証文

銀子壱千貫文　但三割利

右聞得大君御殿重修入用付慥致借上候。返弁之儀者知念間切従知行高之扶持米幷御殿家禄之内毎年五拾貫文宛弐拾五年割賦を以致返済積候。利銭相当之高者其方守護弁財天之御高恩被得様昼夜此方ニ而祈願之働可致積候。為後証如斯御座候事。

丑八月

聞得大君加那志

参　西村我謝筑登之親雲上

そう言って海運業者は聞得大君と銀子一千貫文貸借の証文を交わした。この証文がいずれ聞得大君を破滅へと導くことになろうとは、彼女の霊力を以てしてもわからないことだった。

＊

財政構造改革を終えた寧温は薩摩の琉球館に宛てた上申書を作成した。王府からの借入金の申し入れ書である。またいつもの借金の申し入れだと薩摩から呆れられないためにも、寧温は最初に王府の改革から行った。金を無心する前に、まず自分たちの身を切らないと薩摩を納得させられない。あれだけ大鉈《おおなた》を揮《ふ》るい最小限の予算を編成しても、王府にはまだ金が足りなかった。その不足分を嘆願する。

借入金の申し入れは同時に琉球への薩摩の介入を強くする諸刃《もろは》の剣でもある。寧温は硯《すずり》に筆をつけて呼吸を整えた。まるで科試のときのようだとかつての自分を思い出した。科試と違うのは、これを書けば現実に反応する相手がいるということだ。薩摩と琉球のバランスを考えると下手に出すぎるのも危険だった。

最初の一文字を書く前に、頭の中で何度も推敲《すいこう》を重ねた。

——畏《おそ》れながら申し上げます、から始めよう。

筆がしっくりこない気がして、朝薫から貰《もら》った筆を握り直した。これなら上手《うま》く書けそうだ。

「畏れながら嘆願いたします。薩摩の財政が厳しいことは承知しておりますが、琉球においては凶作が続き、台風の襲来も重なったために、人民の生活は困窮しております」

乍恐奉訴候。御国許蔵方不如意之儀ニ付而ハ於当地も存知之前ニハ候得共、当国凶年打続候上ニ台風ケ間敷儀連々と起候故、万民之衰微難尽筆舌成行ニ至り候。

「そのうえに、先年冊封使が訪れ、その対応に出費が重なり、王府財政は逼迫《ひっぱく》しております。この状況を打開するためには、薩摩の慈悲に頼るしかなく、銀二千貫文を拝借させて下さい。琉球がどのような道を辿《たど》るべきかという課題は、薩摩にとっても他人事《ひとごと》ではないと思いますので、借銀の件についてご高配下さい」

其上先年御冠船致来着、唐之按司御取合向大粧成出費相重、最早当国蔵方及払底事ニ御座候。此上ハ御国許之御慈悲奉乞外手段無之、銀弐千貫文屹と御用立有之度と願上次第ニ御座候。琉球之成行如何様可有之哉之深謀ハ御国許迚も御同心と被存事候故、此儀被蒙御高恩度、伏奉訴者也。

清国と日本との二重外交を続ける琉球にはそれぞれの国に出先機関が設けられている。清国の福州《ふくしゅう》にある琉球館、そして薩摩にもまた琉球館があった。これが現在の大使館の役割を果たしていた。琉球にもまた薩摩の出先機関が設けられている。那覇港近くにある御仮屋《ウカリヤ》と呼ばれる屋敷がそうだ。天使館に清国人がいるように、御仮屋には日本人がいる。

薩摩への借入金の申し入れを携えた寧温は御仮屋に赴いた。これを薩摩の琉球館に託し、藩主の元に届けてもらうためだ。

日本庭園を設《しつら》えた御仮屋はちょっとした異国だった。庭では武士が剣の稽古《けいこ》に勤《いそ》しんでいる。琉球ではとっくに廃れた文化だった。

「王府の孫寧温でございます。琉球国王から薩摩藩主・島津斉興《なりおき》殿への書簡を預かっております」

御仮屋の武士たちは寧温が流暢《りゅうちょう》な日本語を話すのに驚いた。琉球語訛《なまり》の滑稽《こっけい》な日本語に慣れていた薩摩の役人たちは、わざと日本語を喋《しゃべ》らせ失笑するのが常だ。

「おまえは本当に琉球人か？」

と琉球語で尋ねた役人のひどい日本語訛も同じくらい滑稽だということをこの男は知っているのだろうか。御仮屋は薩摩にとっても非常に重要な情報収集施設だ。鎖国している日本において国際情勢を把握するのは外国である琉球を支配している薩摩だけの特権である。福州の琉球館からの情報は逐次この御仮屋に入ってくることになっていた。この情報力が幕府に対して絶大な影響を与えることを薩摩は知っている。

御仮屋では常に王府の役人と薩摩の役人との接触がある。

「どうせまた借金の申し入れだろう。おまえたちの経済感覚はどうなっているんだ？」

「申し訳ございません。私ども王府はこのたび抜本的な財政構造改革を行いました。そのご報告を含めて薩摩藩主殿のご厚情を仰ぎたい所存でございます」

「十二万石程度の琉球が独立国であることに無理があるのだ。我らは六十万石なのに幕府の一藩にすぎん。日本はもっと大きな国なのだ。琉球は頭《こうべ》を垂れて併合されるべきだと思わぬか」

朝薫が鼻を真っ赤にして食ってかかる。

「国家は大きさではなく意志であるべきだ。琉球は貧しくても独立を望む」

「それが金を無心する者の態度か。もっと卑屈になれ」

「琉球が貧しくなったのは薩摩が軍事介入したからだ！」

「おやめください朝薫兄さん。御仮屋の役人と衝突すると面倒なことになります」

「しかし寧温。こんな刀を振り回す野蛮人に侮辱されては——」

寧温に袖《そで》を引っ張られて朝薫は少し冷静になった。御仮屋に喧嘩《けんか》をしにきたわけではない。薩摩の役人も王府の役人と衝突するなと命じられていた。

「薩摩藩主宛ての書簡ならこれからすぐに船が出るところだ。直接港に持っていくのが早いぞ」

と役人は憮然《ぶぜん》とした態度でふたりを追い返した。

那覇港に向かう途中、寧温は三重城《ミーグスク》の頂で不思議な人影を見つけた。まるで芍薬《しゃくやく》の花のように上半身をふわりと浮かせた佇《たたず》まいの男が立っている。あんなに軽やかに立てる男は琉球人ではない。琉球人は下半身に重心をかけるような立ち姿だからだ。寧温はなぜか彼の後ろ姿に惹《ひ》かれて三重城の頂に登った。

微《かす》かに少年の面影を残す青年は薩摩の役人なのに帯刀していなかった。刀の代わりに筆を携え、朝の那覇港の景色を眺めている。慶良間《けらま》諸島がいつになく青く見える様に感激した青年は筆を走らせた。


あけ雲とつれて慶良間はいならであがり太陽《てだ》をがで那覇の港

ふと詠まれた琉歌《りゅうか》に寧温は絵画的世界を感じた。なんと卓越した風景描写なのだろう。今ここにいる場所を言葉で切り取ってしまったような完璧《かんぺき》な歌だ。寧温が解釈しながら背後から近づく。

「夜明けの雲が湧き出《い》でてくると、慶良間の島々が雲の隙間から並んで見える。荘厳な日の出を浴びた那覇港は実に雄大な眺めである」

寧温の声に青年が振り返る。朝日を浴びた青年は寧温を見つけて照れたように笑った。

「いやあお恥ずかしい。聞かれていましたか」

「琉歌が詠めるのですね」

「まだ習いたての身なのですよ」

「こんな素晴らしい琉歌は初めて聞きました。本当に景色が言葉に変わったようです」

この琉歌を聞いた後は、景色が違って見えた。もう那覇港は彼の言葉通りにしか見えない。彼は短冊の面に雲と慶良間と朝日を絶妙な構図で配置してしまった。これだけの琉歌を日本人が詠んでしまうことが驚きだった。

「褒めすぎです。王府の役人のお方ですか？」

「評定所筆者主取の孫寧温と申します。あの……」

「私は御仮屋の浅倉雅博《あさくらまさひろ》と申します」

なぜ彼の名を聞くのに一瞬躊躇《ためら》ったのか寧温にもわからない。薩摩の役人との交流なんて業務のうちのはずなのに。

「浅倉殿はなぜ刀を持っていないのですか？」

「ここは武器のない国です。なぜ刀を持たなくてはいけないのですか？」

逆に質問されて寧温は困ってしまう。帯刀しない薩摩《さつま》の役人なんて初めて会った。普通はこれみよがしに力を見せつけてくるものだ。彼は自分たちと同じように刀の代わりに筆を持つ士族だ。寧温は今自分がどんな顔をしているのか知りたくなかった。

「孫親雲上、どうかされましたか？」

雅博に顔を覗《のぞ》かれたとき裸を見られた気がして反射的に目を逸《そ》らした。自分は一体どうしたのだろう。さっきから体が思うように動かない。自分はこんなに不自由な人間だったのか。それどころか胸の中が疼《うず》いて息が切れそうだ。心臓が孵《かえ》ったばかりの雛《ひな》のように鳴いている。雛の声に耳を澄ますとしきりに、

『真鶴、真鶴、真鶴』

と母親を探すように鳴いていた。聞きたくない名前に寧温は耳を塞《ふさ》ぎたくなった。瞳孔《どうこう》を大きく開いて青年役人を見つめる自分が、どんなにみっともない姿なのかよくわかっている。でも目を逸らすことができない。

「そんなに私の歌を気に入っていただけたのなら、どうぞこれをお持ちください」

雅博が短冊を寧温の襟元に挿した。指が微《かす》かに胸元に触れた瞬間、雛が一斉に鳴きわめく。雅博の爽《さわ》やかな笑顔に寧温は魅せられてしまった。

——私、どうしよう……。

「寧温、急げ。船が出るぞーっ！」

朝薫が三重城にいる寧温を迎えにきて、はっと息を呑《の》んだ。頂に立つ二人がまるで恋人同士のように見えたからだ。青年役人が寧温に短冊を見せて琉歌の指導を受けている。伏し目がちに笑った寧温の表情を見て、朝薫もまた胸を絞られるような疼きを覚えた。

「まさか、ぼくが……寧温を。まさか——？」

咄嗟《とっさ》に背中を向けて否定しようとする。だが朝薫は自分の本当の気持ちに気づいてしま

った。なぜ自分はいつも寧温と一緒にいたいのか。その答えがこの胸の疼きだ。思春期の盛りを迎えたふたりが初めて理性を超えた感情の芽生えに戸惑う。

「ぼくが寧温に恋をしている――？」

「私が薩摩の侍に恋をするなんて――！」

実ることのない二つの恋が王宮の片隅に芽吹いた。

第四章　琉球の騎士道

Friday, August 14th

Strong gales, N. N. W., and frequent hard squalls with a very heavy sea.

5h. 30m. more moderate; sea still running high, and the ship rolled reef of the foresail out.

10h. course per log allowing one point lee way according to Capt. Grainger's opinion is S.66°30'. E.121 miles; lat.D.R.26°10'N., long.127°2'E.

［八月十四日　金曜日
北北西の大強風。激しいスコールが頻繁にあり非常に高い波を伴う。
五時三十分。天候はもっと穏やかになる。波は依然として高く突進してきて、船は激しく揺れ動く。大檣《たいしょう》の中檣柱の第三縮帆部と前檣帆の縮帆部を外す。十時。グレンジャー船長の意見をいれて、航路を一ポイントの風圧を差し引いて南六六度三〇分東へとり一二一マイルで航行。北緯二六度一〇分、東経一二七度二分］

琉球の西沖を航行していた英国東インド会社船籍インディアン・オーク号の一等航海士ボーマン大尉が航海日誌をつけていた。折しも猛烈な暴風雨に見舞われ、船は風と波まかせの航行に委ねられていた。甲板に雨と波が混ざり汽水になった濁流が押し寄せる。雨は船を上から押しつけ、波は船底を蹴《け》り上げ、風は舷側《げんそく》を左右に激しく揺さぶった。

平底のインク瓶が前後左右に走り回り、やがて机の上から滑り落ちて青いインクを床に撒《ま》き散《ち》らした。船は嵐の中を漂流していた。船長が採るべき道は近くの浜へ漂着することだけだった。もっともそれは運任せでしかなかったが。

船の現在地は北緯二六度一〇分、東経一二七度二分。北西および西北西の風。確かこの海域には琉球があるはずだと生き残る僅《わず》かな希望を見いだした。

「キャプテン、珊瑚礁《さんごしょう》で海が変色しています。近くに陸地があるものと思われます」

三等航海士代理が船橋に訪れる。一瞬だが、風雨の隙間から陸地が微《かす》かに見えた。希望が見えかけた直後、インディアン・オーク号は岩礁に衝突し左舷《さげん》を大きく傾かせた。船長は命じた。

「メインマストを切り倒せ。さもなくば船が転覆するぞ！」

積み荷の多くを海中に落とし、任務は頓挫《とんざ》した。あとは船員の命が助かるのを祈るだけだ。しかし雨と風は一向に収まる気配はない。救命ボートでの脱出は嵐が収まってからだ。その間、乗組員たちは船の浸水を気にしながらも着々と上陸へと準備を進めていた。ボーマン大尉はペンに残った僅かなインクでこの船での最後の思考をしたためた。

On the ship's first taking the ground we lost our larboard-quarter boat, which was stove and washed on shore, (by which we observed the tide was falling;) there was no hope of saving our lives but by holding the wreck together, and getting a line on the shore....

「船が最初に座礁したとき左舷船尾のボートを失ったが、それは壊れて岸に打ち寄せられていた（このことで潮が引いていることがわかった）。もはや我々の命を救う望みは、この難破船をしっかり確保して海岸を調べてみることしかない……」

＊

同じ頃、王宮もまた嵐の中にあった。高潮のようにうねった激しい風雨が王宮に吹き荒れていた。城壁に打ちつける雨は岩を削る荒波のようだ。霧の中でもぼうっと赤く浮かぶ正殿さえも、灰色の雨と風の前では存在すら掻《か》き消《け》されていた。防塁のように何重にも築いた城壁ですら風雨を易々《やすやす》と侵入させてしまう。

こんな嵐の日でも王宮は機能する。身体が麻痺《まひ》した国土でも大脳だけは黙々と思考し続け、決して止まることはない。評定所筆者《ひょうじょうしょひっしゃ》たちは嵐が去った後の災害対策を嵐の最中に練らなければならないからだ。たとえ他の奉行所が機能を失っても、政策集団の評定所筆者だけは生きている限り、王府の次の手を模索し続ける。

久慶門《きゅうけいもん》の扉が激しく叩《たた》かれた。折れた木の枝が扉に打ちつけているのかと門番たちは耳を貸さない。さっきから耳をつんざく風のせいで自分の声すら掻き消されてしまっていた。

また久慶門の扉が鳴る。風の中に微かに「開門。開門」と細い声がする。多嘉良《たから》が門《かんぬき》を外した瞬間、風と雨が扉を蹴破《けやぶ》った。そして嵐の奥から雨に濡《ぬ》れた少年役人が現れた。

「評定所筆者の孫寧温《そんねいおん》です。北殿は開いておりますか?」

「寧温。こんな嵐の中をひとりで来るなんて無茶だ。北殿は宿直の喜舎場《きしゃば》親雲上《ペーチン》しかいないぞ」

「すぐに大風対策を練らねば農民たちが苦しみます。私が休んでいる場合ではありません」

折れた枝が飛んできて寧温の背中にぶつかった。途端、寧温は風に足下を掬《すく》われて石段から滑り落ちてしまう。

「なんでこんな無茶をするんだか。おい、寧温しっかりしろ」

簪《かんざし》を飛ばされた寧温は髪を乱していた。髪を落とした寧温の姿に多嘉良は言葉を失ってしまった。襟ぐりを大きくはだけてこちらを見る姿は美少年とか宦官《かんがん》とか花当《はなあたい》などで片づくものではない。多嘉良はもっと単純な言葉しか思い浮かばなかった。しかしそう思うと無性に罪悪感に苛《さいな》まれてしまう。そんな多嘉良の目に気づいたのか、寧温は咄嗟《とっさ》に襟を両手で摑《つか》んで身を強《こわ》ばらせた。

「多嘉良殿、お見苦しい姿をお見せして申し訳ない……」

寧温は頬を赤らめて王宮の中に入った。いくら強固な意志で自分の姿を隠しても、風と雨はいとも容易《たやす》く自分の素性を暴いてしまう。男物の衣装、男髪、男の言葉、男の振るまい、男の気持ち……。男になるために表象の全てを覆ってみたものの、それらは風の前のひとひらの葉にすぎない。全てが吹き飛ばされてしまったら、そこには真鶴という捨てた性が現れる。そして真鶴が表の世界に露《あらわ》になったとき、それは破滅を意味した。だから風の前でも雨の中でも決して崩れない姿になりたい。内側から楔《くさび》を打ちつけて決して壊れない体になりたい。

この前、三重城《ミーグスク》で会った薩摩《さつま》の青年武士は、心の中を嵐にした。これからはどんなことがあっても、雅博《まさひろ》の前であんな無防備な表情をしてはいけない。恋は内に秘めたつもりでも、第三者の目にははっきりと映るものだ。たまたま誰にも見られなかったからよかったものの、剝《む》き出《だ》しの恋情は破滅を招く。心の中にいる真鶴は、いつでも隙を見て自分の体を奪い返そうと企《たくら》んでいるように思えた。真鶴は死んだはずなのに、まだ生きている。いや殺し続けなければいつでも甦《よみがえ》る危険な亡者だ。寧温は御仮屋《ウカリヤ》に近づくのを意識的に避けた。

「私は宦官。そして王宮の評定所筆者。異国の役人と距離を置くのは当然のこと」

今まで無意識にできたはずの振る舞いも、こうやって意識して楔を打ちつけなければならない。そうしなければならないのは自分の志の弱さのような気がして恥ずかしかった。この心を放置すればやがて死に至る毒になる。だから今のうちに心を制御する訓練をしておかねば。もっともっと、がんじがらめに心を縛って評定所筆者の論理だけで生きていく機械になってしまいたかった。真鶴がこの世にいられる場所はどこにもないことを言い聞かせ、先に真鶴に絶望してもらう。これは寧温と真鶴の根比べだ。

「恋なんて一時の気の迷い。私には男として生きるべき道がある」

北殿の中は暴風のせいで耳が圧迫される気圧差が生じていた。宿直の朝薫《ちょうくん》は大風対策の草稿を残してどこかに行ってしまったようだった。草稿の生真面目な文字はいかにも朝薫らしい。途中で退席するのを躊躇《ためら》ったのだろう。きちんと文書をまとめ終えて席を立った様子が窺《うかが》われた。

広間に誰もいないのを確認した寧温は濡れた衣装と髪を整えようとした。

「あ、簪がない……」

久慶門の石段で転んだとき、簪を拾うのを忘れてしまった。予備の簪なんて持っていない。すると温かい手が髪に添えられた。

「ぼくの簪を使うといい。趣味で集めていたものだよ」

声に振り返ると、朝薫が熱い眼差《まなざ》しで寧温を見つめていた。

――寧温、きみはどうしてぼくの前にこんな姿で現れるんだ……。

寧温の漆のような光沢の髪が甘い香りを放っている。こんな見事な黒髪を持つ者を朝薫は知らない。指に絡まる髪は滑るように集まり、一輪の花びらのように纏《まと》まる。まるで精《せい》緻《ち》な工芸品を見ているような気分になる。男の髪がここまで美を主張するものだろうか。

朝薫の指がうなじに触れた瞬間、寧温は我に返った。

「朝薫兄さん、私、自分で結えますので結構です……」

「いいから、ぼくが結ってあげるよ」

朝薫は湿った髪を櫛《くし》でときながら、自分の気持ちを確かめていた。男同士でこういうことをするのはよくない、と理性でわかってはいる。しかし指は欲するままに動いていく。朝薫は自分の心に芽生えた想いをどうすれば殺すことができるのか、ずっと苦しんでいた。女装をした花当がどんなに美形でも心を動かされることはなかったのに、どうして同僚の寧温に心を動かされてしまったのだろう。もしかして自分が同性愛者なのではとも思った。あり得ない。よくないのではなく、そうあってはならないのだ。喜舎場家の期待を背負っている自分が同性愛に耽《ふけ》って結婚もせず家を潰《つぶ》すわけにはいかない。

今まで朝薫は普通の男だと思っていた。その証拠なら記憶の中にいくらでも見つけられた。女性を避ける理由がひとつもないのだ。いやむしろ求めている。反対に男性を避ける生理的要素ならすぐに見つけられる。たとえば王宮一の美少年の嗣勇《しゆう》、美形の詩人・儀間《ぎま》親雲上。彼らを嫌いではないが、求めてなどいない。だから自分の今の気持ちがわからない。宦官とはかくも心をかき乱すものなのか、性を捨てた者がこうも艶《なま》めかしい感情を呼び起こすものなのか。紫禁城《しきんじょう》は、寧温みたいな宦官たちで溢《あふ》れているのだろうか。そうならないための制度のはずなのに。

――こんなことをするのはこれが最後だ。

そう言い聞かせることで朝薫は初めて罪悪感から解き放たれた。寧温のこの髪があと三寸長かったら、きっと指は豪華な女髪に結っただろう。うなじを強調するようにつとをふっくらと結い上げ、大輪の黒百合《くろゆり》を咲かせたに違いない。だが寧温の髪は男髪にしかならない長さだった。これが禁じられた想いであることは十分にわかっている。ただ今はこの嵐に隠れて密《ひそ》やかに髪と戯れたいだけだ。

「朝薫兄さん？」

櫛で髪を梳《す》いてばかりいる朝薫に、寧温が怪訝《けげん》そうに声をかける。

——寧温、こんなぼくを許してくれ。ぼくは、ぼくは、最低な男だ。

目頭がじんと熱くなって零《こぼ》れた涙が、結い上げる一房の髪に落ちた。

簪で十字に固く髪を止めたとき、朝薫は嵐の中の夢から覚めた。

「喜舎場親雲上、お手を煩わせました。簪はありがたく使わせてもらいます」

寧温が伏し目がちに礼を言う。嵐の音が大広間の中で猛々《たけだけ》しく響いていた。我に返った朝薫はしばし置いていた罪悪感をまた懐に戻して、苦しそうに顔を背けた。

寧温はさっそくこの嵐の収まった後の対策を考えた。

「この嵐は農作物に甚大な被害をもたらすはずです。間切倒《まぎりだおれ》を予想しておかないと、年貢の徴収に影響を及ぼします。検者《けんじゃ》を速やかに派遣し、被害を把握することが先決です」

「検者や検見使者《けみししゃ》は宮古・八重山《やえやま》で手一杯だ」

「では評定所筆者が検者を兼ねましょう。私が中部を巡りますので、朝薫兄さんは南部を担当してください。嵐に予想外の事態はつき物。間切倒は所詮《しょせん》、想定内のことです。本当に恐ろしいのは予想外のことなのです」

「わかった。昨夜書いた草稿を清書して明日《あした》にでも三司官《さんしかん》殿に決裁してもらおう」

「私が今決裁します。さっき読みましたがこれで十分です。こういうのは迅速なほどよいのです」

「また三司官殿を怒らせることになるが、いいのか？」

寧温の行った王府の財政構造改革は、油の搾りかすからさらに油を搾るようなものだった。王府の主だった行事はもちろん、役人の俸禄《ほうろく》、人員の大量削減まで行った。形式ばった表十五人衆《おもてじゅうごにんしゅう》は実質五人で動くように割り当てられ、残り十人は自宅待機だ。王宮の役人たちは派閥を超え一致団結して寧温を追い出そうと画策している。今や寧温の味方は朝薫しかいなかった。

「私を王宮から追い出せば再び贅沢《ぜいたく》ができると考えるのは甘いです。最小限の予算で効率的に動くことを知った王府は、簡単には元に戻らないものです。組織を解体するのは手強《てごわ》いですが、再編して動き出した組織は意志を持ちます。私が手がけたのは腐敗し、意志を失った組織に再び意志を植え付けること。そこに根付いた意志をひっくり返すのはもう私でも不可能です」

「そこが寧温のすごいところだ。自分以上のものを生み出してしまった」

実際、不満は尽きぬほどあるが、王府の機能は維持できている。今までの予算がなぜこんなに必要だったのか疑問を持ち始めた者も現れだした。

「私がやったのは琉球《りゅうきゅう》の意志を取り戻しただけです。国家が滅びては贅沢もできませんから。これからは琉球が王府を監視します。王府の上部構造に琉球という国家意志があることを忘れてはなりません」

寧温は筆を執りながら続ける。

「琉球と王府は必ずしも一体ではありません。もし琉球という国家意志が王府をいらないと見捨てるときが来れば、それに従うべきです」

「それは国が滅びてもいいということか？　とんでもないことだ」

「それでも人は生き続けます。国がなくても大地にはいつでも人がいるのです」

「それは統一王朝以前の豪族社会じゃないか」

「琉球という国家意志ですら、最上位ではありません。国家意志が滅んでも国土は存続します。国土が新しい意志を求めるのであれば、国家意志ですら従うべきです」

「じゃあぼくたちはお役ご免だ。ははは」

朝薫は自嘲《じちよう》気味に笑った。国を豊かにするために必死で働いているのに、国土が朝薫を見捨てるときが来るかもしれないなんて、考えたくもない。

「だから私たちは常に国土に問い続けなければなりません。琉球という国家でいいのか？王国という体制でいいのか？」

朝薫はこんなとき、寧温が雲の上の世界にいるように見える。こんな理論を紡ぐことは王でも不可能だ。いや人間ですらないのかもしれない。空と大地と時間を自由に舞う龍《りゆう》の視点。龍が語る人の歴史。国家の営み。それら全てを支える悠久なる国土の時間――。

「寧温、ひとつ聞きたい。国土は、ぼくたち王府を、琉球という国家意志を望んでいるのか？」

「わかりません。もし望んでいないとしても、国土は私たちが今ここにいる瞬間を忘れはしないものです。たとえ国土を傷めつける体制が現れても、国土はやはり彼らがいた瞬間を忘れはしないのです」

「ぼくはこの体制がもっとも国土に相応《ふさわ》しいと信じている。だから科試《こうし》を受けて評定所筆者になった。寧温だってそうだろう？」

「もちろんです。でも国土が私に去れと言えば、私は従おうと思います。私の意志とは別に。だから私にとって一番怖いのは王府のしがらみや人間関係ではなく、国土と私の関係なのです」

さっき髪を結ってあげた男は、朝薫の理解を超えた存在だ。だからますます惹《ひ》かれる。その圧倒的な知性、恐れ知らずの行政手腕、冊封使《さっぽうし》さえ舌を巻く交渉能力、踏まれても疎まれても必ず立ち上がる強固な意志、もし寧温が屈強な肉体の持ち主ならば、それに依拠して仰ぎ見ていればいい。生まれながらに強い人間だと。しかし寧温の姿は違う。可憐《かれん》で触れれば落ちてしまいそうな首、踊るような優雅な所作、そして側にいなくても思い出せばいつでも胸に満たされる甘い香り、こんな華奢《きゃしゃ》な体にこれほどの意志が宿っているようには見えない。そしてこれら全てを含めて寧温という存在の魅力なのだ。想いを寄せるな、という方が無理な話だ。

せめて尊敬させてくれるだけの存在であってほしかった、と朝薫は思う。でも尊敬だけでは足りない。いっそ劣等感に苛《さいな》まれる人生の方がまだ苦しみも半分ですんだはずだった。

だが劣等感なんて微塵《みじん》も湧いてこない。せめて目を瞑《つむ》っているから、何も話さないから、風のように透明になってずっと側にいたかった。

朝薫は心の中で琉歌《りゅうか》をしたためた。


花髪《はなからじ》載してぃ女着物やりば思蔵《んぞ》と仲なする我肝《わぎむ》なゆん

（あなたの髪を美しく結い上げて女の衣装を身にまとわせたら、きっとぼくはあなたに想いを告げただろう。なのにどうしてあなたは男の姿なのですか）


嵐が去り、珊瑚礁《さんごしょう》が煌《きら》めきを取り戻したころ、北谷《ちゃたん》沖に見慣れない船影が出現した。座礁した英国船インディアン・オーク号だ。嵐の中を漂流してきた船員たちは疲労困憊《こんぱい》していた。数週間ぶりに揺れない足場を踏みしめた船員たちは、保っていた気力の綱を緩めることにした。グレンジャー船長は全員無事であることを確認して、やっと我が身を取り戻したように呟《つぶや》く。

「我々は生きている……。生きている！」

振り返った海にはさっきまで身を寄せていたインディアン・オーク号の亡骸《なきがら》とその残骸が浮かんでいた。大破した船がシェルターの役目を終えて波に洗われている。東シナ海を漂流してきた海程は、死線の綱渡りだったとしか言いようがない。暴れ馬の背中に数週間乗り続けたような心地。船員たちの幸運を全て使い果たした末の生還。船長は無事であることがわかった途端、様々な言葉で記憶を紡いでいた。救命ボートに乗るまでは口をつくのは「悪夢だ」という言葉だけだったのに。

「船長、ここは異国です。まだ助かったわけではありません」

と緊張を解かないのは士官のボーマン大尉だ。銃が使いものにならないと確認した大尉は、ナイフを翳《かざ》し鋭い眼光で辺りを見渡した。七つの海を支配する英国人なら世界がどれほど野蛮で凶暴なものか知っている。本当に恐ろしいのは遭難ではなく上陸した後に起こる二次被害だ。ジャワでもマレーでも東インド会社の船籍が座礁するや、原住民たちの襲撃を受け船員たちが殺されてしまうのが常だった。浜で野営したいが、負傷者の中には速やかに手当をしなければならない者も多い。それに新鮮な水と食料が不足していた。ほどなく出会うであろう原住民たちとの接触が本当の生死を決めてしまう。

「キャプテン、注意してください。一八一六年にガスパー海峡で座礁した英国船アルセスト号は、マレー人たちの襲撃を受けました。朝鮮ではオランダ船の船員が二十年近く奴隷にされました。漂流民に人権はないのです」

ボーマン大尉が「原住民」という言葉を口にするたびに彼らが滑稽《こっけい》に見えてしまう。半裸でパジャマのリンネルズボンを穿《は》いている彼らの方がずっと野蛮で非文明的な姿だったからだ。

「灯りが見えます。原住民との接触に注意されたし」

ボーマン大尉の異文化コミュニケーションはすこぶる明快だった。相手が友好的か敵対的かは、目の表情でわかる。目が怯《おび》えていれば防衛行動に出る可能性が高い。舐《な》めるような好奇心の眼差《まなざ》しも文明度が低い証拠だ。アニミズム的生《い》け贄《にえ》にされることがある。そして警戒心の強い目つきに対しては、直ちにこちらから攻撃しなければならない。この三つのうち何が出るかで生死が確定する。

「人影が近づいてきます。全員隠れろ」

深い紫色の空がしんしんと頭上に落ちてくる夕刻、ボーマン大尉はこの島の原住民と接触した。原住民の男はボーマンを見るや、即座に深い哀れみの眼差しを浮かべた。そして着ていた外套《がいとう》を脱ぎ、ボーマンの冷えた肩にかけてやった。何をされたのかボーマン自身、肩が温まるまでわからなかった。彼の遠い記憶の中から、牧師に洗礼を受けた日が甦《よみがえ》った。

原住民の男は怪我をしている船員を見つけると、仲間を呼んだ。すると彼と同じ聖職者のような眼差しをした原住民が大勢現れた。原住民たちは乾いた衣服、温かいお茶、食事、鶏肉など、ボーマンが要求しようとしていた以上の物品を次から次へと持ち込み、挙げ句の果てに船乗りには無縁の清潔な寝具と住居まで与えた。

「ボーマン大尉、原住民たちの印象をどう思うかね？」

とグレンジャー船長が鶏肉を頬張りながら言った。

「油断は禁物です。歩哨《ほしょう》を立てて引き続き警戒を」

ボーマンは日誌の続きを書こうとペンを握ったが、インクはもう残っていなかった。それに気づいた原住民が新品同様の筆と硯《すずり》を持ってきた。ボーマンは慣れない筆で日誌をつけた。

［十五日、土曜。我々は船を脱出し、上陸。原住民たちと接触する。原住民に拘束され全員が軟禁状態。夜明けを待って脱出を試みる予定だが、我々の士気は低く原住民との激しい攻防が予想される。神のご加護を。アーメン］

王宮にインディアン・オーク号が漂着したという報《しら》せが入ったのは、翌日のことだった。王府は異国船の対応となると神経過敏になる。薩摩《さつま》と清《しん》国の手前、表立った外交をすることができないからだ。それでも異国船は琉球の事情を知ってか知らぬか何度もやってきた。朝貢国同士の遭難なら漂流民送還の規定が決まっているが、英国船は別だ。特に清国と英国は阿片《あへん》戦争で関係が悪い。天使館にいる冊封正使の耳にこの情報が入れば、きっと母国での意趣返しを命じるに違いない。

嵐の後にやってくると予想していた予想外の出来事は、空前絶後の難題だった。寧温はすぐに評定所筆者全員に非常招集をかけた。なのに部屋にやってきたのは朝薫だけだ。

評定所は真空地帯のように蛻《もぬけ》の殻《から》だった。

「なぜみんな集まらないのですか？」

寧温の声が静まりかえった大広間にこだまする。

「実は、向《しょう》親方の屋敷で同じ会合が開かれている。ぼくもそこに出るよう命じられた……」

表十五人衆の向親方は面倒見の良さで慕われている高官だ。彼に嫌われたら王府での出世はないも同然だった。そして向親方は遊郭での会議の予算を破棄した寧温を毛嫌いしていた。

「なぜこんなときに仲間割れするのですか？　仕事に私怨《しえん》を持ち込むなんて王府の役人のすることではありません」

「まずいことに清国派の向親方は正使様と親しい間柄だ……。もう耳に入っただろう」

「琉球は清国の外交代理国ではありません。琉球の問題は琉球が解決します。すぐに向親方の屋敷に使いを出して評定所筆者たちを戻すよう申しつけてください」

朝薫が言いにくそうに口を濁した。

「それでも半分しか戻らないだろう……。実は馬《ば》親方の屋敷でも同じ会合が開かれている……」

「なぜ馬親方が出てくるのですか？」

同じ表十五人衆でも向親方と馬親方は犬猿の仲だ。馬親方は薩摩派の高官で島津斉興《なりおき》との太いパイプが自慢だった。島津家の行事には欠かさず贈り物を届け、王よりも薩摩藩主に忠誠を誓っていると揶揄《やゆ》されていた。

「どうやら馬親方の進言で御仮屋の役人たちが動いているようだ」

「内政干渉です。琉球は薩摩の外交代理国ではありません」

インディアン・オーク号漂着の余波は、王宮に派閥争いの渦を生み出した。王宮に入った役人なら、誰でも迫られる二つの選択肢だ。清国派は貴族的エリートの特権を、薩摩派はブルジョワジーの悦楽を約束してくれる。普段はこの派閥が目に見えることはなく、清国派と薩摩派が表だって衝突することはない。しかし出世の階段を上る過程で、必ず意志を明確にしなければならない瞬間がやってくる。英国船漂着事件は若い役人たちの岐路を迫る絶好の機会に利用されてしまった。

「ぼくは今頃、向親方からは薩摩派だと、馬親方からは清国派だと思われているだろうな……」

科試《こうし》に首席合格したとき向親方から盛大な祝宴を開いてもらった朝薫は、将来の清国派を担う期待の星と目されていた。その向親方の思惑を知らない朝薫ではない。そもそも喜舎場家の役人たちは先祖代々の清国派だ。元々、喜舎場家は向一族から分家した経緯を持つ。朝薫と向親方は門中《ムンチュウ》なのだ。科試に合格したとき、朝薫はきっと自分は清国派につくだろうと素朴に信じていた。今頃、向親方は朝薫の裏切りに腸《はらわた》が煮えくりかえる思いをしていることだろう。

そんな朝薫の立場を察することができない寧温ではない。

「兄さん、今からでも間に合います。向親方の屋敷に行ってください……」

「何を言うんだ。今は英国船をどうするのか速やかに方針を固めないといけないときだ」

「私がひとりで解決します。いつもそうしてきたから今回も大丈夫です」

朝薫は見捨てられたような思いで寧温の袖《そで》を引っ張った。

「ぼくにもやらせてくれ。ぼくはきみの力になりたいんだ」

その言葉に寧温がにっこりと笑った。朝薫はこの笑顔を見たくて、ここに来たのだと寧温に知ってほしかった。大人たちの権力争いなんてうんざりだ。漂流民を派閥争いの駒にするなんて誇り高き評定所筆者にあるまじき行為だ。

「ぼくと寧温は琉球派だね」

「二人しかいませんが」

とまた白い歯を零《こぼ》して寧温が笑う。

「そこがいい。だからいい。二人だからぼくは頑張れるんだ」

笑い声を弾ませて二人は北谷村へ駆けて行った。


恋思ひの乱れ髪さばちたばうれ鏡影うつち我肝やすま

(あなたに恋した胸の想いが乱れ髪のようだ。どうか梳《す》いてぼくの髪も直してください。そうすればぼくの胸の苦しみも治るだろう)

御内原《ウーチバラ》へと繋《つな》がる正殿の空中回廊は殺気に満ちていた。人影が通り過ぎるものなら、女の世界の奥から扇子が飛んでくる。

「お待ち。ここをどこだと思っている！」

　後頭部に扇子が当たった小気味よい音が響く。女官大勢頭部《おおせどべ》が仕留めたのは思戸《ウミトウ》だ。

「アガーッ（いったあい）！　女官大勢頭部様、何をなさるのですかあ」

　雑魚《ざこ》だと知って女官大勢頭部は廊下を踏み鳴らした。毎日こうやって憎き宦官《かんがん》の寧温が御内原に入るのを阻止しようと待ち構えているのに、待てど暮らせど寧温が御内原に入る気配はない。御内原を管轄する奥書院奉行の予算を三分の一に削減されたせいで、新しい扇子を買う金もないから女官大勢頭部の扇子は骨が剝《む》き出《だ》しになっていた。もっとも投げて使わなければまだ十分に使えたはずだったけれど。衣装や嗜好品《しこうひん》、食費まで切りつめられた女官大勢頭部の女官生活は干上がっていた。

「女官大勢頭部様、乾いているときには江戸前の張り型が効きま——アガーッ！」

　また扇子が飛んできて思戸の喉《のど》に食い込んだ。苛立《いらだ》っているときには女官いじめで憂さ晴らしするしかない。ただでさえ獰猛《どうもう》な性格の女たちばかりなのに、飢えているときた。今や御内原は腹を空かせた肉食獣だけを集めた檻《おり》だった。

「あの宦官め。たとえ首里天加那志《しゅりてんがなし》がお許しになられたとしても、この私だけは許さん」

　御内原は沈黙の美徳が支配する世界だ。人ひとり消えても表に決して漏れることはない。ましてや寧温は表の世界でも鬼っ子だ。誰も消息を尋ねてくる者などいないだろう。寧温が御内原に入ったときこそ最期だ、と役人たちも女官大勢頭部の暗躍を密《ひそ》かに期待している。しかし評定所筆者は忙しいものだ。寧温は英国船漂着事件に追われて王宮にすらいないことを女官大勢頭部は知らない。

王妃派の女官大勢頭部、国母派の側室、どの勢力も寧温を一様に嫌っている。だったら共闘して寧温を潰《つぶ》せばよいものだが、そこは女の意地がある。女官大勢頭部は寧温を自分の手で仕留めた功績を武器に、再び御内原での支配を盤石にしたかった。

また人影が空中回廊にさしかかる。女官大勢頭部は渾身《こんしん》の力で扇子を投げた。

「お待ち。ここをどこだと思っている！」

風を切って飛ぶ扇子が空中で叩《たた》き落《お》とされた。簪《かんざし》を振りかざして扇子を割ったのは側室のあごむしられだ。

「女官大勢頭部には獲物を渡しませんわよ」

女官大勢頭部が飢えた熊なら、側室のあごむしられは毛並みの荒れた豹《ひょう》だ。自慢の肉体は卵白美容で磨き上げられたものだ。食用以外に卵を使えなくなると、女体に翳《かげ》りが差す。

「あごむしられ様には譲らん。宦官は私が祟《たた》ると決めた」

女官大勢頭部は威圧するように細身のあごむしられに迫る。割って入ったのは貫禄《かんろく》のある声だ。

「いいえ、私が祟ります」

「国母様のおなーりー」

実家の清明祭を阻止された国母は先祖へ顔向け出来ず、その不徳のせいで、このままだと自分の後生《グソー》での居場所がないと真剣に悩んでいた。先祖への手向けに宦官の首ひとつ供えてやらねば死ぬに死ねない。

しかし御内原には国母の穏やかな死後を望まない者もいる。

「いいえ、私が祟ります」

「うなじゃら（王妃）様のおなーりー」

「トゥシビー（生年祝い）もできない王妃など王朝五百年の歴史の中で私くらいのものです」

王妃はこんな屈辱を味わうために王室に入ったわけではなかった。生年祝いどころではない。普段の食事も質素な献立に変えられてしまっていた。

「王宮の中にいるのに、まるで亡命王妃みたいな暮らしには耐えられません」

「母上様、お腹が空《す》いたよう」

「うみないび（王女）様のおなーりー」

王女は食卓が貧しくなったのは飢饉《ききん》が琉球を襲ったせいだと神から託宣を下す始末だ。こんな疎《おろそ》かな霊力では聞得大君《きこえおおきみ》の地位を巡る争いで負けてしまう。王妃はおやつすら娘にあげられない自分が情けなかった。

「寄満《ユインチ》（厨房《ちゅうぼう》）に芋の天ぷらひとつない王室なんて異国に知れたら笑われます。次期聞得大君の王女の身に何かあったらどうするつもりですか」

突然、御内原に我が世の春を満喫するかのような澄み切った声が響き渡った。

「では、妾《わらわ》が馳走《ちそう》して進ぜよう」

「聞得大君加那志のおなーりー」

満面の笑みを浮かべて現れたのは、最強の王族神だ。王妃ですら着るものもままならぬというのに、どこで手に入れたのだろう。聞得大君は最高級の友禅の打ち掛けを羽織っていた。王妃が生年祝いで着たいと切望していた打ち掛けだった。

普段から人を圧倒する容姿を持つ聞得大君だが、今日の豪華さは神がかっている。聞得大君が所轄する大美《おおみ》御殿《ウドゥン》ですら虚礼廃止の煽《あお》りを受けたと聞いていた。大美御殿は前年比の八分の一にまで予算を減らされたはずなのに、これほどの財力があるなんて信じられない。財政構造改革で最も被害を受けたはずの王族神が、女たちの中で一番輝いている。

王妃は悔しくて唇を噛《か》んだ。

「御内原に私の許可なく入ってはならぬとあれほど申しつけたであろう！」

「おや王妃様、そんなこと仰《おっしゃ》ってよろしいのですか？　妾は王妃様を含めてご招待にあがったつもりでしたのに」

聞得大君御殿付きの女官たちが御料理座《おりょうりざ》から豪勢な宮廷料理を運び出してきた。こんな贅《ぜい》を尽くした料理を見るのは久しぶりだ。女官大勢頭部も王妃も王女も反射的に生唾《なまつば》を飲んだ。

「御料理座を勝手に使えばどうなるか聞得大君なら、わかっておろう！」

聞得大君は勝ち誇ったように驕慢《きょうまん》な笑いで応戦する。

「食材は全て妾の金で調達したものじゃ。料理人たちにも十分な謝礼を支払っておる。聞得大君御殿の厨房では足りなかったもので、つい暇そうな御内原の厨房を使わせてもらったのじゃ。皆の者、今日は聞得大君御殿の増築祝いじゃ。女官たちもみんな御殿へ来るがよい」

「行ってはならぬ！　こら、行ってはならぬぞ！」

だが飢えた狐に成り下がった女官たちが従うわけがない。女官大勢頭部の命令など料理の匂いの前では何の効力もなかった。腹一杯食べさせることができる者が今の御内原のボスだ。命令系統を失った女官たちは目先の楽しみに飛びついた。

首里の汀志良次《てしらじ》に構える聞得大君御殿は、かつて政局を動かすこともできた権力者の住居に相応《ふさわ》しい広大な敷地を割り当てられている。王府が所有する不動産の中でも聞得大君御殿は別格である。これまでに御殿は何度も敷地を替えて新築されてきた。それは神殿を建築するのと同じ思想といってもいい。神の住居は非現実的であるほど憧憬《しょうけい》を集めるものだ。

王妃は御殿の門を潜《くぐ》った瞬間、ぺたりと腰を抜かして立てなくなってしまった。目の前に広がる御殿は首里城の正殿にも匹敵する絢爛《けんらん》豪華な建物だった。

「これが、聞得大君御殿――！」

聞得大君が王族の中でも特別な存在であることを王妃は知ってはいた。だが王妃の自尊心が彼女を過小評価していた。初めて訪れた聞得大君御殿を目の当たりにした王妃は、自分の地位が揺らいでいるのを感じた。宗教世界の女王の暮らしは王に匹敵するものだった。清国式の回廊庭園にたゆたう広大な池には石橋までかかっている。池の中央には聞得大君好みの装飾過剰な八角堂があり、舟を浮かべて遊んでいる女官たちの笑い声が聞こえてきた。

「どこにこんな金があったというの……」

「ほほほほほ。ほんの安普請じゃ。もっと大きくしたかったのじゃが、御内原の窮状を思うと、妾の我《わ》が儘《まま》を通すのも気が引けてしまってのう。さあ王妃様、山海の珍味を召し上がれ。この茸《きのこ》は蟻が育てたもので、清国の皇帝陛下も滅多に召し上がれないとか。ほほほほ」

並べられた御膳《ごぜん》は畳が見えなくなるまで様々な料理で埋め尽くされている。女官たちが百人がかりで食べても三日三晩はかかる量だ。女官たちは箸《はし》を迷わせながらがっついた。

「ほほほ。よほど空腹だったとみえる。さあ、王女様も召し上がれ。御内原に帰ったらまた貧乏生活が待っておるぞ。ところで飢饉が琉球を襲ったと託宣を下したとか。次期聞得大君の座を揺るがすす大した霊力じゃ。妾も飢饉でなければ王女様にもっと美味《おい》しいものを差し上げられたのに残念じゃ。ほほほほほ」

国母も娘の聞得大君の絶頂ぶりに圧倒されていた。聞得大君が前王の一王女だったとき、やはり聞得大君の相続を巡って争いが起きたことを思い出した。前王の王妃だった国母も今の王妃のように国母から圧力を受けていた。そのとき自分を助けてくれたのは王女だった聞得大君だ。聞得大君は前の国母に横領の濡《ぬ》れ衣《ぎぬ》を着せ王宮から追い出したのだった。なぜか王女のころから聞得大君は金を巡る陰謀に長《た》けていた。金の苦労など無縁の育ちなのに、金を扱わせると商人以上の才覚を発揮した。

自分の贅沢《ぜいたく》も好きな聞得大君だが、人心掌握のために金を使うのも得意だ。

「国母様、実家の清明祭の予算を削減されたと聞きました。どうぞこれをお納めください」

と差し出したのは銀子十貫文だ。さらに女官大勢頭部の前で女官たちの里帰り費用を肩代わりしてやろうと金を差し出した。

「里の親に会うのに手ぶらで帰すわけにもいかぬじゃろう。妾からの見舞金じゃ」

女官たちは一様に涙目だ。

「私たち一生、聞得大君加那志についていきます……」

「ほほほほほ。女官大勢頭部が甲斐性《かいしょう》なしだから、妾がそなたらの面倒を見てやるぞ」

女官大勢頭部は恥をかかされて卒倒寸前まで昂《たかぶ》っている。御内原の王妃派を目の前で解体されている気分だった。女官たちの忠誠心なんて所詮《しょせん》、金次第でどうにでもなるものだ。

「さあ、御内原の女官たちよ、食べてばかりでは心は満たされぬぞ。観劇で和むがよい」

聞得大君が命じると京劇の衣装に身を包んだ王宮の踊童子たちが庭に現れた。王宮の美少年たちが勢揃いしたのを見て、女官たちの興奮はピークに達していた。男子禁制の御内原では絶対に見られない憧《あこが》れの美少年たちだ。

　真珠を簾《すだれ》の髪飾りにした楊貴妃《ようきひ》に扮《ふん》した嗣勇が恭しく挨拶《あいさつ》を述べる。

「聞得大君御殿のご増築を心からお祝い申し上げます」

　寵愛《ちょうあい》を受けるためならば嗣勇はどの勢力にも与《くみ》する。さっきも清国派の向親方の屋敷で踊ってきたばかりだ。日和見と言われればそれまでだが、王宮の風向きは日々変わるものだ。風さえ吹けばどこにでも現れるのが踊童子であり、踊童子のいるところが王宮の日の当たる場所だ。

　聞得大君が演出した京劇の内容は、御内原風刺劇だった。聞得大君と思《おぼ》しき豪華な女を嗣勇が演じる。そして惨めな化粧をした女形《おやま》はたぶん王妃だ。王妃役の少年が聞得大君役の嗣勇に縋《すが》りつく。

「聞得大君加那志。私は貧乏でトゥシビーもできませぬ」

「うなじゃら様、ご自分の干支《えと》も知らぬのか。どれ妾が占って進ぜよう」

　聞得大君役の嗣勇がもっともらしく占う。そして王妃役にこう告げた。

「うなじゃら様の干支は魚年じゃ。トゥシビーは諦《あきら》めるのじゃ。ほほほほほ」

　そこで観劇していた女官たちが爆笑する。舞台の王妃に鰯《いわし》の頭が与えられる。鰯を一心不乱に貪《むさぼ》り食う王妃に聞得大君は、憑《つ》き物《もの》がついていると言って王宮から出ていくように命じた。

　屈辱的な風刺劇に王妃は卒倒しそうだった。

きた。


「こんな馬鹿な……。王妃の私がここまで愚弄《ぐろう》されるとは……」

「王妃様、お気を確かに。この女官大勢頭部がついておりますぞ」

　舞台に女官大勢頭部に扮した踊童子が現れた。女官大勢頭部は牛の被《かぶ》り物にカカンを巻いた姿になぞらえてあった。牛に引っ張られて王妃が王宮を去って行くと、また爆笑が起きた。

「ほほほ。何と芸達者な踊童子じゃ。そこまでしなくともよかろうに。ほほほほほ」

　聞得大君は神扇を膝《ひざ》で打ち鳴らしてご満悦だ。

　意地悪にはユーモアとウィットがなければならないというのが聞得大君の持論だ。もっともこれをユーモアと感じているのは聞得大君ひとりだけれど。

「のう、女官大勢頭部。そなたも身の処し方を考えておいた方がよさそうだと思わぬか。次の女官大勢頭部は裕福な家の出身者にした方が御内原のためではないか」

「わ、私は、そう思いません。御内原の人事は王妃様がお決めになられます」

　女官大勢頭部は衝動の赴くままに暴れたかったが、挑発にのっては聞得大君の思う壺だ。闘牛のように暴れれば聞得大君に悪霊が憑いていると言われ、ただちに悪霊祓《ばら》いの祈禱《きとう》と称した鞭《むち》打ちの儀式に処せられてしまうからだ。この罠《わな》に嵌《はま》って女官大勢頭部は腹心の女官たちの多くを失ったものだった。

　貧乏な王妃派はこの日、聞得大君の手によってバラバラに解体されてしまった。

「王妃様、お気を確かに。いつかきっと捲土重来《けんどちょうらい》の日が来ます。この女官大勢頭部、王妃様と耐えてみせますぞ……」

女官たちが御内原に戻ると再び貧乏生活が待っていた。ひとつの芋を巡って十人の女が争う想像を絶する飢餓が襲っていた。聞得大君御殿でご馳走《ちそう》を食べた女官たちは、たとえ芋争奪戦に勝利しても大して嬉《うれ》しくない。それでも空腹よりはマシだった。今日も後之御庭《クシヌウナー》では、烏がゴミを漁《あさ》るような凄《すさ》まじい食料争奪戦が繰り広げられている。

「退け退け退け退けーっ！」

ボウリングの球になって並みいる女官たちを突き飛ばしたのは女官大勢頭部だ。芋を三段腹の中に押し込めると女官たちを威圧する。

「うなじゃら様のおやつに手を出すんじゃないよ」

「そんな。うなじゃら様には寄満があるじゃないですか」

「寄満にも食べ物はないんだよ」

三段腹の中から女官大勢頭部の腹の虫が鳴いた。たとえ自分が空腹でも主人の食べ物を確保するのが女官の務めだ。

「そういえば思戸がいないね」

食べ物と聞いたら目がない思戸なのに、後之御庭にいないのが不思議だった。

思戸は女官詰所で布団に籠《こ》もっていた。実は思戸には秘密の食料があった。この前の聞得大君御殿増築祝いのとき、密《ひそ》かに厨房《ちゅうぼう》に入り卵を大量に盗んできたのだ。卵は今では王妃でも滅多に口にすることができない高級食材になっていた。それを思戸は一日一個、ゆで玉子にしたり、玉子焼きにしたり、茶碗蒸《ちゃわんむ》しにしたり、菓子に使ったりと、手を替え品を替え楽しんでいる。

「今日はちんすこうを作っちゃおうっと」

割らないように、見つからないように、大切に卵を守る思戸は、暇さえあれば卵の管理をしている。竹籠《たけかご》に入れた卵は全部で三十個。これでしばらくは食いつなげるはずだった。外での醜い争いを高みの見物にして、思戸は竹籠を抱えて眠った。

余勢を駆った聞得大君はパトロンの海運業者が崇《あが》める弁天堂まで出向いた。白装束のノロたちを従えた行進中みすぼらしい者に容赦ない制裁を与えた。六尺棒が振り回されると人民の悲鳴があがる。残虐な王族神の行く手を阻むものはこの世にはない。

「もっとじゃ。妾《わらわ》はもっと金がほしいのじゃ。この国の全てを支配したいのじゃ」

聞得大君は銀子一千貫文のはした金で満足する女ではない。これからは海運業者を意のままに操り、王国の富の全てを手中に収めるのだ。御嶽《うたき》をあと十倍に増やし、宗教による人心の統治を行う。これが聞得大君が描く琉球の国体保持だ。

弁天堂では海運業者一族が聞得大君を盛大に出迎えてくれた。

「聞得大君加那志、御殿のご増築、まことにおめでとうございます」

「住みよい御殿のお蔭《かげ》で妾のセヂ（霊力）も漲《みなぎ》ったぞ。どれ、航海の安全を祈願してやろう」

勢揃いした王府の巫女《みこ》たちの姿は圧巻だった。まるで国務の祭礼を執り行っているような荘厳な雰囲気だ。いくら富豪とはいえ、民間人の拝みに聞得大君が出てくるなんて聞いたことがない。これは霊験が高いと野次馬たちもありがたがる始末だ。この光景を見た同業の海運業者たちも聞得大君にこぞってお布施を申し出た。

「聞得大君加那志。どうか、どうか、私どもの弁天堂でもご祈願くださいませ。銀子五十貫文、いや百貫文でもお支払いいたします」

「妾は金のために拝むのではない。船の安全は首里天加那志のお心に適《かな》うから拝むのじゃ」

もはや聞得大君に王府の予算など無用だ。聞得大君の霊験の風を受けた船は帆に嘉例《カリー》を孕《はら》み、航海は順風満帆を保証されたも同然だ、とほくほく顔の海運業者が琉歌《りゅうか》を詠んだ。


一の帆の帆中吹き包む御風聞得大君のお筋御風

(帆に吹く風はオナリ神の尊いお風。聞得大君の霊力を受けた神聖なお風である)

聞得大君が航海安全を祈願していた頃、北谷《ちゃたん》の海岸には東インド会社船籍のインディアン・オーク号が無惨に難破していた。上陸したボーマン大尉たちはこれからどうするのか考えあぐねていた。

「ボーマン大尉。朝になったら脱出するんじゃなかったのかね？」

「それは朝飯を食べてからです」

「しかし上級船員には卵と鶏肉を出して、我々の身分を敬っているように見受けられるが……」

「グレンジャー船長。原住民はいつ我々を襲うかわからないのです。私はこれまで何度も危険な原住民たちと遭遇した経験からわかるのですが」

船員たちの多くはボーマン大尉の言葉に耳を貸さない。何度も遭難したことのある船員たちは、これほどまでの歓待でもてなされた経験はなかった。下級船員のインド人たちは、この地が英国よりも遥《はる》かに洗練された文化の国であることを察知していた。原住民たちの身なりは美しく、質素だがインドよりもずっと衛生的で、美意識の高い暮らしをしていた。漂流民を厚遇しても何の見返りもないことを知っていて、それでも手厚くもてなす彼らを本物の紳士だと英国人たちは気づきもしない。言葉は通じないが、原住民たちは足りないものを予測するかのように、次から次へと品を持ち込んでくる。ボーマン大尉の前に出されたのは泡盛だった。これを飲め、と仕草で伝える。一口含んだボーマン大尉は、思わず「旨《うま》い」と唸《うな》ってしまった。ただひとつ不自由があるとすれば、屋敷から外には出られないことだった。ボーマン大尉が立ち上がると、原住民たちが慌てて留《とど》まるように制するのだ。

「これが原住民が我々を監禁している証拠だ。不当な人権侵害だ。英国で裁判にかけてやる」

村人たちが英国人たちに外出は危険だと身振りで伝えている。

「異国の旦那《だんな》様、表に出てはなりません。王府の役人に見つかったら重い罰を受けてしまいます」

村人たちは経験で知っていた。王府の役人は異国人に対して過剰な反応をする。たとえ漂流民といえども、同盟国でなければ生命は保証されない。せっかく助けたのにみすみす殺されることになりかねなかった。

村人たちが連れてきたのは、波之上《なみのうえ》の護国寺にいるベッテルハイム博士だった。ベッテルハイムはキリスト教を布教しようとすると軟禁されるが、医療行為と言えば外に出られる。村人たちは急患が出たと伝えてベッテルハイムに通訳を依頼した。馬鹿正直なベッテルハイムはいちいちキリスト教を布教しに行くと監視の王府の役人に申し出ては却下されてばかりだから、外出するのは久しぶりのことだった。先週、布教しようと強引に町に出たら王府の役人から徹底的な妨害を受けた。これほど激しい宗教弾圧に遭ったのは、世界を旅した中でも琉球くらいのものだ。イスタンブールの方がまだキリスト教徒に優しい町だと思った。

屋敷に入ったベッテルハイムは、久しぶりに会った同胞たちにいたく感激した。

「おお、同志よ。女王陛下はお健やかであられるか」

未開の地に英国国教会の宣教師がいると知って、ボーマン大尉は泡盛を噴き出した。一体この土地はどうなっているのか、実情を知らなければならない。

「ベッテルハイム博士、我々は拘束を受けている。この国の役人に即時解放を要求したい」

「ノー。それは不可能だ。英国人は拘束されることになっている。私はゴコク・テンプルにもう何年も軟禁されているのだ」

「ほら私の言った通りでしょうグレンジャー船長。ここは希望果てる地です」

「王府は英国人を目の敵にしている。キリスト教徒は例外なく異端審問にかけられるのだ」

「異端審問――！」

その言葉にボーマン大尉は絶句する。ベッテルハイムは自分の受けた迫害を事細かに説明した。王府の役人は事あるごとに自分の行動を制限し、逐次上層部に報告していること。民間人と接触しようとすると悉《ことごと》く阻まれること。日々の食事もままならないこと。礼拝を行うと寺の鐘を鳴らして邪魔すること。

「とにかくここは野蛮人が巣くう悪の王国だ。神も見放す地獄の底だ」

「ベッテルハイム博士。我々はどうなるのだ。英国に帰れないのか？」

「無理だろう。そなたたちも私のように迫害を受けて暮らす運命なのだ」

ベッテルハイムの言葉にインディアン・オーク号の船員たちは絶望した。言葉も通じず、心のよりどころの宗教さえ奪われ、極東の島嶼《とうしょ》国で命果てるくらいなら、いっそ嵐の中で海の藻《も》屑《くず》と消えた方がまだ英国紳士としての尊厳が保たれた。

村人はせっかく言葉のわかるベッテルハイムを連れてきたのに、彼らが意気消沈していく様に戸惑うばかりだ。彼は何を話したのだろうか。それでも彼の通訳を頼りにしなければならない。

「ベッテルハイム様、船の積み荷は私どもで回収するからご心配なくとお伝えください」

「船の積み荷を押収するそうだ」

「なんということだ。いっそ略奪してくれ。積み荷が奪われるのを黙って見てろというのか」

「ベッテルハイム様、この屋敷にいるといずれ王府の役人に見つかります。新しい小屋を建ててあげたいとお伝えください」

「おまえたちはもうこの屋敷は使えない。牢《ろう》を造り投獄すると言っている」

「ついに本性を表したか。グレンジャー船長、これが世界だ。これが未開部族の正体だ」

「ベッテルハイム様、なぜ彼らは怒っているのですか？」

「被災者によく見られるパニック発作だ。まだ現実を受け入れられないようだ」

英国人たちは暴動寸前まで昂《たかぶ》っている。どうもてなせば安心してくれるのか、村人たちも困り果ててしまった。すると見張りについていた仲間が血相を変えて報《しら》せにやってきた。

「大変だ。王府の役人が現れたぞ！」

「いかん。何としても追い返せ」

浜辺でバラバラになったインディアン・オーク号の残骸《ざんがい》を見つけた寧温と朝薫は、大変なことになったと青ざめていた。異国船との不規則な接触は琉球の立場を危うくする。

松林の丘から浜辺を見下ろしたふたりは、何から手をつけていいのかさえわからない。

「これを清国が知ったら絶対に介入してくるぞ」

「薩摩も同じです。積み荷を全て押収されてしまいます」

「彼らを何とかして英国に送還する方法を考えなければ……」

朝薫が漂流物を捜索すると言って寧温から離れたときだ。農具を持った百姓たちが奇声をあげて寧温に襲いかかった。

「王府の役人は出て行け」

「そうだ。この村の間切倒《まぎりだおれ》を放置した怨《うら》みは忘れないぞ」

「漂流民の身柄は絶対に渡さん」

村人に襲われ咄嗟《とっさ》に身をかわした寧温は浜辺に尻《しり》をついてしまった。

「お待ちください。私は漂流民を保護しに来たのです。きゃあああっ！」

頭上に掲げられた鍬《くわ》が寧温に振り下ろされそうになる。その瞬間、一陣の風が吹いた。風の中から現れたのは、いつか三重城《ミーグスク》の頂で琉歌を詠んでいた薩摩の青年武士だ。

「孫親雲上、危ないっ！」

刀をしなやかに振りかざした雅博は、鍬の柄をいとも容易《たやす》く弾《はじ》き飛ばした。鍬が空中を舞っている間に雅博は村人の輪を次々と切り崩していく。雅博の動作は寧温の目でも追えない速さだ。背中を見せたかと思うと次の瞬間には居合いの体勢に入り、新しい標的に狙いを定めている。まるで刀が意志を持ったように宙を舞っているようだ。雅博が立てる袖《そで》の音は一時も止まることがない。

「これは示現流《じげんりゅう》——！」

噂で聞いたことがある薩摩の秘奥義の剣術を初めて見た寧温は、舞踊の一種のように感じた。剣と剣を鳴らして組み合うのではなく、一撃のうちに勝敗を決めてしまう電光石火の剣術だ。前後左右へ一足で飛んでいく雅博の姿は燕《つばめ》が宙を自由に舞っているようだ。なんというスピードだろう。彼だけ時間を早めたような動きだ。立ち上がろうとしている自分が年寄りの仕草に思える。

「孫親雲上、後ろに気をつけて」

背後から襲いかかってくる村人がスローモーションのように捉《とら》えられた。身をかわさなくてはいけないのに、体の反応が鈍い。押し倒されると目を瞑《つむ》った瞬間、体がふわりと宙に浮いたではないか。目を開けたら雅博は自分を懐に抱えて、剣を風に泳がせていた。まるで自分まで風になったような気分だ。ふわりふわりと浮く自分の影が砂浜に落ちるのを見ていると、空を飛んでいると錯覚してしまう。

「雅博殿、村人を傷つけてはいけません」

胸元から見上げた雅博の首筋は花の茎のように流麗に伸びていた。細身に見えた雅博だが、胸元は上半身を預けられるほど広い。手がしっかりと腰を抱えているお蔭《かげ》で、振り回されても全然怖くなかった。むしろ輿《こし》に乗っているよりも安心だった。そしてまたあの雛《ひな》の鳴き声を聞いた。心の中の真鶴はずっとこうしていたいと望んでいる。

「いけない。雅博殿。もう下ろしてください！」

やっとの思いで真鶴を封じ込めた寧温は息があがっていた。見渡すと浜辺には雅博に倒された村人たちが呻《うめ》き声《ごえ》をあげている。

「刀背打《みねう》ちです。誰も殺《あや》めてはいません」

雅博は鞘《さや》に刀を戻すまでに息を整え、涼やかな気を纏《まと》っていた。

「寧温。おーい。寧温。大丈夫かーっ！」

騒動に気づいて駆けてきた朝薫が寧温を介抱する。悲鳴を聞いて真っ先に駆けだしたはずなのに、着いたときにはもう決着がついていた。朝薫が一歩駆けるたびに敵が一人倒されていく早技だった。刀の光が瞬きのように浜辺を照らし、太刀捌《さば》きが連続音にしか聞こえなかった。

朝薫は雅博を見るや、烈火の如く怒った。

「貴様、琉球人を居合いの的にしたな！」

「誤解です。私は孫親雲上が危なかったので助けただけです」

朝薫は袖をたくし上げて雅博に拳《こぶし》を振り上げた。

「なぜ薩摩の役人がここにいる。御仮屋《ウカリヤ》の管轄外だぞ」

雅博は逆手で朝薫の腕を取り、御免と呟《つぶや》いて組み伏せた。雅博は相手の気に合わせるのが上手《うま》い。傍目《はため》には朝薫が勝手に転んだように映ってしまう。

「朝薫兄さん、違うんです。雅博殿は私を助けてくれたのです」

「嘘だ。こいつはぼくの邪魔をしたんだ。ぼくだって助けられたんだ」

砂浜に組み伏せられた朝薫は必死に藻掻《もが》いている。雅博は決して力を入れているわけではないのに、力点を封じられて身動きが取れない。

「雅博殿、おやめください。朝薫兄さんを離してあげてください」

「失礼した。喜舎場親雲上」

解放された朝薫は悔しさで鼻を真っ赤にしている。駆け出すまで村人が敵だったはずなのに、到着したら雅博が敵になっていた。

「示現流がなんだ。刀を持っていれば誰だって強いさ」

寧温は襲われた動揺よりも、心の蓋《ふた》がまた開きそうになったことが怖かった。助けられた礼を言いたくても、雅博の目を見ることができない。雅博に抱えられた腰が手の形を残して熱くなっている。寧温は何か体の中の脆《もろ》いものに罅《ひび》が入った気がした。薄い卵の殻が割れたような得体の知れない感覚が体の中にある。

「なぜ御仮屋の役人がここにいるのですか？」

「馬親方の報告を受けて現地を視察しに来た。この事件は我が藩にとっても重大な事件だ。針路を間違えば薩摩に漂着してもおかしくない出来事だ」

鎖国している日本に異国船が漂着することは断じて許されない。しかしいくら鎖国しても外洋は列強の船が往来し日本を通過していく。薩摩としても対処法を講じておかねばならない時期だ。インディアン・オーク号事件は薩摩のモデルケースとして標的にされてしまった。

「薩摩はどう対処する所存ですか？」

雅博は言いにくそうに俯《うつむ》いた。

「実は、奴隷にしろと在番《ざいばん》奉行殿は命じた。英国の情報を得る千載一遇の機会だと……」

「奴隷？　彼らが何をしたというのですか？　災害に遭った漂流民を奴隷にするなんて！」

「ほら見ろ。これが薩摩のいつものやり方だ。奴隷迫害の汚名を琉球に着せて、自分たちは清廉潔白な顔をして利益だけを横取りするつもりだ」

「私は反対なのだが……」

「異国で刀を振り回しておいて自分だけ聖人君子気取りかい？」

「朝薫兄さん、言い過ぎです。雅博殿はそんなお方ではありません」

「寧温、助けられたからといってなぜ薩摩の役人を庇《かば》う。なぜだっ！」

寧温がおろおろとうろたえてばかりいるのが気に入らない。

「王宮でぼくたちは琉球派だと誓ったばかりじゃないか。今のきみは薩摩派の役人みたいだ」

「ちがいます！」

カッとなって朝薫の頬を叩《たた》いた。寧温は興奮してつい涙を零《こぼ》してしまった。

「私の、私の志はそんなものではありません。私の魂はどこにも売りません」

寧温の涙に朝薫も雅博も息を呑《の》む。大きく揺れる瞳《ひとみ》から大粒の涙が零れ落ちそうだ。

「私は漂流民を救いたいだけです……。薩摩も清国も関係ありません……」

そう言った後、浜に清国の役人と向《しょう》親方一派もやってきた。こうやって清国人と薩摩の人間が出くわすことは異例のことだ。お互いの存在を認識してはいても、国家の体面上知らぬふりを決めているのが慣例だった。

清国の役人はやってくるなりこう告げた。

「英国人を拿捕《だほ》し処刑せよ」

「内政干渉だ。琉球は断固拒否する」

「我が国は琉球の宗主国である。清が阿片《あへん》戦争で英国に香港を奪われたのを知っておろう。親の敵は子の敵も同然である。それとも何か。今度は宗主国を英国に鞍替《くらが》えするつもりか？　おまえたちの二枚舌、いや三枚舌には呆《あき》れてものが言えぬ。さあ英国人の身柄を引き渡せ」

寧温は向親方を前に一歩も譲らなかった。

「英国船漂流事件は会議に出席しなかった役人たちの出る幕ではありません。会議に出席しなかった者は上官の決定に従うのが王府の慣例。馬親方の屋敷に行った役人も向親方の屋敷に行った役人も、私に全権を託すと決めたのです。異議があるなら評定所の僉議《せんぎ》に上訴なさい。それがこの国の法の手続きです。法の番人の評定所筆者ならそうするべきです」

正論を突かれた向親方はぐうの音も出なかった。評定所の僉議《せんぎ》とは琉球の最高裁判所のことだ。国務における最重要事項を摂政《せっせい》と三司官で審理し王が裁可する。

「この件は評定所の僉議の裁可を待って行います。それまでの間、三者は英国人の身柄に関して保留することにします。薩摩も英国人を奴隷にせず、清国も英国人を処刑しない代わりに、私も英国人の送還を行いません」

向親方は捨て台詞《ぜりふ》を吐いた。

「よし、この場は引き下がろう。ただし評定所の僉議が我らに与《くみ》した場合、おまえには王宮を離れてもらう。朝薫、おまえもだ。せっかく目を掛けてやったのに儂《わし》を裏切るとはとんだ自信家だ。お父上も泣いているぞ」

朝薫は何も言い返せなかった。

取りあえず今日の所は三者とも英国人と接触しないということで浜で別れた。雅博はこれでよいとホッと息をつく。琉球の評定所筆者は凄腕《すごうで》の交渉人と聞いていたが、噂以上の辣腕《らつわん》だ。異国人の薩摩や清国人を丸め込むばかりか、自分の上司をも巻き込んで出足を封じてしまった。孫寧温は一体どういう人物なのだろう。少女のような可憐《かれん》な顔立ちに似合わず、能力は幕府の重臣たち以上だ。雅博は寧温を抱き上げたとき、強烈な百合《ゆり》の香りが漂ったのを思い出した。

「なぜだろう。胸が疼《うず》く……」

黒い瞳を揺らして訴える寧温を思い出した雅博は邪念を振り払った。

「異国で甘美な情緒に浸ることはよくあることさ……」

しかし雅博は無意識に浜で寧温の姿を探していた。

寧温は小走りに厠《かわや》を探していた。浜で交渉をしていたときふと褌《ふんどし》に違和感を覚えた。暴漢に襲われたとき失禁したのかもしれないと思ったが何か変だ。全く覚えがないのに粗相をしてしまうなんて初めてのことだ。

——まさか、これは!?

厠で真鶴が現れた証拠を見つけたとき、寧温は目の前が真っ白になった。雅博に抱きかかえられた瞬間に割れた卵の殻の感覚はこれだったのだ。下着に残るささやかな真鶴が現れた証《あかし》。これから毎月毎月、真鶴が体を奪いにやってくる。そう思うと体が震えて止まらなかった。

「真鶴、お願いだから死んで！　もう私を困らせないで……」

寧温は処置の仕方もわからずにただただ狼狽《うろた》えていた。

一方、ぽつんとひとり浜辺に残された朝薫は、四面楚歌《しめんそか》の心境だった。寧温と一緒に笑いたかっただけなのに、なぜこんな寂しい思いをしているのかわからない。雅博に寧温が抱きかかえられた瞬間、直感的に奪われたと怒りを覚えた。なぜそう思ってしまったのか。

この身のいかがわしさが恨めしくてならなかった。

さっき漂着物を探そうとしたとき濡《ぬ》れた足場は引き潮に変わっていた。

潮時見ち渡れ浮世漕ぐ小舟たとひ波風や立たぬあても

(世の中の海は機を見て渡れと人は言うが、引き潮のときに舟を漕《こ》ぐのは愚かだろうか。ぼくにはそういう器用な生き方はとてもできない)

評定所の僉議が開かれたのは六年ぶりのことだった。琉球の裁判は刑事事件や民事事件を平等所《ひらじょ》で扱い、政策に関わる審理を寧温たちのいる評定所が行う。通常は、この二つで十分機能する。だが、これらでも賄えない国家の最重要事項の審理が評定所の僉議に預けられる。この評定所の僉議は摂政、三司官、そして王の最高権力者たちが意見を闘わせる。書院に呼び出された三司官たちは評定所僉議と聞いて身が強《こわ》ばる思いがした。ここまで来る案件はたいてい誰にも解決できないものと相場が決まっていた。

「評定所の僉議にかけるとは上訴権の濫用ではないか」

「評定所の僉議にならないように気をつけるのが評定所筆者なのに」

「馬親方と向親方が対立しているとあってはもはや評定所の僉議しかないだろう」

薩摩派と清国派が対立するのは王府を二分することに繋《つな》がる。双方の勢力が拮抗《きっこう》するから王府はバランスの良い外交ができる。清国も薩摩も共に無視できない大国だ。どちらかの勢力が優位に立つということは、現実世界でどちらか一方の国が琉球を支配していることになり、結局王府の存続が危ぶまれる。

「評定所の僉議を上訴したのはあの宦官《かんがん》とか？」

「道理で。馬親方も向親方も宴会の予算を削減されたからな」

「だから財政改革には反対だったんだ。眠っていた虎を起こしてしまったようなものだ。適当に酒を呑ませて眠らせておけば争うこともなかったのに」

　三司官たちは薩摩にも清国にも同様に気を遣わなければならない審理に早々から気が重かった。評定所の僉議は王府の外交政策の指針になり、時代を読み間違えると王府は空中分解してしまう。今正しいことが、十年後の失政とならないようにできるだけ慎重に審理しなければならない。

　王を迎えて六年ぶりの評定所の僉議が始まろうとしていた。外交政策における僉議としては尚育王《しょういくおう》も初めての経験だ。王が咳払《せきばら》いをした。

「三方の主張から整理せよ」

「御意。首里天加那志。まず薩摩は英国船を拿捕し、船員を奴隷にせよと主張しております。これは来る将来、列強の幕府進出に向けて情報収集をしようという魂胆があります」

「首里天加那志。清国は英国船の乗員を処刑せよと主張しております。阿片戦争で英国に負けた報復をすることで、冊封使様が皇帝陛下への手土産としたい狙いがあると思われます」

「首里天加那志。最後は評定所筆者主取《ぬしどり》の主張でございます。漂流民の保護は海洋国の責務。たとえ同盟国でなくても品格のある処遇をするのが琉球の示す人徳の道と説いております」

王は異国に内政干渉されることには慣れていたから、薩摩と清国の主張はいつもの暴論で大して驚かない。双方の主張を満たすためにあれだけ難しい科試が琉球にはあるのだ。

「なぜ評定所筆者たちでこれがまとまらなかったのか？　科試を解いた者たちならば再科《さいこう》程度の難易度であろう」

「実は首里天加那志。評定所筆者主取の招集に筆者たちが集まらなかったのでございます」

「聞けば、馬親方と向親方が同じ日に会議を行ったようでございます。どうやら派閥抗争の場に用いられたようです」

「評定所筆者主取の争点はここにあります。会議の欠席者は上官の決定に従ったとみなすのが慣例であると。即ち、評定所の会議では清国派も薩摩派も主張をしなかったも同然であると」

「なるほど、筋が通っておる」

「ただ阿片《あへん》戦争における清国の傷は計り知れないほど深いのが懸念材料です。当然、清国に恩を売っておくのが外交上の得策だと思われます」

「しかし王府は同時に薩摩に多額の借入金があり、利息の返済にも困っております。薩摩の主張を汲《く》み取ることで薩摩の態度を軟化させ、返済を待ってもらうのも交渉の戦術でございます」

「しかし英国民を外交の材料に使うと、英国を怒らせてしまうことにもなりかねません。今や真の世界の覇者は大英帝国でございます。漂流民を殺したりすれば英国に琉球を攻め入る口実を与えることにもなりかねません」

王と三司官は深い溜息《ためいき》で頭を抱えた。三国とも影響力のある国だ。十年後どの国が琉球を支配していてもおかしくない。今の答えと十年後の答えが一致するのはどれか？

北殿では馬親方と向親方が判決を苛立《いらだ》ちながら待っていた。判決文次第ではどちらかが出世コースから外れることになる。

「在番奉行殿のお顔を潰《つぶ》せば借入金が減らされることを考慮しない首里天加那志ではない」

「冊封使様《さっぽうし》には吉報を待てと言った手前、何としても勝たねばならぬ」

そして二人とも口を揃えて寧温を罵《ののし》った。

「まったくあの玉無しさえいなければ、こんなことにはならなかったのに！」

大広間では寧温がいつものように業務の候文をしたためていた。

「寧温、きみは怖くないのかい？」

「別に。朝薫兄さんはどうして怖がるんですか？」

「だって王宮を追い出されるかもしれないんだよ」

「もしそうなれば私は去ります。首里天加那志の意志は琉球の国家意志ですから」

そういうと寧温は厠に行くと席を立った。真鶴の印のせいなのだろうか、頭が曇っているような気分がする。女であることはかくも鬱陶《うっとう》しいものなのかと苛立ちを覚えた。

王宮は評定所の僉議《せんぎ》の審理待ちで、誰もが息を潜めたように静まりかえっていた。結果次第では去る者と残る者が決まる。順風満帆に出世街道を邁進《まいしん》していても、風向き次第で奈落《ならく》の底に墜《お》ちるのが王宮勤務だ。今さら地方勤務なんて御免だった。

久慶門の多嘉良はしょんぼり酒を呑《の》んでいた。

「寧温が追い出されたら、儂《わし》も出て行かされるんだろうなあ……」

漏刻門《ろうこくもん》の太鼓が申《さる》の刻を告げた。書院から三司官達が出てくる。いよいよ評定所の僉議の結果が発表されるのだ。三司官が判決文を読み上げた。

僉　議

英船漂着一件ハ御当国専轄之国事ニ拘御難題之議ニ付、専評定所案件可為候。依之評定所寄合被召行致詮索候処、其場居合不申面々之趣意、主取孫親雲上之思様ニ被預置事と被致合点、御国元幷唐之御意念遣ニ而ハ候得共、埒外ニ可有之と被存当候。

主上依裁可、英船一件ハ孫親雲上如差配仕立船を以送還可有之候議、得策と致落着候事。

当事者たちが口々に呟《つぶや》く。

「英国船漂着事件は、我が国の管轄の問題であり、重要な事項につき評定所で処理をするように命じた——だから儂の屋敷で会議したんじゃないか！」

「評定所によって招集がかけられたのに、その場に居合わせなかった者の意見は、孫寧温の意見と同じということである——げっ。なんか雲行きが怪しいぞ……」

「薩摩と清国の意見は大変重要で尊重しなければならないが、この件に関しては当事者ではない。王の判断を仰いだところ、英国船事件は孫寧温の采配《さいはい》通り、船を建造し送還することがもっとも妥当であると判断した——いやっほう。寧温、きみの主張が通ったよ！」

評定所の僉議で言い渡された判決文は寧温の完全勝訴だった。薩摩も清国もこの英国船漂着事件に関しては、一切介入してはいけないと王命が下された。馬親方も向親方も評定所の僉議の結果とあらば従わざるを得ない。この機に乗じて寧温を王宮から追い出せると思っていたのに、あてが外れてしまった。

「朝薫兄さん、遺留品の捜索をお任せいたします」

「わかった。寧温は船の建造の手配を頼む。これで英国人の命が助かったぞ」

「当然のことです。漂流民の命を政治の駆け引きに使うなんて卑怯《ひきよう》ですから」

寧温はさっそく北谷の村に向かった。

英国人船員をしきりに脅していたのは、ベッテルハイムだ。これからおまえたちは異端審問にかけられるのだと、日頃の王府への怨《うら》みを晴らしている。数年前、語学の師だったベッテルハイムに会ったとき寧温は女だった。だが今は素性を隠している。寧温は正体を見破られないように慎重に声色を変えた。

"I am a high commissioner of the Kingdom."

(評定所筆者の孫寧温です)

訛《なまり》のない完璧《かんぺき》な発音に英国人たちが水を打ったように静まった。現れた役人の幼さにも驚かされたが、英語を話せる原住民がいることが何より信じられない。今まで原住民とはマレー語から広東語《カントン》に訳し、何とか意思の疎通を図っていたのに急に障害が取り払われて呆気《あっけ》に取られた。

ボーマン大尉が寧温の目線まで腰を下げた。

「ははは。英語だ。完璧なクイーンズ・イングリッシュだ……」

「はい。国王の名において、皆様を英国へ送還いたします」

ウェールズ訛のあるグレンジャー船長よりも明瞭《めいりょう》な発音に、ボーマン大尉が苦笑した。まるで英国貴族のような風格のある発音だ。とても東洋人が喋《しゃべ》っているとは思えない。

「それで、私たちをどうやって送還するというのだね。船はもう壊れてしまった」

「皆様の扱いは朝貢国同士の漂流民協定に準じて行われます。まず積み荷を全てお返しいたします。同時に新たな船を建造し、皆様を広東まで送り届けます」

「幾らで？」

こんな都合の良すぎる話は聞いたことがない。少なくとも契約書を結び最低限の費用を東インド会社が負担するのが筋だとボーマン大尉は思う。しかし役人はお金はいらないと申し出た。

「王府は漂流民と契約を結ぶことはありません。新造船は無償で与えます。それと航海に必要な食料や水、物資についても無償です」

「どんな裏がある？　英国はどの国とも取引しないぞ」

「裏などありません。王府の行政機構において無償で与えます。我が国の海事法ではそう規定されております」

「我々は総員七十人だ。これだけの人数を運ぶ船を造るとなると少なくとも半年はかかる」

「いいえ、四十日もあれば十分です。我が国の造船技術ではインディアン・オーク号と同じ規模の船を造るのには、さして時間はかかりません」

「四十日！　どんな魔法を使えばそんなに早く船が造れる！　欠陥品だったら承知しないぞ」

「船の材料に不満があれば、申し出てください。さらに船が不適当だと思うのでしたら、お断りくださって結構です。もう一度、気に入るまで造ります」

「条件が良すぎる。清国に奴隷として売るつもりじゃないのか？」

「この件に関して清国は一切干渉いたしません。全ての責任は王府にあり、皆様が広東にたどり着くまでの間、琉球人が同乗し水先案内いたします」

朝薫が朗らかな声でやってきた。

「寧温、これから遺留品の捜索を行う。積み荷の保管場所を決めてくれ」

ボーマン大尉が外に出ると、海上には百艘《そう》あまりの漁舟が浮かんでいた。住民総出で遺留品を捜索してくれるらしい。手伝おうとボーマンが名乗り出たが、これは王府の仕事だといって断られた。

「皆様の新たな宿舎を建設中です。上級船員は北の棟をその他の方は東の棟をお使いください。食事も水も寝具も全て揃えてあります」

宿舎に行くと豚や鶏などの家畜小屋まで全て完備されていた。住民たちの扱いも格別だったが、王府の計らいは上質なホテルのサービス以上だ。何と身分に応じた浴場まで用意されていた。

海底と座礁した船から回収した遺留品は全てボーマン大尉たちに引き渡された。驚くことに酒やグラス、貴金属の部品にいたるまで誰も盗もうとはしなかった。

彼らは一体何者なのだろう。親切にすることで自分たちに譲歩を求めているのだろうか？

そんな寧温にベッテルハイムが近づいた。英語を話せる人間は王府に何人かいるが、ここまで自然な英語を使えるのは、語学の天才のベッテルハイムが会った中でもひとりしか知らない。

しかし確信が持てなかった。護国寺に出入りしていた御用聞きの子が成長したとしても、年頃の娘だからだ。

浜で陣頭指揮をしている寧温にベッテルハイムが敢《あ》えてドイツ語で話しかけた。

„Vielleicht Mazuru, nicht wahr?"

（おまえは真鶴じゃないのかい？）

少年役人は悲しそうに目を伏せて首を振った。

„Nein. Nein. Nein.…"

ベッテルハイムはわかったよと優しそうな目で何度も頷《うなず》いた。

王府が建造した新しい船は、清国式のジャンク船だ。竜骨と隔壁構造を持つ船は、インディアン・オーク号よりも構造的に優れている。これでちょっとした嵐でも沈没することはないだろう。読谷村《よみたんむら》の河口で建造中の船は、急拵《きゅうごしら》えとは思えないほど美しい船で、防水剤の黒色が琉球人の瞳《ひとみ》のように艶《あで》やかだった。

王府は本当にたった四十日でインディアン・オーク号以上の船を建造してしまった。

「私たちから英国式のお礼をしたい」

と申し出たのはボーマン大尉だ。これほど温かい施しを受けて彼らを疑うなんて英国紳士の名が廃る。世界はボーマン大尉が知る以上に広かったのだ。極東の海の果てには心優しき民が住む地上の楽園があった。

「私たちは最初、この国を野蛮な国だと決めつけてしまった。それが何よりの後悔だ。最初に感謝していたら、私たちの滞在中は毎日、喜びで満《み》ち溢《あふ》れていただろう。ハイ・コミッショナー・ソン、私たちの傲慢《ごうまん》と非礼を許してくれ」

寧温はこれは人として当然の行いだと言った。

「もし英国で我が国の民が漂流したとき、同じようにお返ししてくれるものと信じております。決して略奪せず、襲わず、殺さず、奴隷にせず、深い哀れみを以《もっ》て琉球の民をお救いください」

「もちろんだ。女王陛下に琉球の国家としての素晴らしい品格を報告しよう。しかし私たちは今、お礼がしたい。何なりと申しつけてくれ」

寧温はどう言えば、特別なことをしているわけではないと納得してくれるのか考えて、そっと耳うちした。

「大きな声では言えませんが、こんな話をご存じですかボーマン大尉？」

寧温は英国人になじみの深い逸話を話してやった。

「ある人がエルサレムからエリコに下っていく途中、強盗に襲われた。彼らはその人の着物をはぎ取り、打ちのめし、半殺しにしたまま行ってしまった。すると一人の祭司がたまたまその道を下ってきたが、その人を見て道の向こう側を通って行った。また同じく、ひとりのレビびとがそこを通りかかったが、その人を見ると、レビびとも道の向こう側を通って行った。ところが旅をしていたあるサマリア人が、その人のそばまで来て、その人を哀れに思い、近寄って、傷口に油と葡萄酒《ぶどうしゅ》を注ぎ、包帯をしてやった。それから自分のろばに乗せて宿屋に連れて行き、介抱した」

ボーマン大尉はどこかで聞いたことのある話だと記憶を探っている。

寧温は続けた。

「その翌日、サマリア人はデナリ二枚を取り出して、宿屋の主人に渡し、『この人を介抱してください。費用がもっとかかったら、帰ってきたときに支払います』と言った。さてあなたはこの三人のうち、誰が強盗に襲われた人に対して、隣人として振る舞ったと思うか。律法の専門家が、『哀れみを施した人です』と言うと、イエズスは、『では、あなたも行って同じようになさい』と仰せになった」

ボーマン大尉は一本取られたと恥ずかしそうに笑った。

「まさか聖書を諳《そら》んじているとは思わなかった。そう、それは子どもの頃に礼拝で聞いたことがある。確か『善きサマリア人』だ」

「ルカ十章です。でも内密に。我が国ではキリスト教は禁じられているのです。お礼の代わりに黙っていてください」

寧温は悪戯《いたずら》っぽく笑った。

「あなたは桁外《けたはず》れの人間だ。語学にも宗教にも政治にも明るい。何より人として輝いている。極東の果てには聖人がいたと女王陛下に伝えておこう」

ボーマン大尉は初めて村人に会ったとき、彼が深い哀れみの眼差《まなざ》しを浮かべたのに無視してしまったことを恥じた。自分がもっと敬虔《けいけん》なクリスチャンなら、すぐに善きサマリア人の逸話を思い出したはずなのに。

「ハイ・コミッショナー・ソン、どうやら私は旅の途中で大切なものを落としてきたようだ。この国に漂着したのは神の思《おぼ》し召《め》しだ。人として大切なものを取り戻して帰れるのだから」

ボーマン大尉の提案で新造船は『琉球号』と名づけられた。受領するときボーマン大尉は女王陛下の名において、受領書にサインをした。

北風の吹いた穏やかな日、琉球号は広東に向けて出航した。ボーマン大尉は赴任地のカルカッタの地から上官に手紙をしたためた。

Calcutta. Sept. 10th

My Dear Sir:

I can only assure you of the interest I must ever feel in the welfare of those excellent people of the Great Loochoo Islands ; their great hospitality and kindness to myself and ship-mates, when thrown shipwrecked and naked on their coast ; those kind-hearted men received us as friends ; clothed, fed and housed us ; built a vessel of about one hundred eighty tons sufficiently large (with an ample supply of provisions and water) to convey us to Canton. I shall ever consider that a heavy debt of gratitude is due by me, and all those who were, by the wreck of the Transport "Indian Oak", thrown their bounty.

Yours very sincerely,

J.W.Bowman, (late Mate, Royal Navy.)

［九月十日　カルカッタ発

拝啓、私があの優れた美点を持つ大琉球の人々の幸福を常に考えなければいけないと、関心を持っていることだけは、はっきりと申し上げられます。難破して海岸に裸同然に投げ出されたとき、彼らは私と船の仲間に対して大いなるもてなしと親切心を示してくれました。即ち、この情深い人たちは我々を友人として迎え入れてくれて、衣服、食料、家を与え、我々を広東に乗せて行くのに十分大きい一八〇トンもの船を建造し、食料と水も十分積み込んでくれたのです。インディアン・オーク号の難破によって彼ら住民の博愛心にすがった私と皆の者は、深い恩義をこうむっているものと常に考えております。

敬具

J・W・ボーマン　元英海軍一等航海士］

しばらくして尚育王の許《もと》に英国のヴィクトリア女王から感謝状が届いた。彷徨《さまよ》える同胞を格別の厚情を以て遇してくれた琉球に礼を述べた女王は、慈悲深く教養高い王府のハイ・コミッショナーにナイトの称号を授与すると綴《つづ》った。

＊

聞得大君の航海安全の祈願が通じたのか、王国の海は、極めておだやかになっていた。

英国人を無事に広東まで送り届けることができたのは、聞得大君の霊験だと民は噂した。

聞得大君は海運業者の支援を受けて、今日もご満悦だった。王府の予算以外の独自の集金システムを構築した彼女は、これからいちいち財務担当の御物《おもの》奉行に予算案を通す必要はない。予算を削減して回る宿敵の評定所筆者の決裁もいらない。

聞得大君はまず虚礼として廃止された大美御殿《おおみウドウン》の年中行事を復活させることにした。王家の冠婚葬祭を司る大美御殿は御内原管轄だが、式典を執り行うのは王族神・聞得大君である。この大美御殿は王室を連携させる部署で聞得大君御殿とも繋《つな》がりがある。聞得大君が御内原に介入するのに都合の良い部署だった。

「王妃様のトゥシビーの件じゃが、盛大に行うよう取り計らうのじゃ。資金はこれじゃ」

と銀子三十貫文を女官にもってこさせた。女官が現れた途端、聞得大君が怪訝《けげん》そうな顔をした。

「そなた室《むろ》に入る時期じゃろう？　下がれ、下がるのじゃ」

「聞得大君加那志、申し訳ありませんでした」

聞得大君は血の匂いに敏感だ。彼女は穢《けが》れることを極端に嫌がる。御殿の女官たちは月の報《しら》せが来ると、別室に籠《こ》もって物忌みをしなければならない決まりだった。不浄の者が現れると彼女の霊力に翳《かげ》りが差す。聞得大君は浄化された空間の中でしか生きていけない王族だった。

「まるで躾《しつけ》がなっておらぬ。教育係の勢頭部は何をしておるのじゃ」

穢れた女官を追い払った聞得大君は、香を焚《た》けと命じた。身分の低い女官ごときに穢されて聞得大君はもう機嫌が悪い。もっとも機嫌が悪い方が彼女らしいのだけど。機嫌を戻すには何か楽しいことを考えるのが一番だ。聞得大君の楽しみは御内原いじりである。

「そうじゃった。この銀子で王妃様のトゥシビーを催しておやり」

「聞得大君加那志、よろしいのですか？」

大美御殿の役人の長である大親《ウフヤ》は聞得大君の真意が摑《つか》めない。王妃を苦しめたいなら兵糧責めが一番なのに、敢《あ》えて願いを叶《かな》えてやるとはどういう了見なのだろう。

「ただしトゥシビーの上座には妾《わらわ》が座る。料理も式典も妾が決める。祝いの品はこれを出そう」

そう言って御殿増築祝いのときに着た友禅の打ち掛けを見せた。御内原の女官たちはこれが聞得大君の打ち掛けだと知っている。これを着させられる王妃は聞得大君の傀儡《かいらい》に映るだろう。

『ああ、そういうことか』

と大美御殿の大親は納得した。要するに聞得大君は意地悪大会の無期延長戦をやりたいだけなのだ。圧倒的優位の立場から弱者を徹底的にいじめ抜くのが御内原の女たちの楽しみだ。

「王妃様が気に入らぬというならトゥシビーは中止じゃ。妾が金を出すのじゃ。王妃様の思い通りにはさせぬ。妾の施しなくして王妃様は存在できぬことを知らしめすよい機会じゃ」

『はいはいはいはい。あなたはそういう人でした』

聞得大君に恭順の意を示して生年祝いを行うか、逆らって祝祭とは無縁の王室人生を歩むか、ジレンマに陥った王妃の姿が思い浮かばれる。

聞得大君はこまめな意地悪も好きだが、権謀術数のダイナミズムを扱うのにも長《た》けている。風が吹き潮が満ちたときに船を出すタイプだ。潤沢な資金がある今こそ、打って出なければならない。琉球が戦乱の世であれば、きっと聞得大君は清国にも派兵する女帝として君臨していただろう。

「大あむしられ（上級ノロ）達をここへ寄越《よこ》すのじゃ」

聞得大君の手足となって動くのは王府が管理する御嶽《うたき》の神女たちだ。王府の位階制度と同じく、神女たちも聞得大君を頂点とする階級制度の中にある。大あむしられと呼ばれる神女たちはいわば表の世界の三司官に相当する重鎮だ。

聞得大君の命により老練な大あむしられ達が集まった。

「馬天《ばてん》ノロの勾玉《まがたま》の捜索は進んでおるか？」

「畏《おそ》れながら聞得大君加那志。懸命に捜索しておりますがまだ見つかりません」

「ですが聞得大君加那志。手がかりは摑めております」

大あむしられの一人が述べた。

「ウクジ（米占い）によりますと辰年《たつどし》生まれの女が所有していると出ました」

「私たち全員も同じ判示を貰《もら》いました」

「さすがは熟練の大あむしられ達じゃ。では王国にいる辰年生まれの女を片っ端から探せばよいのじゃな」

聞得大君は銀子百貫文をポンと大あむしられ達に渡した。

「捜索にかかる費用じゃ。全部使ってよい。多少の荒事は妾が揉《も》み消すから、存分に探すがよい」

白装束の老女たちが一斉に六尺棒を構えた。これから王国の辰年の女たちは御嶽に強制連行されて厳しい尋問を受ける運命だ。


聞得大君が着々と陰謀を張り巡らせ、御内原陥落を狙っているとも知らず、今朝も御内原は食べ物のことで争いが起きていた。王妃は「トゥシビーが……。トゥシビーが……」と譫言《うわごと》を繰り返してばかりで、持ち場の管理を怠っている。

王妃が怠けると女官には春が訪れる。朝寝坊しても怒られないし、仕事を命じられることもない。思戸《ウミトゥ》は昼前まで布団から出なくなっていた。

そんなある朝、思戸は布団の中の竹籠《たけかご》から不思議な音がするのに目覚めた。

「あたしの卵。卵は大丈夫？」

厳重に管理している卵は幸い盗まれていなかった。その代わり竹籠が微《かす》かに揺れている。なんだろうと思戸はそっと竹籠の蓋《ふた》を開けた。

「わあっ。雛《ひな》が孵《かえ》ってる!」

思戸が大事に抱えていたせいで卵が温められて雛が孵ったようだ。生まれたばかりの雛は思戸を見つけてしきりに鳴き出した。

「あたしお母さんになっちゃった」

思戸が満面の笑みを浮かべる。黄色のヒヨコが思戸の指をついばむのがくすぐったい。

女官は婚姻が許されない。ましてや母になることなど夢のまた夢だ。王宮にあがった女は最初にそのことを叩《たた》き込まれる。その引き替えに庶民が決して手に入れられない最高の住まいと食事と衣装、俸禄《ほうろく》、そして女性として最高水準の教養を授けられる。そのことを女として哀れと思うなら、女官には向かない。思戸は自分が結婚できないことを朧《おぼろ》げに理解しているつもりだ。だが神様は思戸に可愛い子どもを与えた。

「トゥイ小《グワー》。トゥイ小。あなたの名前はトゥイ小よ」

生まれたばかりの雛は小首を傾げる。思戸は掌《てのひら》で優しく抱えて雛の名を呼んだ。

雛は思戸のお尻《しり》を追ってどこにでもついて来る。食べるときも寝るときもいつもトゥイ小と一緒だ。思戸は王宮にあがって初めて満たされた気持ちになった。

御内原の片隅で思戸のお母さんごっこが始まった。


首里城の西にある大美御殿は、王家の祭祀《さいし》全般を運営するために役人以外の出入りもある施設だ。王室御用達《ごようたし》の商人たちは大美御殿に出入りできるのをステイタスにしていた。

王府の監査が入ったと聞いて出入りの業者たちが身を竦《すく》める中、寧温と朝薫が帳簿を洗っていた。

「おかしいです。なぜ私が却下した王妃様のトゥシビーが行事予定に編成されているのですか」

「銀子三十貫文なんて繰り越しできる金額でもないのに変だね」

寧温は財政構造改革で王府の元栓を締めきった。それは不正な金の流れを調べるためのものだ。元栓を締めてもまだ潤っている奉行所が一番怪しい。最初に引っかかったのは大美御殿だ。

「寧温、これは違うぞ。銀子三十貫文は確かに大金だけど、他の行事は中止されている。王妃様だけトゥシビーをすると、体面を気にする他の王族たちの反感を買ってしまう。こんな不公平な配分をするなんてありえない」

「そうですね。でもどこから銀子三十貫文が出たのでしょうか？」

「大美御殿が連携するのは、奥書院奉行、書院奉行……王室に関係のある部署ばかりだ」

「奥書院奉行はシロです。御内原は私も入れないくらい飢えた野獣の巣窟《そうくつ》になっていますから」

「だから最近は御内原に行かないんだね」

「あそこは平時でも恐ろしいところです。それが今は貧乏でみんなが殺気だっています。私はみすみす獲物になるほど愚かではありません」

今この瞬間も空中回廊で寧温に扇子をぶつけようと狙っている女官大勢頭部が聞いたら、がっかりするだろう。

「書院奉行は首里天加那志が目を光らせているので不正は難しいです。元々質素倹約なお方ですから」

「となると、王族の中で大美御殿に出入りできるのは……」

寧温はポンと手を打った。

「聞得大君御殿――！」

さっそく聞得大君御殿に出向いた寧温は増築された聞得大君御殿に圧倒されてしまった。自分が却下したはずの御殿の増築が密《ひそ》かに行われ、かつての御殿よりもきらびやかな建物に生まれ変わっていた。

「御殿増築案が通っていたなんて――！」

驚くというよりも感心してしまう。これが王府の予算から捻出《ねんしゅつ》した金なら財政構造改革は完全に失敗だ。寧温は聞得大君御殿の長官である大親を呼び出した。

「評定所筆者主取の孫寧温です。本日は会計監査に上がりました。帳簿を全て見せてください」

却下したはずの銀子三百貫文がいつの間にか計上されている。それればかりではない。日に日に莫大《ばくだい》な金が計上されて予算の配分を待っていた。何と聞得大君御殿の本年度の予算は銀子一千貫文にも膨れあがっていた。前年度の予算は銀子二百五十貫文だったのに、財政構造改革の直後に四倍になるなんて怪しすぎる。不正の源はまさしくここだ。

「この予算は異常です。どこから金を持ってきたんですか！」

聞得大君御殿の大親はしどろもどろの弁明で脂汗をかいていた。いくらなんでも稼ぎすぎだと聞得大君に自粛を求めたのに、強欲な王族神はあらゆる海運業者と祈願の業務委託契約を結んだ。まるで王国全土に広がる弁天堂のフランチャイズ経営だ。

寧温は畳を思いっきり叩いた。

「白状なさい。さもなくば横領罪で平等所に告発します！」

すると不敵な笑い声が背後からした。

「妾《わらわ》が汗して稼いだ金じゃ。決して横領などではないぞ」

振り返ると聞得大君が神扇を構えてゆらりゆらりと近づいてくる。薄暗がりの中で碧眼《へきがん》を光らせた王族神の姿に寧温は息を呑《の》んだ。インディアン・オーク号事件で会った英国人たちの中にも碧眼はいたが、迫力がまるで違う。聞得大君の瞳《ひとみ》は虹彩《こうさい》の奥から光るのだ。

「き、聞得大君加那志……」

「そなたが王宮に入った宦官《かんがん》とやらじゃな。なんとも面妖《めんよう》な姿じゃ」

聞得大君にとって初めて接する宦官は、想像していたのとはかなり違った。宦官はせいぜい女性的な男性くらいだろうと思っていたのに、目の前にいる宦官は艶《なま》めかしい乙女そのものだ。

「経理のことならいつでも説明ができるぞ。妾は清廉潔白じゃ。ほほ……ほ……」

急に目眩《めまい》を覚えた聞得大君が壁にもたれかかった。目眩の後に襲ったのは激しい嘔吐《おうと》だ。聞得大君は床に伏せたまま激しくうなされている。血相を変えた大親が女官を呼びつける。

「誰か、聞得大君加那志がお倒れになったぞ。誰かおらぬか。孫親雲上、帳簿の件は後で必ず説明する。今日の所は帰ってくれ」

発作のように倒れた聞得大君が目覚めたのは夜更けだった。あんなに激しい頭痛と目眩を覚えたのは生まれて初めてだ。医者は過労によるものだと告げたが、何か違う気がする。聞得大君は布団の中で考えていた。自分が倒れたのは神の報《しら》せのような気がする。それにあの吐き気。まるで穢《けが》れた女官と不意に出くわしたときの、胃を突き上げるような衝撃だった。

「穢れた女官……？」

胃が暴れ出したのはあの宦官と話をした瞬間だ。聞得大君は馬鹿馬鹿しいと笑った。宦官に月経などあるはずもない。そもそも宦官は去勢された男で性の匂いなどしない存在だ。しかし王宮に入った宦官は男の匂いがしない代わりに、女のような香りがした。その香りを嗅《か》いだとき、目眩を覚えたと思い出した。

「まるで女のような宦官じゃ……」

床から出た聞得大君は夜風に当たりながら寧温のことを考えた。あの容貌《ようぼう》は男が出せる艶《なま》めかしさではない。あれだけ性の香りがするのは何か理由があるに違いなかった。

「もしやあの宦官、素性を偽っているのでは――？」

聞得大君が寧温の秘密の匂いを嗅ぎつけた。

第五章　空と大地の謡《うた》

澄み切った空が小刻みに揺れている。地上では火矢を抱えた男たちが無数の祝砲を打ち鳴らしていた。晴天に隈《くま》なく轟《とどろ》いた爆竹の煙が空に上っていく。王国を丸く覆った青空のドームは朗らかに地上の祝いを見つめていた。

今日、豊見城間切《とみぐすくまぎり》にかかる真玉橋《まだんばし》の修復工事が終わった。物流の要《かなめ》にあたる大橋の竣工《しゅんこう》式典に立ち会ったのは、王府の三司官《さんしかん》、表十五人衆《おもてじゅうごにんしゅう》、そして評定所筆者《ひょうじょうしょひっしゃ》の高官である。湿地帯での架橋工事は難航を極めた。当初、硬い支持層に杭《くい》を打ちつけるために膨大な予算が計上された。それを寧温《ねいおん》は財政改革と軟弱地盤の改良でコストを削減する方法に変更した。浸透圧を利用して基礎の地盤だけ水を抜く方法を考案したのは寧温だ。当時としては画期的な工法に普請奉行《ふしんぶぎょう》も舌を巻いた。寧温は事業の見直しにより当初の計画の半分の予算で工期を三分の一に圧縮してしまった。

厳粛な儀式に相応な顔つきでいなければならないのを忘れて、寧温は終始笑顔だ。マングローブの森にかかるアーチ橋は弾むように陸地を結んでいる。

「これで那覇からの物資の輸送が効率的になりましたね」

「あれだけ予算をいじった寧温が決して譲らなかった公共工事だもんな」

「朝薫《ちようくん》兄さん、その言い方は違います。まるで私が公共事業潰《つぶ》しの鬼役人みたいではありませんか。私はただ優先順位を決めただけです。この橋は庶民たちにとっても必要な橋です」

「ぼくもそう思う。きっと百年後も役に立つ橋だ」

と笑った朝薫に三司官が咳払《せきばら》いをした。事業を締め括るのは役人たちではない。川の神に感謝を捧《ささ》げる儀式を執り行うのは王族神の役目である。

「聞得大君加那志《きこえおおきみがなし》のおなーりー」

一斉の御拝《ウヌフェー》で頭《こうべ》を垂れる。上級ノロの大あむしられたちを従えた聞得大君は、天を突き刺す涼傘《りやんさん》の中にいた。

聞得大君は高官たちの中に寧温がいるのを見つけて、敢《あ》えて自分がどう反応するか試した。だが今日は嘔吐《おうと》の感覚がしない。いくら王族といえども、王府における全ての情報を管轄する評定所筆者をむやみに嗅《か》ぎ回るのは危険だ。誰にも悟られることなく慎重に、事を進めなければ。

――確たる証拠を摑《つか》むまでは妾《わらわ》も迂闊《うかつ》には動けぬか。

聞得大君が御拝で頭を下げている寧温の側を通り過ぎた。御殿《ウドウン》増築の予算を反故《ほご》にし、独自の集金システムを構築したらすぐに会計監査に入ってくるこの評定所筆者が王府にいる限り、聞得大君の覇権が確立することはないだろう。

——この王府の番犬めが。

王や三司官の代理人として文書を作成する評定所筆者は特権的な地位を与えられている。たとえば聞得大君の公的な案文を書くのも評定所筆者だ。王府の公式文書全てを少数の評定所筆者がまとめるのだから、彼らと敵対するのは王族といえどもリスクがある。証拠もなく動くとまた予算削減の報復を喰《く》らうことは目に見えている。今の段階では聞得大君が不利だ。

聞得大君が完成した橋にミセゼル（祝詞《のりと》）を捧げようとしていた。

流麗なアーチ橋の中央に足を進めた聞得大君は、神に身心を委ねようとしていた。このミセゼルは即興で詠まれ、美しい声であることがもっとも重要なこととされている。王族神・聞得大君の腕の見せ所だ。当代の聞得大君はこのミセゼルにおいて歴代王朝の中でもピカいちと目されていた。

ミセゼルが何であるかを生まれながらに体得していた聞得大君は、大あむしられの補助などいらなかった。前の聞得大君は前夜に虎の巻を作って、あたかも諳《そら》んじているように演技したものだった。しかし現聞得大君はそんなものはいらなかった。ミセゼルが即興で謡われるのには意味がある。その場にある自然の材料を使って、神に唯一物の供物を捧げるのが本質なのだ。雨の日は水を使い、晴れた日は雲を使い、うつろいゆく瞬間を身体に受け止め詞を織り上げる。これが理解できなければ、ミセゼルは一生かけても体得できない。

「神よ、妾の体に降り賜え――」

体を弓なりに撓《しな》らせた聞得大君が両手を広げて神と交信する。雲の隙間から一条の光が聞得大君の元に降りてきた。まるで満員の劇場でアリアを歌うオペラ歌手のように、空気を振動させる強い波長が生まれる。

聞得大君はメゾソプラノの声域でミセゼルを捧げた。

ま玉ばしまうはらひめしよわるミせ、る
とよミもりおくのミよくもことまり
いしらごはましらごはおりあげハちへ
つみあげハちへミしまよねんおくのよねん
世そふもり国のまでやげらへハちへ
このミよわちへたしきやくきついさしよわちへ

このミセゼルは主観性と同時性が肝だ。客観性と普遍性が全ての男の世界と対をなすものである。即ち、聞得大君が霊力を使って降ろした言霊が現れたことに価値がある。大意はあるがひとつひとつの意味を汲《く》み取るものではなく、楽器の音色を愛《め》でる感覚に近い。聞得大君の肉体を楽器にして神の声が奏でられたということだ。

声を発した瞬間、聞得大君は神々しい光に包まれた。自然と人間を媒介する不思議な音感。聞得大君にしか紡げない神のメロディ。自然界と人間界の界面に立つ者だけに聞くことを許される神の言葉。享受することでしか得られない意味を超えた至福の時間。立ち会った者だけが垣間見《かいまみ》る神の影。大いなる世界を感じる恵みの瞬間だ。

三司官も表十五人衆も聞得大君のミセゼルに圧倒されていた。

「さすが聞得大君加那志。三代の王に仕えた私もこれほどまでのミセゼルを聞くのは初めてだ」

「彼女は聞得大君になるために生まれてきたと言われた王女ですからな」

「最強のセヂ（霊力）を持つ聞得大君がいるのは、王国の安泰の証拠ですぞ」

聞得大君はトランス状態に陥ることで、ますますミセゼルに磨きをかける。彼女の肉体はもはや神の楽器になっていた。神が奏でるとメゾソプラノのアリアが生まれる。

御ゆわいめしよわちへおもひぐわべ
くにぐにのあんじべ大やくもいた千人のさとぬ
しべげらへあくかべこくより上下おくとより上
ミやこやへまのおゑか人おひ人わか人
めどもわらべにいたるまで御はいおがミよわる

寧温も朝薫もミセゼルの声色の美しさに夢現《ゆめうつつ》の境地だ。

「私は夢を見ているのでしょうか。これは謡《うた》なんてものじゃありません。神の声そのものです」

「ぼくも信じられない。人ひとりの能力を超えている。まるで琉球《りゅうきゅう》の、国土の声だ」

聞得大君の謡は神の声であり、自然と人間の礼賛でもある。寧温の目の前に不思議な光景が広がっていた。

聞得大君のミセゼルが機織りのように映る。三次元空間をつまみあげた聞得大君が綾取《あやと》りのように新しい次元を織り上げていくのが見える。聞得大君が謡うと四次元の糸が現れる。ミセゼルは神の機織りだ。

「風も潮の香りも日差しも、声の糸でひとつに織り上げているようです……」

寧温は空間に曼陀羅《まんだら》を見ているような気がした。時計仕掛けのようにひとつひとつが関連性をもって動いている精緻《せいち》な曼陀羅。ひとつの狂いもなく何ひとつ無駄がない完璧《かんぺき》な統合の世界。風も光も香りも元々この曼陀羅からほぐれた糸にすぎない。そして国も王も男も女も元々はひとつの世界から分岐したものだと感じた。

「寧温なぜ泣いているんだい？」

寧温は朝薫に指摘されて初めて涙しているのに気づいた。なぜか神から肯定された気がしたからだ。女性の宦官《かんがん》も一興だと軽く肩を抱いてくれた温かい神の掌《てのひら》を感じた。

もっと慰撫《いぶ》されたいと切に願ったとき、聞得大君のミセゼルが終わった。

トランス状態から醒《さ》めた聞得大君は鋭い眼光を放った。

「ほほほ。まずまずの出来じゃ。これで橋に魂が宿ったぞ」

「聞得大君加那志の素晴らしい霊験に感謝いたします」

「ならば、妾の機嫌を損ねぬよう、常に遜《へりくだ》り、諂《へつら》い、傅《かしず》き、媚《こ》びることじゃ」

聞得大君はミセゼルが終わるとただの傲慢《ごうまん》な王族にすぎない。神に愛された者はかくも驕慢《きょうまん》になるものか。神が肉体に降りていないときは常に現世的な自己主張ばかりしている。きっと神が肉体を離れた苛立《いらだ》ちをぶつけているのだろう。

ミセゼルの後は無粋な男たちに恥をかかせるのが定番だ。敢えてミセゼルを解釈させ、見当外れの意見をけちょんけちょんに貶《けな》すのを楽しみにしていた。

三司官や表十五人衆が暗い顔をして俯《うつむ》いている。聞得大君から面罵《めんば》されるくらいなら裸踊りをさせられた方がまだ体面が保たれる。大の男でも泣きべそをかくほど猛烈な愚弄《ぐろう》なのだ。

聞得大君は表十五人衆の馬《ば》親方を指名した。

「馬親方。妾のミセゼルをどう思ったか申してみよ」

「は、はい。聞得大君加那志のミセゼルを聞いて私は恐悦至極でございました。ええっと、川の神が現れて橋を祝福しているようでございました」

「まこと頓狂《とんきょう》な感想じゃ。ミセゼルを聞かせる価値もない。そなたは腐った豚の耳の持ち主じゃ」

しょぼんと馬親方が凹《へこ》んだ。

「ところで妾《わらわ》が拝んでいる最中、この橋を渡って辻《つじ》のジュリ（遊女）を買いに行くそなたの後ろ姿が見えたが、錯覚だったか？」

一同が思わず噴き出した。確かに昨夜、評定所の会議を中座して遊郭に行ったのを高官たちは知っている。

「と、とんでもございません。私が遊郭になど行くはずもありません」

「そのジュリの名は確か鍋《ナビー》という娘じゃな。向親方《しょう》と兄弟になってまで熱をあげるとは酔狂なことじゃ。花柳病に気をつけるのじゃ。感染源は向親方じゃぞ。ほほほほほ」

また役人たちが爆笑した。犬猿の仲の向親方と同じ女と寝ているとは初めて知った。聞得大君の霊力で見抜けないものはない。徹底的に恥部を暴かれ、晒《さら》し者《もの》にされた馬親方は穴があったら入りたい気分だ。聞得大君の人心掌握術は女には現世利益を与え、男には敵に回したときの恐怖を植え付けることだ。そのためには見せしめがもっとも効果的である。

聞得大君が次の生《い》け贄《にえ》を見定めて、寧温の前で止まった。

「孫親雲上《そんペーチン》、妾のミセゼルをどう思ったのじゃ？」

突然、聞得大君に呼ばれた寧温は感じたままのことを話した。

「聞得大君加那志のミセゼルは大変素晴らしいものでございました。日差しを経糸《たて》に、潮の香りを緯糸《よこ》に、そして風をマンダナー（機織りのシャトル）にして織り上げた錦《にしき》を見たように感じました」

恭しく跪《ひざまず》いた寧温に、上級ノロの大あむしられたちが失笑した。ミセゼルでこんな感想を述べるなんて滑稽《こっけい》だった。しかし聞得大君は神扇で失笑を制した。

「ほう、その錦はどんな模様をしていたと思う？」

「はい、森羅万象を模した曼陀羅図でございます」

大あむしられの叱声《しっせい》が飛んだ。

「愚か者。聞得大君加那志のミセゼルは、橋の安全と王国の安泰を祈ったのじゃ。評定所筆者の分際で偉そうな解釈をするなど百年早いわ。神の国のことは我ら神女に任せよ。おまえたちは俗世のことを扱えばよい」

てっきり聞得大君のお褒めの言葉が貰《もら》えるとばかり思っていた大あむしられは、黙殺した聞得大君を不審に思った。聞得大君は強《こわ》ばった表情で振り返ると何も言わずに橋を後にした。慌てた大あむしられたちが何が気に入らなかったのかと尋ねる。聞得大君は脂汗をかいていた。

「あの宦官。セヂが高い生まれのようじゃ」

「はあ？　サーダカー生まれの相でもありましたか？」

サーダカー生まれとは霊的世界と交信できる特別な資質の持ち主のことである。ノロや聞得大君になるためには絶対に必要な能力だ。そしてこの時代に禁止されているユタにもサーダカー生まれの資質があった。

「大あむしられは、あの宦官の感想をどう思ったか述べてみよ」

「荒唐無稽《こうとうむけい》な感想でございました。ミセゼルにはあんな内容はございません」

聞得大君は苛立ちのあまり神扇で大あむしられを打ち据えた。

「サーダカー生まれのそなたたちでもこのザマか。妾は確かに日差しと香りと風で曼陀羅を織ったのじゃ。あの宦官にはそれが見えていたのじゃ。女のような匂いといい、サーダカー生まれの資質といい、何者なのか気になる」

聞得大君は人生最高のミセゼルを謡った日に、激しい挫《ざ》折《せつ》感を覚えていた。苛立ち満載中のところに系図奉行の男が割って入った。系図奉行とは首里士族の家系を管理する戸籍係である。

「聞得大君加那志に申し上げます。ご命令通り孫寧温の系図を洗っていましたら、不審な点が見つかりました」

「申してみよ」

「はっきりとした証拠はまだ見つからないのですが、もしかすると大罪人、孫嗣《し》志《し》と関係があると思われます。かつて聞得大君加那志の霊験で大禁物所持の男の罪を暴いたのをご存じでしょうか？」

「憶《おぼ》えておる。確か阿蘭陀《オランダ》の書物を所持していた男がいたはずじゃ。その息子が孫寧温か？」

「いいえ、養子の息子と孫寧温は歳が違います。しかし孫嗣志には同じ歳のひとり娘がおりまして、彼女の消息もまた不明なのでございます」

聞得大君は勝機ありと見た。

弓の的ごころ肝や定めやり騒がねばとどく人の思ひ

(目的を達成するためには、弓の的を射るように心を落ち着けて慌てずに集中すれば、必ず思いは届くものだ)

真っ直ぐに落ちてくる日差しは残酷だ。全てのものを赤裸々に暴いてしまう。富める者には栄光を、そして貧しい者には何ひとつない現実を見せてくれた。

御内原《ウーチバラ》には菓子の欠片《かけら》ひとつない。鳥と一緒に食べ物を探していた思戸《ウミトゥ》が、後之御庭《クシヌウナー》に食べ物を見つけて、かぶりついた。

「アガーッ。ちんすこうだと思ったのに、石ころだったあ」

欠けた前歯の痛みで、思戸が正気に戻る。どうやら辛い現実から逃避した精神は幻の世界へ迷い込んでいたようだ。とにかくお腹がすいて見えるものなら何でも食べ物に思えてしまう。御内原でご馳走《ちそう》にありつくためには、何か祝い事が必要だ。しかし食べ物にありつけそうな行事は今年はなさそうだと、先輩女官たちから聞かされていた。

「トゥイ小《グヮー》の餌を探さなくちゃ」

ヒヨコが餌を求めて鳴いている。御料理座《おりょうりざ》にも大台所《おおだいじょ》にも寄満《ユインチ》にも米粒ひとつない。ここまで倹約されると庶民の方がもっと美味《おい》しいものを食べているのではないかと疑い始める。

「そうだ。京《きょう》の内《うち》だったらウクジの米粒が落ちているかもしれない」

大あむしられたちが御嶽《うたき》で祈願するとき、盆の上で米粒を弾《はじ》く占いをする。それがウクジだ。彼女たちはこの吉凶で農作物の出来不出来を判断している。

王宮は三つの区域に分けられている。思戸がいる御内原は王妃が管轄する女の世界、評定所のある王が管轄する男の世界、そして聞得大君が管轄するのが京の内と呼ばれる聖域だ。神職だけが立ち入りを許される京の内に女官が無断で入ることはタブーである。

しかし恐れ知らずの思戸は監視の目を盗み、京の内に潜入した。

「うわあ。森だあ」

鬱蒼《うっそう》と茂る原生林はここが城壁で隔絶された王宮だとは思えない。人が主役の王宮の中で京の内は樹が主人だ。昼間でもほの暗い京の内は神々の息吹で緊張感が漂っている。この中に首里十嶽《しゅりとたき》と呼ばれる御嶽が配置されている。思戸は御嶽の香炉の前に這《は》った。

「やっぱり米粒が落ちてた」

にんまりと笑う思戸に覆い被《かぶ》さる影があった。

「あがまが京の内に入るとは恐れ知らずじゃ。ほほほほほ」

「聞得大君加那志！」

思戸が振り返ると仁王立ちの王族神の姿があった。思戸は殺されると身を竦《すく》めた。

「申し訳ございません聞得大君加那志。あたしはただ……。ただ……」

思戸が涙声になる。すると思戸の懐からトゥイ小が飛び出した。母親を守ろうとピイピイ鳴くヒヨコに聞得大君も目を丸くする。

「ヒヨコの餌を探していたのじゃな」

トゥイ小を掌《てのひら》で抱きかかえた聞得大君が嘴《くちばし》を鼻先にこすりつける。

「お許しください聞得大君加那志。御内原には米粒もないので、つい出来心で入ってしまいました……」

すると聞得大君は抱えていた風呂敷包《ふろしきづつ》みの中から奉納したばかりの穀物を差し出したではないか。

「雛《ひな》の餌は粟《あわ》がよいじゃろう。ほらお食べ。ほほほほほ」

聞得大君がトゥイ小が餌をついばむのを見て微笑む。恐いとばかり思っていた聞得大君がこんなに慈愛に満ちた笑みを浮かべるのを見たのは初めてだった。思戸の中で御内原の王妃への忠誠心が揺らいだ瞬間だった。


一方、貧乏のどん底の黄金御殿《クガニウドウン》では女官大勢頭部《おおせどべ》が王妃に謁見を求めていた。

「何と、私のトゥシビー（生年祝い）が大美御殿《おおみウドウン》の行事に編成されただと？」

「はい、確かに大親《ウフヤ》から聞かされました」

「おお、神は私をお見捨てにはならなかったのだな。喜ばしいことだ。さっそくトゥシビーの準備を始めよ」

この後の王妃の反応が見てとれるだけに、女官大勢頭部は言葉に窮した。

「実は、申し上げにくいのですが……。このトゥシビーの予算は聞得大君御殿から出ております」

「なぜ聞得大君が私のトゥシビーに首を突っ込むのだ。形だけの祈願でよろしい」

「それが……。聞得大君加那志は恐らく御内原の支配を目的としているものと思われます……。聞得大君加那志が全てトゥシビーを仕切るのだそうです」

来るぞ、と女官大勢頭部が身構えた瞬間、王妃の怒りが爆発した。

「御内原は私の管轄である。分を弁《わきま》えよと伝えよ！」

「もし聞得大君加那志の意に添わない場合は、トゥシビーを中止すると申してきました」

「構わぬ。王妃の私がなぜ聞得大君に媚《こ》び諂《へつら》わなければならぬのだ。御内原に介入されるくらいなら、トゥシビーは中止してよいと大美御殿に伝えよ」

女官大勢頭部もそうしたかったが、全ては遅きに失した。外堀はもう埋められてしまった。聞得大君は王妃の拒否権の行使を見込んで先手を打っていた。

「実はご実家のご母堂様が王妃様のトゥシビーのために王宮へ上がっておられます」

女官大勢頭部が咳払《せきばら》いすると、王妃の母親が嬉《うれ》しそうに謁見を求めてきた。年老いた母は聞得大君が寄越《よこ》した輿《こし》に乗り、初めて入る御内原の華麗さに興奮冷めやらぬ様子だ。母親の衣装や滞在費、そして祝いの品まですべて聞得大君が用意したものだ。母親はこんな素晴らしいもてなしを受けて思い残すことはないと感無量だ。白髪の母親が細い腰を折り曲げて挨拶《あいさつ》する。

「うなじゃら（王妃）様のトゥシビーを心からお祝い申し上げます」

王妃は力なく脇息《きょうそく》から崩れ落ちた。


同じ頃、表の世界にいる花当《はなあたい》の嗣勇《しゆう》は、美貌《びぼう》に磨きをかけていた。王府の高官たちを次々と手玉に取って着実に出世の道を切り開いていく嗣勇は、琉球のシンデレラだ。ただし計算高いのが玉に瑕《きず》だけど。花当の旬は短い。歳を重ねるにつれ容貌《ようぼう》は男へと変わっていく。花びらが枯れてしまう前に次のステップを考えておかねばならないのは、性を売るジュリと同じ悩みだ。

同僚の花当があれを見ろと先輩花当を顎《あご》で指した。

「あいつは二十歳をすぎてもまだ花当に縋《すが》っている無能な奴さ。青髭《ひげ》の剃《そ》り跡が痛々しいよ」

見れば筋骨隆々たる花当がしなを作っている。今年二十八歳になる最高齢の花当だ。王宮の割れた骨董《こっとう》品とからかわれて早十年。新しい勤務先も見つからず座敷にお呼びもかからず、妖怪《ようかい》扱いされている始末だ。

「あの先輩だって、昔はすごい美少年だったんだろう？」

「花当は時の美しかないんだ。ちやほやされているとすぐに男になってしまう」

白粉《おしろい》の舞う楽屋は熾烈《しれつ》な生き残り競争の最前線でもある。この美貌がいつまでも持続するとは楽天家の嗣勇もさすがに思ってはいない。踊りは好きだから踊奉行《おどりぶぎょう》になって創作琉舞《りゅうぶ》の師範になりたいのだけど、人気ポストにはなかなか空きが出ない。空きが出る頃に髭が生えそろってしまったら妖怪花当の仲間入りだ。

「あんなになる前にさっさと次の勤務先を見つけないとなあ。系図奉行あたりが楽そうでいいんだけど。嗣勇は評定所配下の花当だから、高官たちと知り合えていいよなあ」

「別に……。そんなにいいところでもないよ。気苦労が絶えなくて……」

「なあなあ、評定所の孫親雲上《ペーチン》ってどう思う？」

嗣勇は白粉をはたく手を止めた。

「孫親雲上がどうかしたの？」

「いや噂じゃないか。なんであの人だけ男にならないのか、みんな不思議がってるよ」

「宦官《かんがん》だからだろ。元々男じゃないんだから全然不思議じゃないさ」

嗣勇は嫌な方向に話が向いてきたのを避けたかった。寧温の素性を不思議がるのは仕方がないことだ。花当は時の美で咲く花だが、寧温は違う。朽ちるどころかどんどん色気が増していく。恐らく側室のあごむしられよりも美しいのではないかと噂されているほどだ。王は最近、寧温を直視するのを避けていると聞く。あまりの色香に王ですら戸惑っているのに、周りが動揺しないわけがない。宦官とはかくも美しき存在なのか、宦官になれば永遠の美が得られるのではないかと考え始める花当が出てくるのも当然の流れだった。

「ぼくの担当の奉行所のお役人様も、花当のぼくを無視して孫親雲上の噂ばかりしているよ。美味しいところ奪われて、ぼくの立場形無し……」

「知ってるか？　あの人『王宮の朽ちぬ花』って呼ばれてるんだぜ」

「蕾《つぼみ》どころか八重咲きの牡丹《ぼたん》みたいだ。毎日花びらが咲いてくる」

「どうすれば朽ちぬ花になれるんだよ。俺、毛深くなってきたのにさ」

　一斉の笑い声を嗣勇が床を叩《たた》いて静めた。

「孫親雲上は才能のある役人だぞ。英国船事件の手際の良さで首里天加那志《しゅりてん》からお褒めの言葉をいただいたんだ」

「頭がいいのは認めるよ。科試《こうし》出身者だから当然だろう。俺が言いたいのはそんなんじゃなくて、あの色気だよ」

「宦官って要するにあれだろ。つまりチンチンちょん切って——痛いな。何するんだよ嗣勇！」

　同僚たちが次々と噂を立てるたびに嗣勇は右往左往する。

「玉がないと真っ直ぐ歩けないって父ちゃんから聞いたことが——アガーッ。やめろってば」

「孫親雲上は評定所筆者主取《ぬしどり》だぞ。無礼な口の利き方をするな」

「内輪だからいいじゃないか。俺、あの人のことが不思議なんだよ」

　同僚が言うには寧温が用を足しに行くのをこっそり尾《つ》けたことがあるという。王宮には常設されたトイレがない。神殿を不浄で穢《けが》すことを忌み嫌ったためなのか、用を足すのも一苦労だ。

「みんな知ってる？　宦官ってさあ。おしっこするとき女みたいに屈《かが》むんだぜ。アガーッ。さっきから何すんだよ！」

手鏡で頭を叩かれた同僚が嗣勇を睨《にら》みつける。嗣勇は妹への無礼な眼差《まなざ》しを決して許さない。次の瞬間、胸ぐらを摑《つか》んで跨《また》った嗣勇が容赦なく殴りつける。

「孫親雲上を侮辱するな。今度後を尾けたら許さないぞ！」

「おまえもしかして孫親雲上に惚《ほ》れてる？　痛い。痛いってば。顔だけは殴らないでくれよ」

女形《おやま》の実態は所詮《しょせん》、好奇心旺盛《おうせい》な少年たちだ。やがて彼らも紅を取り、男髪へと結い直す時期がやってくる。彼らが男として王府の役人になった後も寧温の花は朽ちることはないだろう。

嗣勇は竣工《しゅんこう》式から戻ってくる寧温を久慶門《きゅうけいもん》で待っていた。酔っぱらいの門番の多嘉良《たから》は、王宮の人間関係の全てを把握している。嗣勇と朝薫だけが寧温の味方だ。

「また孫親雲上を待っているのか？」

「はい。活《い》ける花を何にしようか相談しようと思いまして」

「嘘が下手だな坊や。寧温が心配なんだろう。でも大丈夫だ。孫親雲上は聡明《そうめい》なお方だ。どんな苦難でも乗り越えていく」

「知っています。多嘉良殿にはいつも温かく見守っていただき感謝しております」

「がははは。まるで家族みたいな言い方だ。坊やは面白いな」

嗣勇はこれ以上何か失言するのが怖くて多嘉良を無視した。門番の男はどうやら寧温の味方のようだが、尻尾《しっぽ》を摑まれるわけにはいかない。とかく王宮は人目の多いところだ。心を開いたつもりで吐いた愚痴ですら、次の日は陰口を叩いたことになって敵を作ってしまう。王宮とはそういう所なのに寧温は正面切って財政をいじってしまった。寧温の周りは敵だらけで、嗣勇は気が気ではない。

竣工式から帰ってきた寧温を見つけた嗣勇は、龍潭《りゅうたん》に誘った。

「あなたは評定所の花当……」

「孫親雲上、お話がございます」

今まで絶妙な距離で妹を見守っていた兄が、初めて寧温に声をかけた。

＊

城郭の外にある池、龍潭は王宮の施設の中で唯一息抜きできる場所だ。常緑樹の枝が覆う池の畔《ほとり》は目隠しになる。池の外周を散策する小径《こみち》が囲み、親水公園の趣だ。家鴨《あひる》や鵞鳥《がちょう》が餌を求めて人のお尻《しり》をついてくる長閑《のどか》さだ。しかし油断は禁物だ。池を散策しながらも嗣勇は言葉を選んでいた。二人は互いの正体を知りながら、一度も兄妹《きょうだい》だと確認したことはない。

「孫親雲上は、王宮では辛《つら》くありませんか？　その、あまりにも孤独にお見受けいたします」

「いいえ。私には守ってくださる兄のような方がおります。その方に毎日お会いできるだけでも嬉《うれ》しいのです」

「なぜ、王宮へ上がったのですか？　もしかして誰かを庇《かば》って科試を受けたのでは——？」

「いいえ。私の意志です。父上が首里の男子なら科試を受けてみよと挑戦させたのです」

「その、孫親雲上のお父上はお元気でいらっしゃいますか？」

「いいえ。私を庇って死にました……」

　足音の気配がしないので振り返ると嗣勇は足を止めて泣いていた。あんなに憎かった父なのに、もういないと知ると涙が止まらない。父の死に際に泣けなかったことが悔やまれてならない。父の期待を裏切って失踪《しっそう》したあの雨の日以来、心のどこかでいつか父と和解する日を期待していた。科試突破は無理だけど、花当から役人に出世する道だってある。女衣装を脱いで役人の帽子を被《かぶ》ったら、父に会おうと思っていた。そして父に思いっきりぶん殴られたとき、初めて謝れるような気がしていた。

「父上は私の失踪した兄のことを最後まで心配しておられました……」

「ご、ごめんなさい……。ごめんなさい……。ごめんなさい……」

　畔に屈んだ嗣勇は小さな声を震わせて水面に涙を落としている。そんな兄の姿を見ないように、寧温は畔に咲く花を愛《め》でるように歩いていく。ハイビスカスの赤い花が重たそうに首を垂らして水面を見つめていた。

「孫親雲上、失礼いたしました。ふと昔のことを思い出してしまいまして」

寧温はにっこり笑って手拭《てぬぐ》いを差し出した。

「もしどこかで兄上に会うことがあったら、私はお礼を言おうと思っております。私は今の人生に満足しております」

「宦官になってでもですか？」

「はい。紫禁城《しきんじょう》では宦官は珍しくありません。首里天加那志も認めてくださいました。琉球も宦官を登用する時代になったのです」

嗣勇は妹の性をズタズタにしてしまったのは自分のせいだと咎《とが》めた。あの愛くるしかった真鶴《まづる》が、豊かな黒髪を持つ妹が、男の恰好《かっこう》をして、溢《あふ》れ出る性を抑えて生きている。異様な宦官であるという噂を耳にしないはずはなかった。こんな拷問のような生き方を妹が選んでいることが可哀相でならなかった。

「ま、まづ……。いや孫親雲上、せめてぼくを頼ってください。どうか、どうかお願いします」

寧温は通り過ぎた王宮の役人と会釈をしながら嗣勇に「切り花が枯れていましたよ」と叱った。これ以上の会話は危険だ。

「王宮に情けは禁物です。私は評定所筆者、あなたは花当。上官として命じます。これ以上、私の身の上を詮索するのはおやめください。あなたの過去のことは私には関係ないことです」

寧温は足早に龍潭を後にした。緑色に濁る水面には性の入れ替わった兄妹の姿が揺らいで映っていた。嗣勇はやりきれない思いを一篇の琉歌《りゅうか》に託した。

　しなさけど頼む誰が上になても忘れてやり言ちも思まぬおきゆめ

（兄妹の情こそ最後の頼りなのに、あなたは忘れろと言う。忘れろと言って忘れられるものではない。いつまでもあなたのことを見守っている）

闇夜の首里に行燈《あんどん》を携えた白装束の巫女《みこ》が走る。聞得大君配下のノロたちが闇を待って一斉に散った。首里城のもうひとつの顔である神殿としての機能が目覚めた。本来、首里城は京の内と呼ばれる聖域から誕生したのだ。王朝の歴史の中で行政と宗教は両輪となり、神の子である王を補佐してきた。

ノロたちは地域の御嶽《うたき》で豊穣《ほうじょう》を祈願し、共同体の中心となって王府の中央集権を維持する。宗教指導者のノロが動くと、王府の役人でも迂闊《うかつ》に介入できなくなる。

「辰年《たつどし》の女狩りを始めるぞ」

ノロたちは各御嶽に配属された祭祀《さいし》係の男を連れている。宗教世界では男は女に隷属するものとされていた。配下の男たちは主に力仕事や雑用をするためにいる。ノロの命令には絶対服従だった。行燈を携えた男たちが辰年生まれの女の家に押し入っていく。

「聞得大君加那志のご命令である。この家の娘に用がある。おとなしくお縄を頂戴《ちょうだい》しろ」

捕まえたのはまだ十代の乙女だった。突然現れた男たちに縄をかけられて娘は狼狽《ろうばい》していた。

「私が何をしたというのでしょう。どうかお縄を解いてくださいませ」

「容疑が晴れたら釈放してやる。こいつを大あむしられ殿の御嶽へ連れて行け」

外には辰年生まれの女たちが次々と連行されていく光景が広がっていた。娘や妻や母が連行されるたびに、家人たちが悲嘆の声をあげる。

「どうか母を返してください」

「妻が何をしたのですか」

「娘に罪はございません」

まるで疫病の患者を隔離するかのようにノロたちは突然現れ、理由を告げることなく連れ去っていく。そして帰ってくるときは決まって半死半生の状態だ。凄《すさ》まじい拷問に遭い傷を受けた女たちは多くを語りたがらなかった。庶民たちは夜になると死に神のように現れるノロの姿に怯《おび》えるようになっていた。

連行された娘は、御嶽に着く前に自分の運命を悟った。角を曲がるごとに呻《うめ》き声《ごえ》が形を帯びてくるのがわかる。また角を曲がると鞭打《むちう》ちの乾いた音が聞こえてくる。御嶽の前に出たとき、呻き声の主がわかった。昨日まで一緒に野良作業をしていた近所の少女の声だった。

「誰か……。誰か、お助けをーっ！」

娘の絶叫が闇夜をつんざいた。

大あむしられ達が住民台帳を睨《にら》んでいる。系図奉行は士族の血脈を管理するが、農民たちの出生管理までは行き届かない。これを補うのがノロの情報力である。農民たちは地方の奉行所に出生届を出した後、子の成長を願って御嶽に祈願する。そのため、自《おの》ずとノロの許《もと》に情報が集まる仕組みになっている。ノロが独自に持つ住民台帳は農民たちの系図を細かに記していた。表世界には決して漏れることのない、住民基本台帳だ。聞得大君はこの住民台帳を一元的に管理する政策を打ち出した。

大あむしられ達がてきぱきと指示を下す。

「真和志村《まわしむら》には辰年の女が六百三十五人いる。このうち十歳以下の女を対象から外す。怪しいのは高齢者だ。勾玉《まがたま》はどんなものでも押収せよ」

「昨日までの押収分をここへ」

持ち込まれた勾玉は千個以上もあった。ガラス製から翡翠《ひすい》まで大きさも質も様々だ。この時代、農民の女性たちのお洒落《しゃれ》は日本製の勾玉をアクセサリーにすることだった。農民がこのような贅沢品《ぜいたくひん》を所持するのは好ましいことではないが、流行は過熱する一方だった。農民王府から贅沢品所持を戒める通達をいくら発布してもまるで効果がない。

「この中に馬天《ばてん》ノロの勾玉はあるのか?」

「恐らくありません。伝説では馬天ノロの勾玉は百八つの石が使われていたとあります」

押収品の勾玉は、ほとんどが単体で伝説の巫女の勾玉に相応《ふさわ》しい品ではなかった。

地方のノロが報告にあがった。彼女の白装束は返り血を浴びて真っ赤に染まっていた。

「ご報告いたします。拷問での死者の数が五名に達しました」

「三十人までは聞得大君加那志が揉《も》み消すと仰《おつしや》った。死体は大与座《おおくみざ》の役人に渡せ」

「はあ、ですが罪状を何と申せばよいのでしょうか」

「切支丹《キリシタン》ということにしろ、と聞得大君加那志の命令である」

「なるほど、切支丹なら処罰されても仕方がありませんな」

王府の切支丹アレルギーは過剰だ。切支丹がいたとなると薩摩《さつま》に介入する口実を与えることになるし、何より琉球の宗教世界が侵略されてしまう。とかく対立しがちな政治の世界と宗教の世界が足並みを揃えるテーマが切支丹だ。

「首里天加那志も聞得大君加那志も切支丹に関しては厳罰を以《もつ》て臨むと布令を出しておる。切支丹の処遇には如何《いか》なる例外もない」

仰せのままに、とノロは頭《こうべ》を垂れた。

御獄では磔《はりつけ》にされた女たちに一斉に鞭《むち》が飛ぶ。

「さあ、どこに勾玉があるのか白状しろ!」

「さっき、差し出したものだけで——ぐわあああっ!」

「嘘をつけ。他にも勾玉を隠しているだろう」

「本当に……それだけで……ぎゃあああああっ！」

鞭打ち十回で娘は失神してしまった。手際よく男が桶《おけ》の水を女にかける。傷に染みいる痛みで娘は、また現実に戻されたことに絶望した。腰から下にもう感覚がなく、重い荷物がぶら下がっているように思えた。見れば、足首があらぬ方向に曲がっている。どうせこのまま生きのびてもまともな生活はできない体だ。いっそ息の根を止めてほしかった。

「農民のお前が勾玉を持っているだけで怪しいのだ。さあ、白状しろ」

「私は……私は……何も……」

娘は最後に残された力で舌を噛《か》んで自死していた。この光景にも慣れた男が、筵《むしろ》を被《かぶ》せて大与座に提出する台帳にこう表記する。「切支丹の容疑者死亡」と。

＊

御嶽での拷問をよそに聞得大君御殿では次の一手が模索されていた。増築したばかりの御殿には大美御殿の役人や奥書院の役人がひっきりなしに出入りしている。

碧眼《へきがん》の王族神は、着実に王妃を追いつめていた。

「王妃様がトゥシビーを受け入れたじゃと？　慶賀なことじゃ。妾《わらわ》も王妃様の生年を心からお祝い申し上げると伝えよ」

『親まで呼びつけたら受け入れるしかないじゃないか』

「妾が考えたトゥシビーの式次第を渡す。御料理座の役人にはこの献立で行くと伝えよ」

奥書院奉行は献立を見て仰天した。伊勢海老《いせえび》は王妃の嫌いな食材だ。嫌いどころかアレルギーが起きるから医者からも禁止されている。鮑《あわび》もシャコ貝も一見高級食材だが、全て王妃の嫌いなものだ。

「王妃様の長寿を願っての献立じゃ。伊勢海老の髭《ひげ》のようにあやかりたいという妾の願いじゃ」

『どうしよう。王妃様がこれを知ったら卒倒されてしまう……』

奥書院奉行は二人の王族の間に挟まって生きた心地がしない。この後、御内原に戻ったら王妃の怨嗟《えんさ》を浴びせられることになると思うと憂鬱《ゆううつ》だった。

「女官大勢頭部と配下の女官たちにはこの衣装を着るように伝えよ」

聞得大君が差し出したのは葬儀の白装束だった。一体何を考えているのか、と奉行が唖《あ》然《ぜん》としている間に、庭には壮麗な龕《がん》（死者の輿《こし》）が到着した。

「これに乗って王妃様が登場するのじゃ。見物じゃと思わぬか。ほほほほほ」

トゥシビーを法要のように営むというのが聞得大君の趣向らしい。顔面蒼白《そうはく》になった奥書院奉行は、王妃にトゥシビーを中止するように進言するつもりだった。

聞得大君御殿の大親がいくらなんでもやりすぎだと諫《いさ》める。

「聞得大君加那志、このことが首里天加那志にバレたらただではすみませんぞ。何しろ相手は王妃様であられますぞ」

「心得ておる。あの式次第を読んで素直に従う王妃様ではないはずじゃ」

「何を考えておられます？」

聞得大君は神扇で笑みを隠した。聞得大君は王妃の性格を知り尽くしている。トゥシビーを法要にしようとする企《たくら》みを知った王妃がこのまま黙っているはずはない。王妃の威信にかけて反撃に出るに違いない。そのときが本当の勝負だ。

「既に間者を御内原に入れておいた。なかなか使えそうな女官じゃて」

聞得大君がポンと扇で床を打ち鳴らすと、襖《ふすま》が開いた。奥には御拝《ウヌフェー》で頭を垂れた少女がいた。現れたのはあがまの思戸だ。欠けた前歯を見せた思戸がにこっと笑った。

「お呼びでしょうか。聞得大君加那志」


その頃、御内原に戻った奥書院奉行は、王妃の逆鱗《げきりん》に触れて身を小さくしていた。

「私のトゥシビーを法要にすり替えるとは無礼な！　いくら聞得大君でも不敬がすぎるぞ」

寄越《よこ》した龕は王族が乗る輿らしく壮麗な装飾だ。これを目の前にして怒らない者などいない。

「トゥシビーは中止する。私は今後一切の王宮祭祀《さいし》の出席を断る」

「王妃様、それは困ります。王妃様の出ない王宮祭祀などありえないことでございます」

みせるぞ」

「では、聞得大君の傀儡《かいらい》になり下がれということか。私は御内原の支配者である。聞得大君が自由に出入りする御内原など考えただけで虫酸《むしず》が走る。何としても聞得大君を討ってみせるぞ」

黄金御殿の襖が開くと、巨体の女官の影が映る。

「王妃様、どうか私にお任せください」

女官大勢頭部が鼻息を荒らげて現れた。

聞得大君を野放しにしておくと、女官大勢頭部の地位も危ない。御内原の女官たちを束ねる女官大勢頭部も派閥を解体されつつある。国母派と側室派に分かれた女官グループをもう一度結束させるためにも、聞得大君の影響力は排除しておかなければならない。

陰謀にかけては王妃も女官大勢頭部も聞得大君に負けない策士だ。王宮は常に討つか討たれるかの歴史で成り立っている。特に女たちの世界は表に出ることがない分、過激になりがちだった。女官大勢頭部もこの地位に就くために、何人ものライバルたちを蹴落《けお》としてきた百戦錬磨の猛者《もさ》である。たとえ王族神でも、敵とわかれば討って出るのが御内原の女だ。

王妃が女官大勢頭部に目をかけているのは、王族といえども容赦しない勇猛果敢な姿勢ゆえだ。かつて国祖母の献立を操作し脚気《かっけ》にしたのは女官大勢頭部の仕業だ。これで国祖母の寿命を十年縮めてみせた。以来、女官大勢頭部は王妃の右腕として絶大な信頼を獲得している。

「女官大勢頭部よ。私たちが劣勢にあるのは知っての通りです。このままだと聞得大君の思うままに操られ、王女の聞得大君相続は破棄されてしまうでしょう」

女官大勢頭部はどっしりと石のように座った。

「決して聞得大君加那志の思い通りにはさせません。ここはひとつ罠《わな》を仕掛けましょう」

「そう来なくては女官大勢頭部ではない。さすが頼りになります」

女官大勢頭部がそっと王妃に耳打ちした。

「聞得大君の能力を疑わせればよいだけでございます。ただし少々危険が伴いますが……」

女同士の悪巧みが始まった。

聞得大君御殿では思戸の御内原人間解説が始まっていた。芋の天ぷらを頬張った思戸は、口に入れながらもう次の天ぷらを握っている。京の内での一件ですっかり主人を鞍替《くらが》えした思戸は王妃を裏切ることに躊躇《ちゅうちょ》はない。

聞得大君が情報収集役に命じた思戸は、予想以上に御内原の内情を把握していた。

「女官大勢頭部様は最近、大和《やまと》の扇子をお買い求めになりました」

「予算はないはずじゃが？」

「出入りの業者には現金でお支払いされていました」

「貧乏なのに妙じゃな。他に変わったことはないか？」

「御料理座の料理人たちが勢頭部たちの用件を言いつかっております」

「どうせまた闘鶏で賭博《とばく》でもしておるのじゃろう」

「違います。闘鶏のときは料理人たちを使わずに、継世門《けいせいもん》に商人たちが報告にきます」

「よく調べたものじゃ。おまえの観察力には目を見張るものがある」

思戸を抜擢《ばってき》したのには理由がある。いつか聞得大君御殿増築祝いで御内原の女官たちを呼び寄せたとき、思戸だけが資金の出所に迫ったのだ。庭の造りが海運業者の屋敷に似ていると指摘した思戸は、大親に弁天堂の祈願業務委託でもしなければ、こんな御殿は出来ないと告げたのだった。有能ならたとえ幼くても身分が低くても重用するのが聞得大君だ。初めは聞得大君御殿付きの女官にしようと思ったが、思戸の好奇心は間者向きだ。

どうやって思戸と接触しようかと思案していたときに、思戸が京の内に現れた。この縁を見逃す聞得大君ではない。さっそくヒヨコの餌を大量に与え、思戸にご馳走《ちそう》を与え、あっという間に懐柔してしまった。そして聞得大君は思戸に人間の弱みを握るように教育を施した。これができなければ御内原で生き残ることができないと巧みに脅しながら。

「思戸よ、もし王妃様と女官大勢頭部が妾を討つとしたら、どう出てくるか予想できるか？」

「はい。女官大勢頭部様は一挙両得を信条としております。聞得大君加那志を御内原から追い出すだけでは、相続で報復を受けてしまいます。そんな愚かなことをする人たちではありません。討つときには必ず王女様の得になるように仕掛けるはずです」

「妾もそう思う。だから敢《あ》えて罠に飛び込むのじゃ。あがまたちの協力を頼むぞ」

聞得大君と王妃が互いの地位の存続を懸けて、一世一代の戦いに出ようとしていた。

闘争心が昂《たかぶ》っているときに、複数の闘いを挑むのが聞得大君だ。風が吹いているときに全ての敵を根絶しないと気が収まらない。思戸が帰った後に現れたのは大あむしられ達である。

「馬天ノロの勾玉《まがたま》の持ち主は見つかったか？」

「まだでございます。辰年《たつどし》生まれの女を全て尋問にかけるにはあと一月はかかります。少々困ったことに、死亡者が三十人を超えました。大与座の役人たちが不審に思っております。なぜ容疑者が女だけなのかと申してきました」

「切支丹は琉球では御法度じゃ。聞得大君が懸念するのは当然のことじゃろう」

「ですが本来、取り調べは大与座がすることになっております。越権行為と言われても仕方がありません」

聞得大君は大与座に相応《ふさわ》しい仕事を与えてやれば不満は収まるだろうと踏んだ。

「護国寺にいるベッテルハイムが信者獲得のために布教活動を始めたと言え」

「ベッテルハイムに濡《ぬ》れ衣《ぎぬ》を着せるとなると相応の証拠がいります。いくら王府の厄介者とはいえ、英国人を処分するとなると外交問題に発展しますぞ」

「だから、拘留するだけでよいのじゃ。どうせ証拠不十分で釈放されるじゃろう。こうなったのもおまえたちの尋問が下手なせいじゃ。ひとり連れて参れ。妾《わらわ》が尋問の手本を見せてやろう」

御殿に連れて来られた女は、鞭打《むちう》ちで皮膚が捲《めく》れ上がっていた。どんなに拷問しても決して失神せず、頑《かたく》なに勾玉を手放さない女だった。彼女の勾玉は普通の品だというのに、押収されることを拒否し続けていた。そのせいで拷問は苛烈《かれつ》を極め、鞭《むち》を打つ男の方が音を上げてしまったほどだ。

経緯を聞いた聞得大君は、相手に不足なしと鞭を構えた。

「痛めつけても白状せぬとは見上げた根性じゃ。妾のお仕置きはちょっときついぞ」

「私は……。私は……無実でございます……」

髪を散らし、瞼《まぶた》を腫《は》れ上がらせた女は、首を持ち上げることもできない。聞得大君の鞭が容赦なく打ち付けられた。

「勾玉はどこにあるのじゃ！　渡すのじゃ！　このっ！　このっ！　このっ！　このっ！」

鞭を打ち据えると、着物の切れ端なのか肉片なのかわからない赤く千切れた破片が飛ぶ。辺りは錆《さび》ついた血の匂いが立ち込めていた。嗅覚《きゅうかく》の鋭い聞得大君が、顔を歪《ゆが》めた。この女は賤《いや》しい素性の匂いがする。

「もしやおぬしはジュリ（遊女）であろう？」

女は否定しなかった。それどころか女は安堵《あんど》の表情を浮かべたではないか。

「ジュリであるから……。私がジュリだから……。罰するのですね……」

女がずっと失神せずに粘っていたのは、咎《とが》められる理由を知りたかったからだ。勾玉を所持しただけでこの仕打ちは納得できない。たとえ普通の品といえども彼女にとってささやかな慰めの勾玉だった。男は毎晩体を通過していくが、勾玉だけはいつでも懐にある。彼女にとって勾玉は唯一、変わりなく自分の側にある不変のものだった。子どもの頃に遊郭に売られ、自分の価値なんて見出せない人生だった。そんなある日、風流を好む役人の男が日本製の勾玉をくれた。彼女が初めて垣間見《かいまみ》た異国の世界は透明で艶《あで》やかで柔らかい形をしていた。ジュリは死んでも手厚く供養されることはない。死後の極楽浄土を夢見ることすらジュリにはできない。せめて生きているこの世で、遠い異国を夢見ることしか許されなかった。勾玉は彼女の最後の希望だった。

「私は……。好んで……ジュリになったわけでは……ありません……」

朦朧《もうろう》とした意識の中でジュリは譫言《うわごと》のように繰り返した。

聞得大君は賤しい身分の人間が大っ嫌いである。特に男を弄《もてあそ》ぶジュリなどもってのほかだ。琉球の女性は本来、生まれながらにして神となる器である。その器を穢《けが》し、辱め、性の道具に使うなんて言語道断である。

「おまえのような女がいるから、国が乱れるのじゃ。恥を知るのじゃ。この阿婆擦《あばず》れがっ！　この売女《ばいた》が！　この端女《はしため》が！　この雌猫が！」

「聞得大君加那志おやめください。本当に死んでしまいます」

大あむしられが制しても聞得大君の折檻《せっかん》は止まらない。宗教世界から見れば、男なんて次元の低い存在なのだ。その男よりも下にいる女なんて、人である価値すらない。ジュリなんて女の形をした家畜にしか思えなかった。

「悔い改めるのじゃ。妾の鞭で性根を叩《たた》き直してくれようぞ。さあ勾玉を寄越《よこ》すのじゃ」

悶絶《もんぜつ》しかけたジュリの掌《てのひら》から小さな勾玉が零《こぼ》れ落ちた。

「私の……。私の勾玉が……」

聞得大君が日に透かすように持ち上げて、大した品ではないと庭石に叩きつける。パリンと軽い音を立てて砕け散った音を聞いたとき、ジュリは初めて声をあげて泣いた。

「私を……。私を殺して……。もう……生きていたくない……。うわあああああっ……」

「愚かな女じゃ。さっさと渡しておれば痛い目にも遭わなかったものを」

聞得大君は踵《きびす》を返すと、憮然《ぶぜん》と御殿に戻ってしまった。

〈第二巻へつづく〉

特別付録

『テンペスト』の世界

王宮では日夜、男たちは政争に、
女たちはお茶とお菓子と
意地悪に明け暮れる。
彼らの笑いや涙がこだまする
『テンペスト』の世界をより深く
味わうための首里城ガイド。

イラスト／黒瀧 顕

首里城の各施設は、政府の政治・行政を執り行う役所としての〈表〉の機能と、国王や親族、女官などが生活する王宮としての〈奥〉の役割の二つを持っています。

また城の南西部にある城壁で囲まれた一帯は〈京の内〉と呼ばれ、聞得大君率いる、城内最大の祭祀空間となっていました。

城内の主な施設は、城のほぼ中央にある御庭《ウナー》周辺に配置されています。御庭を取り囲む正殿・南殿・北殿、さらに書院・鎖之間などの建物は、「表」の領域として、男たちが国の行政や重要な儀式を執り行う世界でした。

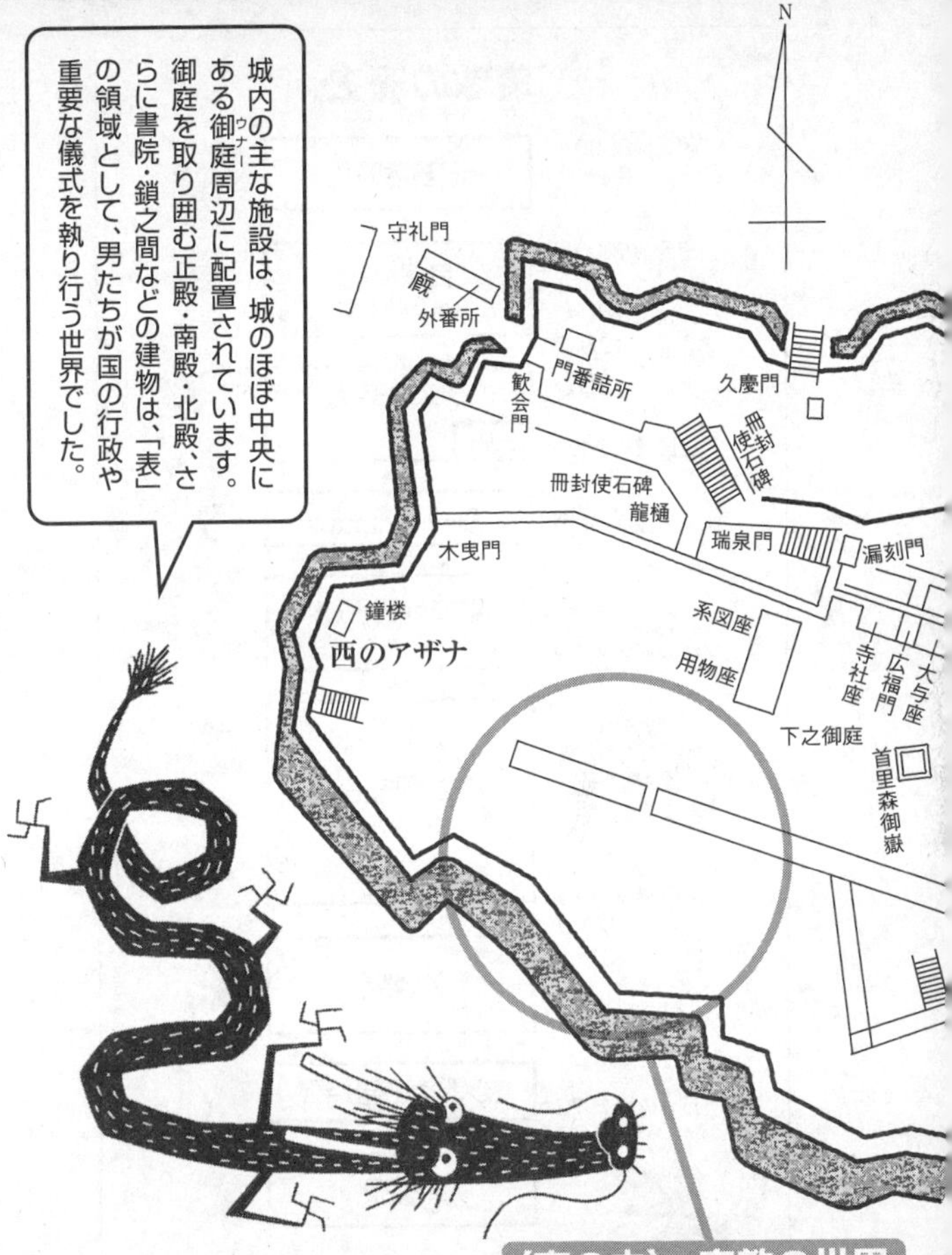

琉球の歴史

年代	時代	区分
紀元前8000年	旧石器時代	先史時代
紀元前5000年	貝塚時代（新石器時代）	先史時代
12世紀		
14世紀	グスク時代	古琉球
王国統一1429	三山	古琉球
新王朝成立1470	第一尚氏王統	古琉球
	第二尚氏王統（前期）	古琉球
薩摩侵入1609		
	第二尚氏王統（後期）	近世琉球
琉球処分1879		
	沖縄県	近代沖縄
沖縄戦1945		
	アメリカ統治時代	戦後沖縄
日本復帰1972		
	沖縄県	戦後沖縄

『テンペスト』の舞台はココ（第二尚氏王統（後期））

●琉球王国の歴史（①正殿）

群雄割拠の時代を経て、琉球に三人の権力者が現れ、それぞれ北山・中山・南山の地域を支配していました。そのなかでも力の強い尚巴志が、一四二九年に琉球王国を統一し、第一尚氏王統の祖となり、首里を都と定めます。しかし七代目が死去したとき、首里城で不満勢力によるクーデターがおこり、第一尚氏王統は滅び、第二尚氏王統が興ることになるのです。寧温は、第一尚氏の末裔であることを父・孫嗣志から告げられ、第一尚氏王統復興の夢を託されて、王宮にあがることになりました。正殿は、王府の重要な政治や儀式が執り行われ、また国王とその家族の儀式空間ともなる、首里城で最も中心的な建物です。

●冊封体制（②北殿）

琉球と中国の交流は、一三七二年から始まり、一八七九年に沖縄県が設置されるまで、約五〇〇年間も続きました。冊封とは、中国を宗主国として、周辺の国々の王が中国皇帝から任命される国際関係のことです。冊封を通じて、琉球は東アジア世界の一員として、貿易や文化交流を順調に進めることができました。国王が代わるたびに、中国から冊封使が訪れてさまざまな儀礼を行い、嗣勇が花当として抜擢されたように、彼らをもてなすための芸能も発達していきました。それらの歓待行事も、この北殿や前面の御庭に設けられた特設舞台で行われていました。

首里王府行政機構図

- 国《こく》王《おう》
- 摂《せっ》政《せい》
- 三《さん》司《し》官《かん》
- 表《おもて》十《じゅう》五《ご》人《にん》衆《しゅう》
- 評《ひょう》定《じょう》所《しょ》筆《ひっ》者《しゃ》 ← 寧温はココ
- 各行政機関

●首里王府行政機構図（②北殿）

琉球王国の行政組織は「首里王府」と呼ばれました。国王を頂点に、摂政（一名）、三司官（三名）などの首脳がおり、その下に様々な名称の役所が置かれていました。各役所の首脳クラス十五名で組織される審議機関が「表十五人衆」で、行政上の問題を検討して摂政・三司官に上申しました。摂政・三司官の詰める役所は評定所と呼ばれる北殿で、首里王府の中枢機関として、重要問題を検討して国王の決裁を仰ぎました。寧温や朝薫も毎日ここに出勤して、忙しく働いていました。

●薩摩の二重支配（③南殿）

江戸幕府が開かれてから六年目にあたる一六〇九年の薩摩藩による琉球侵攻から、琉球王国は薩摩・島津家の影響下に置かれ、莫大な貢租を義務づけられていました。琉球と中国との外交・貿易関係の存続を、幕府もまた認めていたので、以降、琉球は中国に対しては独立国を装いながらも、実質的には薩摩藩の支配下にあるという日中両属の時代となったのです。首里城南殿は、浅倉雅博のように薩摩から赴任した役人を接待する場所として、正殿・北殿とは対照的に、白木の日本的な建物になっています。

参考文献:『首里城ハンドブック』(首里城研究グループ著、首里城公園友の会発行　1998年)
『琉球王国への誘い』(琉球新報社発行　1992年)

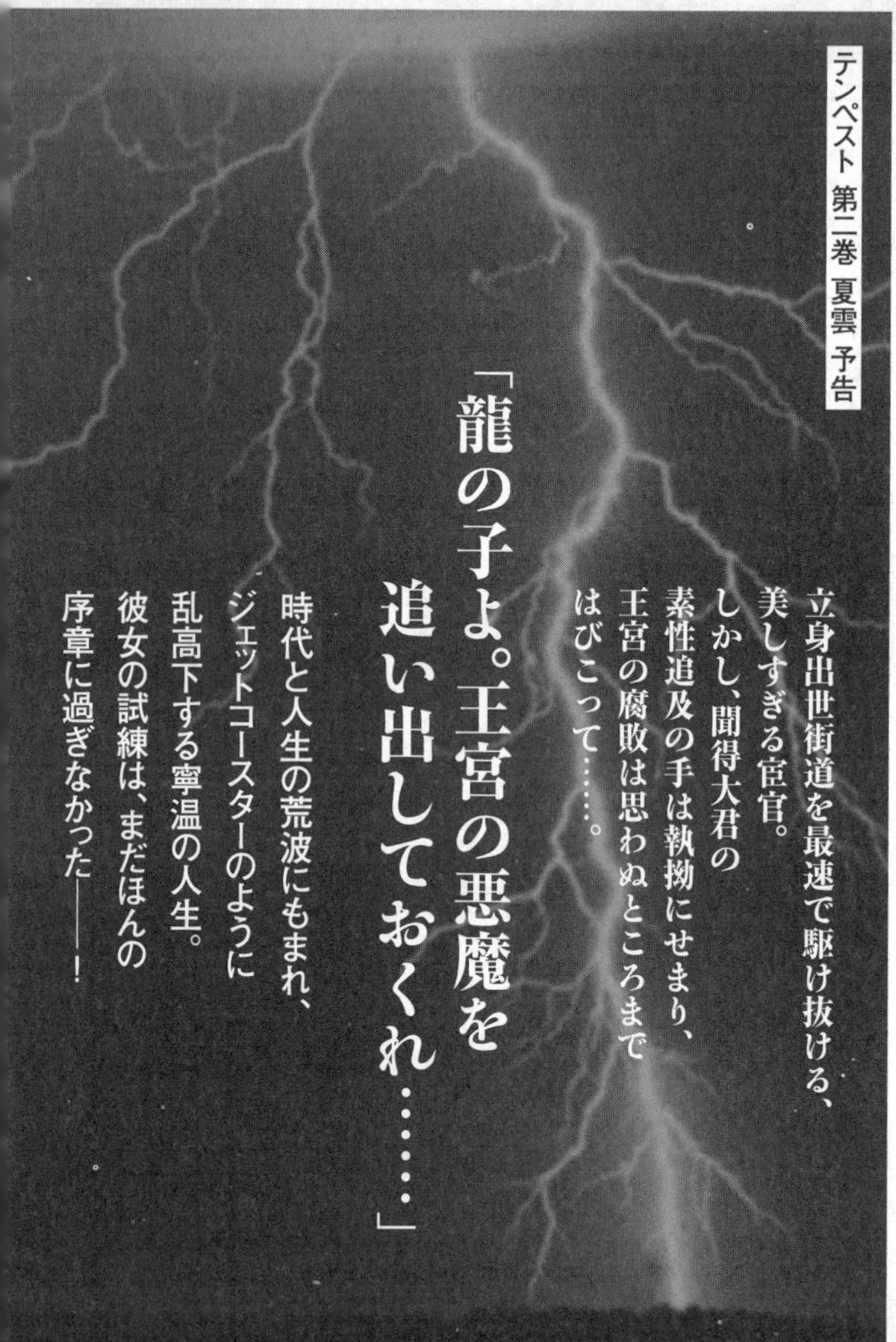
テンペスト 第二巻 夏雲 予告
立身出世街道を最速で駆け抜ける、
美しすぎる宦官。
しかし、聞得大君の
素性追及の手は執拗にせまり、
王宮の腐敗は思わぬところまで
はびこって……。
「龍の子よ。王宮の悪魔を
追い出しておくれ……」
時代と人生の荒波にもまれ、
ジェットコースターのように
乱高下する寧温の人生。
彼女の試練は、まだほんの
序章に過ぎなかった——!

本書は二〇〇八年八月に小社より単行本として刊行されたものを、
四分冊して文庫化しました。
（初出　「野性時代」二〇〇七年一月号〜二〇〇八年六月号）

参考文献　北谷町史
外間政章　訳注・刊『ペリー提督沖縄訪問記』
琉歌大観

口絵イラスト　長野　剛

テンペスト

第一巻 春雷《しゅんらい》

池上永一《いけがみえいいち》

角川文庫 16398

平成二十二年八月二十五日 初版発行

発行者—井上伸一郎
発行所—株式会社角川書店
東京都千代田区富士見二—十三—三
電話・編集（〇三）三二三八—八五五五
〒一〇二—八〇七八
発売元—株式会社角川グループパブリッシング
東京都千代田区富士見二—十三—三
電話・営業（〇三）三二三八—八五二一
〒一〇二—八一七七
http://www.kadokawa.co.jp
印刷所—旭印刷　製本所—BBC
装幀者—杉浦康平

定価はカバーに明記してあります。

い 51-11　ISBN978-4-04-364711-8　C0193